大江戸科学捜査　八丁堀のおゆう
両国橋の御落胤

山本巧次

JN170399

宝島社
文庫

宝島社

目次

浅草寺
田原町
押上村
大川
おゆうの家
両国橋
堅川
北松代町
回向院
馬喰町
大津屋
日本橋
深川
八丁堀

大江戸科学捜査
八丁堀のおゆう
両国橋の御落胤
地図
小石川
お須磨の家
龍玄寺
済松寺
牛込
矢懸藩江戸上屋敷
雉子橋
三河町
市ヶ谷御門
御城
四谷
御奉行私邸
榎戸家
南町奉行所

大江戸科学捜査　八丁堀のおゆう
両国橋の御落胤

第一章　牛込からの手紙

一

七夕祭りも終わったとなれば、もう江戸の夏も盛りを過ぎている。少し足を延ばして街道沿いに北の方へでも行ってみると、朝夕には涼風が感じられる時候だ。だが、ここ両国広小路《りょうごくひろこうじ》あたりはと言うと、相も変わらず大変な賑《にぎ》わいで、夏の熱気が収まる気配もない。両国橋の西詰に広がるこの広小路は、本来は火除地《ひよけち》なのだが、江戸の真ん中で町の二つくらいは入るほどの広さが空き地のままに済むはずもなく、芝居小屋やら見世物小屋やらがぎっしり並んで、江戸でも有数の繁華を成していた。もっともそれらの小屋は、火除地である以上、何かのときにはすぐ取り払える簡便な造りである。一方この賑わいを糧にする多くの店は、広小路を取り囲むように立派な建物を並べていた。

小間物問屋大津屋《おおつや》は、その賑わいの南側、両国橋から一筋目に店を構えている。店主が一代で作り上げた店で、小間物商としては指折りの大店《おおだな》であり、「両国橋の大津屋」として江戸中に知られていた。店は問屋と小売りを兼ね、表の半分では着飾った町娘が目を輝かせて簪《かんざし》や櫛《くし》を次々と手に取り、残る半分では行商の小間物屋などが常に二、三人、仕入れる商品を品定めしていた。

おゆうはその大津屋の奥の座敷で、主人正五郎《しょうごろう》と対座していた。座敷に座っていても広小路の喧騒《けんそう》が伝わって来るのだが、正五郎は賑わいとは無縁のような浮かない顔で、すっかり消沈した様子である。

（どうやら相当な厄介事みたいだな）

おゆうは正五郎の顔色を見ながら思った。ここはおゆうの住む家からほんの二町足らず。近所なので度々この店を訪れ、正五郎とも顔見知りだった。今日は正五郎に相談事があると呼び出され、こうして向き合っているのだが、まだ二言三言、世間話を交わしただけだ。正五郎は四十三歳、商人として脂の乗り切った働き盛りで、普段は笑みを絶やさぬ快活な人物である。その正五郎が、今は本題をどう切り出すか、迷っているような具合なのだ。

「あのう、大津屋さん、今日はどういう……」

このままでは気まずいと思って、おゆうは自分の方から声をかけた。それでどうやら踏ん切りがついたらしく、正五郎は口を開いた。

「はい、こちらからお呼び立てしておいて申し訳ありません。どうお話ししたものかと……実は、倅《せがれ》の清太郎《せいたろう》のことなのです」

「清太郎さんに、何かあったのですか」

おゆうはちょっと驚いた。清太郎は今年数えで二十一歳になる正五郎の一人息子で、大津屋の跡取りである。遊び好きで知られており、なかなかの色男で金もあるため女にはよくもてた。と言っても商売そっちのけというのではなく、やるべきことはきっちりやっており、それなりに商才もあった。体も壮健で、人が羨むような若旦那である。彼に何事が起きたのか。

「清太郎に異変があったのではありません。実は、清太郎が私の子ではない、という文《ふみ》が届いたのです」

「清太郎さんが大津屋さんのお子ではない？」

そういう話を予想していなかったおゆうは、目を丸くした。

「いったい誰がそのようなことを、書いて寄越したのです」

「それが……実は、清太郎を取り上げた産婆なのです」

「え？　産婆さんが」

何と、よりによって産婆とは。確かに産婆であれば生まれたときの事情は全て知っているだろう。根拠の薄い中傷などではあるまい。これは大津屋にとっては一大事だ。相続上の問題だけではなく、妙な噂《うわさ》が立てば店の信用問題にまでなりかねない。

「でも、いったいなぜ産婆さんが、二十年も経《た》ってからそんなことを」

「はい、文によりますと、寄る年波で産婆ができなくなり、稼ぎの当てがなくなってしまったので、助けてもらいたいということでした」

「ということは……もしや、清太郎さんのことを黙っている代わりにお金をくれと、そういうことなのですか」

「はい……おっしゃる通りです」

「それで、いかほど？」

「百両、と書いてきました」

「百両とは、吹っかけてきましたね」

大津屋ほどの大店なら無茶な額ではないとはいえ、暮らしに困った産婆が無心するような金額ではない。これはもう、明白な強請《ゆす》りだ。産婆が自分の取り上げた子をネタに強請りを働くなど、とんでもない話である。

「その文を、拝見してもよろしゅうございますか」

「はい、もちろん。こちらでございます」

用意してあったらしく、正五郎は傍らの文箱を引き寄せ、中にあった文を取り出しておゆうに手渡した。失礼します、と言っておゆうは文を開いた。

「はあ……これは」

意外なものだった。産婆の文、というので仮名ばかりの金釘流《かなくぎ》を予想していたのだが、その文はなかなかの達筆であった。よくよく見れば多少ぎこちない部分もあるが、流麗と言ってもいい代物だ。書に慣れた者でなければ書ける文ではない。

「あの、恥ずかしながら、その……」

おゆうは困って眉を下げた。達筆すぎて、読めないのだ。正五郎はすぐに察し、書かれていることを説明した。

「書かれておりますのは、清太郎は私ども夫婦の子ではなく、自分が取り上げた他所《よそ》の子で、仔細《しさい》あって入れ替わった、詳しい話は教えるので、暮らしの足しに百両ばかり頂きたい、その代わり他言はしない、と、そのようなことです」

「そうですか……いったいこの産婆さんは、どこのどのようなお人なのです」

「はい、牛込《うしごめ》の龍玄寺《りゅうげんじ》というお寺の寺領にお住まいの、おこうさんという人です。お年はもう六十を越えているかと存じますが」

「牛込？　ずいぶん遠いですね。しかも寺領にお住まいとは」

牛込は江戸市中でもだいぶ端の方で、大名屋敷や寺が多く、神田川《かんだがわ》沿いの谷筋には田畑もある。どういう縁でそんなところの産婆に世話になったのだろう。

「妙に思われるのはごもっともです。今から全てお話し申し上げます」

正五郎は背筋を伸ばした。少し長い話になりそうだ。

「ご承知かと思いますが、私は小間物の行商から身を起こしまして、どうにか皆様のお引き立てでこのような店を持てるようになりました。先年亡くなりました女房の奈《な》津《つ》とは、行商をしておりましたときに出会ったのです。奈津は八王子《はちおうじ》の少し手前にあります高幡村《たかはたむら》の名主の娘でございまして、実はその……何度も行商でお訪ねするうちそういう仲に……」

正五郎はいささか恥ずかしげに、馴《な》れ初《そ》めから話し始めた。おゆうは思わず引き込まれた。

正五郎と奈津は恋仲になったが親がなかなか許さず、奈津が家を出て駆け落ち同然に江戸に出て来たのだ。そのときはもう清太郎を身ごもっていたらしい。いったん内藤新宿《ないとうしんじゅく》界隈に落ち着き、伝手《つて》を頼って江戸市中で商売ができないか探っていたところ、半年後に世話人が見つかり、奈津は臨月近かったのだが無理して二人で市中に向かった。だが牛込近くで具合が悪くなり、近所の住人の助けでおこうのところに運び込まれたのだ。

「おこうさんは当時の龍玄寺のご住職の妹さんだったのです。生家の暮らし向きは大変苦しかったそうで、お兄上は利発な方だったので寺に入り、おこうさんは手に職をつけて産婆になられたとか。一度はどなたかと所帯を持たれたそうですが、離縁して、住職になられたお兄上のもとに行かれたということです」

「それで龍玄寺の寺領で産婆をなさるようになったわけですか」

「はい。場所が寺領でございますから、その、いろいろな方が頼って来られたようで」

「いろいろな？　ああ、町方役人の立ち入れない場所ですから、訳ありの方々が多く来られた、ということですね」

寺領であれば寺社奉行の支配地で町方は入れない。おこうは妊婦の家に出向くのではなく、そこで町方に見つかりたくない罪人や無宿人、駆け落ちといった人々のお産を引き受けていたわけだ。正五郎と奈津も、駆け落ちの無宿人と見なされてそこに運ばれたのだろう。

「それで、私は奈津をおこうさんのところに預け、世話人のところに行ったのです。小さな裏店でしたが何とか借りる算段がつきまして、大急ぎでおこうさんのところに取って返したのですが、留守の間に清太郎は生まれておりました」

「あ、では、大津屋さんはご出産のときにはその場に居《お》られなかったのですか」

「はい。二、三日は大丈夫かと思ったのですが、あいにくそういうことに。文月《ふづき》の十日のことで、明日でちょうど二十年目になります」

「奈津さんは、そのときのことをお話しされましたか」

「いや、それが少々難産で、奈津は出産してそのまま気を失ってしまい、目覚めたのは翌朝になってからでして、生まれた清太郎を最初に見たのもそのときだったそうです」

「ということは、清太郎さんの生まれたときを、ご両親とも見ておられないのですね」

おゆうは考え込んだ。産婆おこうが「入れ替わった」と言うのなら、清太郎が生まれ出てから母と対面するまでの一日の間にそれが起きたとしか思えない。だが、誰と？

「大津屋さん、そのときおこうさんのところで、他に生まれた子供はいましたか」

「はい、実はまさしくそれについて、不審なことがあるのです」

正五郎の肩に力が入った。核心だ、と思ったおゆうも身を乗り出した。

「奈津を運び込んだとき、おこうさんのところには確かにもう一人、臨月のお方が居たはずなのです。ところが私が戻ったときにはその方の姿はありませんでした。奈津もその方が居なくなったのには気付かなかったようです。それでおこうさんに、あの方はどうしたかと聞いたのですが、おこうさんは首を横に振って、ここは訳ありのお人が多い、他人のことは何も聞かないのが決まりだ、と言われました。それで私も、その方も何かの訳ありで、出産なさってすぐに、子供と一緒にどこかへ行かれたのだと思いました。この文が来るまで、そのようなことは思い出しもしなかったのですが……」

なるほど、とおゆうは胸の内で頷《うなず》いた。「入れ替わり」については、その消えた母子が正五郎の唯一の心当たりなのだ。しかし素性が全然わからないとなると、捜しようがない。

「その方の顔は、ご覧になりましたか。あるいは御名を聞かれたとか」

「はい、申し訳ございません、お顔は覚えておりません。ですが御名は確か、ちよ、とか、きよ、と聞いたような」

これは仕方あるまい、とおゆうも思った。何せ、二十年間忘れていた話なのだ。だが、「入れ替わり」は本当にあったのだろうか。文には証拠らしきものは何も示されていない。

「あの、大変失礼でございますが大津屋さん、本当に清太郎さんは大津屋さんのお子ではないのでしょうか。親として、どのようにお考えでございましょう」

はっきりそう聞かれて、正五郎は苦渋の顔つきになった。これについては、正五郎も相当悩んだのだ、とおゆうも気が付いた。

「これは……親として口にすべき話ではないのですが、正直申しましてわからないのです。もちろん、この文が届くまで清太郎が我が子でないなど、考えたこともございません。この文にしましても、おこうさんから来たものでなければ、馬鹿馬鹿しいと破り捨ててそのまま忘れてしまうような話です。ですが、おこうさんからとなると、やはり考え込んでしまいます。思い起こしてみれば、先ほど申しましたような不審もございます。それに……」

正五郎の顔が次第に悲しげになってきた。

「もともと、清太郎と私の顔は、それほど似ていないと思うのです。そう思い出すと、あちこち似ていないところだけが気になってまいりまして……いや、誠に情けない話です」

「はあ……そうなのですか」

おゆうは正五郎に同情した。文のおかげで疑心暗鬼になり、不安に苛《さいな》まれているのだ。似ていない親子など世間にいくらでもいるが、今そんなことを言っても慰めにはならないだろう。事実が確かめられるまで、正五郎は気の休まることがあるまい。

「これはやはり、百両出すかどうかはともかくとして、おこうさんに問い質《ただ》すしかないようですね」

「それが、そうできないのです」

できない？　おゆうは眉根を寄せた。

「なぜでございましょう」

「実は私もそう考えまして、一昨日百両を用意して、おこうさんの家を訪ねたのです。ところが家には誰も居らず、龍玄寺で尋ねますと、数日前から姿が見えない、とのことで」

「姿が見えない？　龍玄寺のご住職は妹さんがどこへ行ったか知らないのですか」

「あ、いや、おこうさんの兄上はだいぶ前に亡くなりまして、今のご住職はおこうさんとは縁のない方です」

「そうでしたか。それにしても、こんな文を送った後で姿を消すとは……」

おかしな話だ。正五郎に追われるのを恐れて身を隠したのだろうか。しかし身を隠していては、百両が手に入らないのに。

「文は、どなたが届けられたのでしょう」

江戸市内便の配達を行う飛脚はないので、たいていは知人に頼むか便利屋のような業者を使う。届けた者がわかれば、そこからおこうの居場所にたどり着けるかも知れないのだが。

「あいにく、受け取った手代《てだい》が申しますには見たことのない男だったそうで、今となっては誰だかわかりかねます」

「そうですか」

まあ、これも仕方あるまい。普通は配達人のことなどあまり気には留めない。

「そこで、おゆうさんにお願いなのでございます」

正五郎は居住まいを正した。

「何とかこのおこうさんを捜し出し、事の真偽を確かめて頂きたいのです。その上で、もし本当に清太郎が私の子でないなら、実の親が誰なのかも突き止めて頂けないでしょうか。大変厄介なお願いであるとは承知しておりますが、どうか、何とぞお聞き届け下さい。切にお願い申し上げます」

正五郎はそう言って畳に手をつき、深々と頭を下げた。

「そんな、大津屋さん、お顔をお上げ下さい。私などの働きでお役に立てますかどうか」

おゆうも慌てて頭を下げ、そう言った。これを聞いた正五郎は、ぱっと顔を上げた。

「おお、それではおゆうさん、お力をお貸し頂けるのですね」

正五郎の顔が目に見えて明るくなった。何か言葉じりを捉えられたような心持ちのおゆうだったが、正五郎のそんな顔を見れば、断るのは難しかった。

「大津屋さんほどのお方にそこまで見込んで頂けるとは、誠に恐れ入ります。どこまでお力になれるかはわかりかねますが、できる限りのことはさせて頂きます」

「ああ、良かった」

正五郎はよほど安心したらしく、大きな息を吐くともう一度平伏した。

「よくぞお引き受け下さいました。これでようやく安堵《あんど》いたしました」

身を起こした正五郎は観音様でも拝むかのようにおゆうに手を合わせると、後ろに手をやって用意していたらしい包みを出してきた。

「どうぞこちらをお使い下さい。御入り用とあらば、五十両でも百両でも用意させて頂きます」

包みの様子からすると、どうやら十両ほどが入っているようだ。おゆうはお気遣いありがとうございます、と言って一礼した。だがおゆうには、これを受け取る前に確かめておきたいことがあった。

「大津屋さん、一つお伺いしたいことがあります。もし清太郎さんが大津屋さんのお子でない、とはっきりわかったなら、清太郎さんをどうされますか」

ずばり、真っ向から聞いた。が、正五郎はこの問いを予期していたようだった。おゆうを真っ直《す》ぐに見つめ返し、正五郎は答えた。

「はい。どうもいたしません。どういう経緯《いきさつ》があれ、清太郎は私の子です。この二十年ずっとそうでありましたし、これからもそうです。私はただ、真実が知りたいだけなのです」

「では、このことを清太郎さんにお話しするおつもりはないと？」

「はい、さようでございます」

「もし実の親がおられて、清太郎さんに会いたいと言われたら如何《いかが》なさいます」

「それは、その実の親がどのようなお方かにもよりましょう。いずれにしましても、清太郎はこの大津屋の跡取りです。私にとりましては、かけがえのない一人息子です。それだけは、何があろうと変わりません」

正五郎はきっぱりと言った。知り得た結果がどうあれ、清太郎を守る、ということだ。おゆうは一度、大きく頷き、畳に置かれた十両を手に取った。

「お考え、よくわかりました。ありがとうございました。ではこれより、取り掛からせて頂きます」

　おゆうは改めて正五郎と丁重に礼を交わすと、十両を懐に大津屋を辞去した。


　大津屋を出て、表通りを馬喰町《ばくろちょう》の方へ曲がると、菓子屋のおかみさんが「あらどうも、いい日和ですねえ」と声をかけてきた。おゆうは微笑《ほほえ》み、ほんとですねえ、と返す。次の角では、煮売り屋が店の中から挨拶してくる。大工の棟梁《とうりょう》もすれ違いざまに、やあ、と手を挙げた。おゆうはいちいち微笑みを向けて軽く会釈しながら、通りを歩いて行く。その次の路地を入れれば、おゆうの家はもうすぐそこだ。

　この界隈で、おゆうはちょっとした有名人になりつつあった。ちょいと謎めいた感じで独り身の、少し年増《としま》の別嬪《べっぴん》、とくれば男どもの興味を引くのは当然だが、それだけではない。この町に住むようになって一年半ほどの間に、失《う》せ物や盗人など町の人々の困りごとを幾つか片付けてやったのだ。その手並みがなかなか鮮やかで、町方役人を出し抜くこともあったため、噂が噂を呼んでいるらしい。

　先日の薬種問屋が絡んだ大事《おおごと》では、役人と一緒になって下手人《げしゅにん》を挙げた、そういう縁で今は八丁堀《はっちょうぼり》の旦那といい仲になっている、という話も世間で流れていた。それは本当のことなのだが、おゆうは何も語らない。それでかえって噂に尾鰭《おひれ》が付き、一人で十人をお縄にしただの御奉行様を恐れ入らせただのと、まことしやかに囁《ささや》かれている。大津屋正五郎も、悩んだ揚句にそんな評判を頼ったのだろう。噂が独り歩きするのは困るが、おかげで人助けができるなら、それは必ずしも悪いことではなかった。

家の方へ曲がろうとして、おゆうはふと足を止めた。用事があるわけではないが、ついでだから番屋でも寄ってみよう。そのまま路地の入口を過ぎて真っ直ぐ進んだ。もしかしたら、会いたい人がいるかも知れない。

馬喰町の番屋に着くと、「御免下さいな」と言いながら戸を開けた。上がり框《がまち》に座って茶を啜《すす》っていた小柄で童顔の役人が、「やあ」と声を上げ、こちらを向いた。

「あら境田《さかいだ》様。お一人ですか」

「木戸《きど》番《ばん》の爺《じい》さんが奥にいるが、後は俺だけだ。あいにくだが、あんたの待ち人は居ないよ」

南町奉行所定廻り《みなみまちぶぎょうしょじょうまわり》同心《どうしん》、境田左門《さもん》はそう言ってニヤリと笑った。

「まあ、待ち人だなんて……」

言い返そうとするおゆうを手で制し、境田はからかうように続けた。

「いいから、いいから。伝《でん》さんが居るかと覗《のぞ》いてみたんだろ。あいつはここしばらく、この界隈に寄りついてねえからな。いや、わかるよ。あんたも寂しくてしょうがないんだろう」

「もう、何言うんですか境田様！」

　ずっとニヤニヤしている境田に、おゆうは膨れっ面をしてみせた。だが、実は境田の言う通りだった。会いたかったのは境田と同じ定廻り同心、鵜飼伝三郎《うかいでんざぶろう》だ。おゆうと〝いい仲〟だと噂されているのは、まさしく彼だった。

　出会ったのはもう一年以上も前だ。捕り物の手伝いをして親しくなったのだが、伝三郎は三十過ぎの二枚目でやもめ暮らしのため、やたら女にもてた。伝三郎はそんな女どもの差し出す手を、するりするりとかわしてきたのだが、なぜかおゆうとはウマが合うようだった。おゆうの方はというと、そんな伝三郎を浮ついた色男と見て軽くあしらっていたのだが、例の薬種問屋の大事の際、厳しさと優しさを併せ持つ、筋の通った男らしさを見せつけられて、すっかり惚《ほ》れてしまったのだ。

「あいつも随分と忙しいようだぜ。御奉行から内々で大きな面倒事を頼まれたらしい」

「ええ、それはちょっと伺ったんですが」

　伝三郎とは七日前におゆうの家に来てから後、会っていなかった。そのとき伝三郎は、御奉行からちょっと面倒なことを頼まれた、かかり切りになりそうなんで、悪いがしばらく寄れねえかも、と話していた。御奉行様直々のお話なら仕方ありませんねえ、気にせず頑張って下さいね、とおゆうは言ったのだが、やはり七日も会っていないと恋しくなる。

「いったいどんなことを頼まれたんでしょう」

「いやそれがな、俺たちにも全然わからねえんだ」

こう見えてなかなかの切れ者の境田が、いくぶん真顔になった。

「内与力《うちよりき》の戸山《とやま》様が一緒に動いてる。それと、気の利いた目明《めあか》しを何人か集めたようだ。その誰もが口止めされてる、ってことは、かなりの大事だろうな」

「境田様にも見当がつかないとは、よっぽどのことですねえ」

「面目ねえ。同心部屋の方じゃ、筆頭同心の浅川《あさかわ》様がすっかりご機嫌斜めだ。一番腕利きの同心を勝手に引き抜かれちまって、仕事がうまく回らねえんだよ。昨日は六間堀《ろっけんぼり》の道具屋に盗人が入ったし、一昨日は花川戸《はなかわど》で十人が大喧嘩《げんか》、その前の晩は追剝《おいは》ぎだ。それにこのひと月、景気が悪くて人気の少ねえ寺から仏像が盗まれるってえ罰当《ばち》たりな話が、たて続けに七件起きたって寺社方から言って来てる。いろいろ立て込んでるんだよ。伝さんも大変だが、こっちもいい迷惑だぜ」

今日の境田はいつもより口数が多い。同心部屋の状況までおゆうに喋《しゃべ》りまくるとは、だいぶ不満が溜《た》まっているのだろうか。

「というわけなんで、そのあたりを伝さんに会ったらよく伝えといてくれや。どんな用事を押し付けられたかは知らんが、合間にこっちの具合も頭に置いて動いてくれってな」

「あらま、素人の私に御用の伝言を頼むんですか」

「何せ奉行所には出仕できねえようだからな。それでもあいつのことだ、あんたのところにはいずれ顔を見せるに違えねえ、と思ってさ」

それだけ言うと、境田は苦笑しながら大仰に溜息《ためいき》をついて立ち上がった。

「さて、そんな具合だからおちおち油も売ってられねえや。見回りに戻るわ」

おや、何だかんだ言ってやっぱり油売ってたんじゃないの。しかも私に伝言役を頼むなんて、ちゃっかりしてること。おゆうはクスリと笑って、御役目ご苦労様ですと境田を送り出した。

（さて、それじゃ何から始めようか）

伝三郎にしばらく会えそうにないのは残念だが、やるべきことはやらねばならない。実を言うと大津屋の件も伝三郎に相談したかったのだが、やむを得ない。となると、まずしておくべきことは何だろう。

座敷に現れた大津屋正五郎は、そこに座ったおゆうともう一人の男を見て、当惑したように足を止めた。

「おゆうさん、こちらは……」

膝をつきながら問いかける正五郎に、おゆうは笑みを向けて男を紹介した。

「こちらは道仙《どうせん》先生です。先生は人相学や骨相学、その他和漢の様々な医学に通じておられます。今日は特にお願いして来て頂きました」

「はあ、それはそれは。大津屋正五郎でございます。本日は御足労頂きありがとうございます」

正五郎は道仙に丁寧に頭を下げ、道仙もこれに応じた。

「さて、大津屋さん。おゆうさんから伺ったお話では、ご令息についてお悩みとか。少しでもお力になれるなら、と思ってまいりました」

道仙は正五郎より少し年上かと見える恰幅《かっぷく》の良い人物で、どっしりと構えて泥鰌髭《どじょうひげ》を撫《な》でつける姿は、いかにも頼りがいがありそうに見える。

「それは恐れ入ります。それで、どのようなことになりましょうか」

それにはおゆうが答えた。

「例の文につきましては、早々に真偽を確かめねばなりませんが、おこうさんがつかまらないのなら別の方法が要ります。道仙先生は、人の体の細かな特徴から血の繋《つな》がりがあるかどうかを判じるという術を学ばれておりますので、お助け頂くことにいたしました」

「ほう、体の特徴から。そういうこともできるのですか」

正五郎は素直に感心したようだ。

「できます。ただ、絶対というものではない。大いにそれらしい、と言える程度までです。人相学、骨相学というものは、まだまだ完璧ではない。人の体というものは、なかなかに奥が深いのです。それでも少しでもお役に立つならと思い、参上いたした次第で」

「それは大変有難いことです。どうかよろしくお願い申し上げます」

正五郎はもう一度、さらに深く頭を下げた。

「では、大津屋さんさえよろしければ、今すぐ始めさせて頂きますが」

おゆうにそう言われて、正五郎は首を傾げた。

「はい、私は結構ですが、どうさせて頂ければ……」

「そのままじっと座っておられればよろしい。ではちょっと失礼しますぞ」

道仙は傍らに置いた道具入れから小さな鉄尺《めんく》を出すと、正五郎の方へ身を乗り出して耳の寸法を取り始めた。正五郎はいささか面喰らったようだが、何も言わずじっとしていた。

「次はお顔の前の方を測ります」

道仙は続けて目と目の間隔や鼻の長さなどを測り、次には顔の上下左右の比を調べた。おゆうは俯《うつむ》いて、道仙の仕事が終わるのを待っていた。

「では、おしまいに歯の方を調べます」

「え、歯も調べるのですか」

さすがに正五郎は驚いたようだ。道仙の方は自信たっぷりの様子である。

「はい、歯並びや歯の形、口の中の様子も重要です」

「あの、先生、これを」

おゆうは懐から紙包みを出した。道仙は頷いて受け取り、包みを開いた。中には、楊枝《ようじ》の両端に綿を丸めて付けたような道具が入っていた。

「これは何でしょうか」

覗き込んだ正五郎が尋ねた。

「なあに、これは口の中を調べる道具です。お気になさいますな。さあ口を開けて」

道仙はおとなしく口を開けた正五郎の顎を押さえてその道具を差し入れ、歯と口の中を撫でるように辿《たど》っていった。

「さあ、これで終わりました」

道具を口から抜くと、道仙はそう言って使った道具をおゆうに渡した。おゆうはそれを丁寧に懐紙に包み、懐に入れた。

「先生、これでどのようなことがわかりましたのでしょうか」

何だかよくわからない面持ちで正五郎が尋ねた。道仙は、泰然としている。

「大津屋さんの人相、骨相などが。この後は、ご令息の方もお調べして比べてみなければなりませんが」

「え、それは困りました。倅はこのことを何も知らないのです。事が事だけに、まだ倅に話すわけには……」

「承知しております。それについては、手を考えます」

　おゆうが口を挟んだ。

「確か清太郎さんは、あまりお酒にはお強くなかったのでは」

「は？　はい、酒は好きですが、二合も飲むと寝てしまうような奴で……それが何か」

「いえ、それならちょっとお誘いしてみようかと思いまして」

　思わぬ方向の話に、正五郎は訝《いぶか》しげな顔をした。が、すぐに気付いて膝を打った。

「ああ、なるほど。清太郎を酔わせて、寝込んだ隙に調べを済まそうと、こういうことですな」

「ちょっと乱暴な話で申し訳ないのですが……」

「いえいえ、よろしいですとも。では私も、おゆうさんに誘われたら是非ともご一緒するように後押ししておきましょう。ですが、お手柔らかにお願いしますよ」

　正五郎は苦笑しながらそう言った。

大津屋を出たおゆうと道仙は、広小路の賑わいに背を向けて柳原《やなぎはら》通りを神田川沿いに歩いた。道仙の住まいはそのずっと先なのだが、三町近く行ったところで人通りのない裏通りを見つけると、おゆうは道仙を促してそこに入った。

「さてと、ご苦労さんでしたね」

おゆうがそう言ってやると、道仙はにんまりとした。

「どうだいおゆう姐《ねえ》さん、結構サマになっていたろう」

「ま、悪くない出来ですよ。あんまりもっともらしいんで、吹き出しそうになって困りましたけどね。はい、約束の物」

おゆうは懐から一分金が二枚入った紙包みを出し、道仙に渡した。道仙は両手で恭しく受け取った。

「有難い。これで家賃が払えるよ」

道仙は一応は医者だった。だが、はっきり言えば藪《やぶ》だ。無論、人相学や骨相学などには阿蘭陀《オランダ》語と同じくらい縁がなかった。堂々とした見かけのせいで名医と間違う人もいるので、今日のような仕事にはうってつけなのだ。

「そう言いながら、どうせまた飲んじまうんじゃないでしょうね」

「信用ないな……しかしさっきの小芝居、いったいどんな意味があるんだい」

「余計なことは言わないの。ちゃんと口を閉じてるってことも、このお駄賃に含まれてるんですからね」

「わかってるよ。今のは忘れてくれ。それで、清太郎の調べの方は手伝わなくていいのかい」

「まだ稼ぎたいんですか。いいえ、間に合ってます」

「まあそう言わずに。ちょっとは役に立つだろ？」

「はい、もう行った行った。今日の仕事は終わり」

おゆうは手で追い払う仕草をした。道仙はいかにも残念そうに、またいい話があったら声をかけてくれと言いながら退散していった。

（さてと。明日にも清太郎をつかまえなくちゃ）

おゆうは向きを変えて、裏道伝いに家の方へと歩き出した。


「いやあ、何度も言いますが、おゆうさんに声かけられてこうして差し向かい、ってのは、ほんっとに嬉《うれ》しいねえ」

大津屋清太郎はずっと上機嫌である。卓の上には空の徳利がもう三本並んでおり、おゆうは四本目を持ち上げて清太郎の盃《さかずき》に酒を注ぎ足した。

「まあまあ、大津屋の若旦那にそこまで喜んで頂ければ、私もお誘いした甲斐《かい》がありますよ」

「いやあ、今日の私は運がいいねえ、ほんとに」

清太郎はそう言ったが、別に運がいいわけではない。おゆうは外回りに出た清太郎を尾《つ》けて適当なところで偶然を装って声をかけ、先日大津屋の旦那様にはお世話になったことだし、お昼でも如何です、と言って目星を付けておいた料理屋に誘い込んだのだ。遊び好きの清太郎のこと、おゆうのような別嬪に誘われて、いえ、仕事の途中ですからなどと野暮なことは言わない。ほいほいと誘いに乗り、こうして料理屋の二階座敷に腰を据えているという次第だった。

「いや、この頃は親父も年のせいか小うるさくなっちまって……事あるごとに、いい加減遊びを控えて身を固めろってねえ……そろそろ聞き飽きてさ」

だいぶ酔いが回って来たか、清太郎は他愛もない愚痴をこぼし始めた。

「そりゃあ、どこの親御さんだってそう言いますよ。清太郎さんなら女子衆も放っておかないでしょう。どなたかいい人がいたりして？」

「ははっ、いませんよ、そんなの。おゆうさんみたいな人が俺んところへ来てくれるってんなら話は別ですがね」

「まあ、お上手ばっかり」

清太郎の呂律《ろれつ》はかなり怪しくなっていた。後もう少しだ。

「そ、それでおゆうさん、例の八丁堀の旦那とはどうなんっすぅ」

「あらやだ、そんなことを聞くんですか。いやもう、あっちは何を考えてるんだか。ここ何日も御役目が忙しいって、私を放ったらかしなんですよ。憎らしいったら……」

話が向いたので、おゆうはここぞと伝三郎への恨み言を並べた。どうせ清太郎はもうほとんど聞いていないので、ぶちまける相手としては丁度いい。

「忙しいったって定廻りなんだから、ちょっと寄るぐらいいつでもできるでしょうに、あいつったらまったく……」

そこまで言ったところで、清太郎が落ちた。ぐらりと体が傾いたかと思うと、そのまま畳にごろんとひっくり返り、あっという間に鼾《いびき》をかき始めた。

「あらあら、清太郎さん、清太郎さん」

おゆうは横になった清太郎の顔に向かって何度も声をかけた。反応なし。完全に寝入っている。おゆうはニヤリと笑って、懐から例の口中を調べる道具を出した。

半開きになった口を手で広げ、道具を差し込んで口の内側を丁寧に拭った。二、三度繰り返すと、さすがに気持ち悪くなったのか清太郎が呻《うめ》き声を上げた。おゆうは慌てて道具を引っ込めた。ここで吐かれたりしてはたまらない。

おゆうは使った道具を懐紙で包むと、懐に戻した。これで清太郎は用済みだ。清太郎がしばらく目を覚ましそうにないのをもう一度確かめると、おゆうは女中を呼んで勘定を済ませ、後を頼んでそそくさと立ち去った。目覚めた清太郎は、狐《きつね》に化かされたような心持ちがするだろうが、まあ放っておけばいいだろう。

小半刻足らずで家に着いた。玄関を入って二間続きの部屋に上がり、ふう、やれやれと畳の上に寝転んだ。一人暮らしだから気遣い無用だ。裏の長屋からは、おかみさんたちと棒手《ぼて》振りのやり取りが賑やかに聞こえてくる。

おゆうはこの小洒落た仕舞屋《しもたや》風の家が気に入っていた。大きすぎず小さすぎず、猫の額ほどだが庭もあって、居心地はとてもいい。こうして横になっているだけで、いつも何か癒やされるような気がした。

だがこの家の本当の値打ちはそれではない。おゆうは一服すると起き上がり、押し入れの襖《ふすま》を開けた。押し入れの中にもぐり込み、襖を閉めて奥の羽目板を横に滑らせる。押し入れの裏は階段だ。おゆうは階段の下に置いてある懐中電灯を取り上げ、灯を点けた。それで照らしながら階段を上る。上りきったところの戸を開け、納戸のような部屋に入る。そこが、二つの世界の境目だった。

おゆうは着物を脱いでTシャツと短パンに着替えると、反対側の戸を開け、もう一つの階段をさらに上って行った。その突き当たりの羽目板を横に開けると、ここも納戸である。納戸を抜けて扉を開いたら、そこは別の家の廊下だった。

「うわ、暑っ！」

扉を開いて思わず叫んだ。閉めきっていたその家の中は、残暑の熱気が籠もって四十度を超える暑さになっていた。慌ててエアコンをつけようと足を踏み出す。その瞬間から、おゆうは本来の自分に戻った。平成の東京に暮らすアラサーの元ＯＬ、関口《せきぐち》優佳《ゆうか》に。


亡くなった祖母からこの家を受け継いだ後、遺言に従って祖母の日記を読み、この家が二百年の時を超えて江戸と繋がるタイムトンネルだと知り、それを実際に確かめたときの衝撃は、まだ記憶に新しい。衝撃の事実を受け入れた優佳は、行き詰まりかけていたＯＬ生活を捨て、新たな世界に踏み出したのだった。

（さて、こいつだ）

二階の自分の部屋に帰った優佳は、エアコンをフル稼働させて机の前の椅子に座り、清太郎の口の中を拭った綿棒を取り出して机に置いた。引き出しから道仙が大津屋正五郎の口の中に突っ込んだ綿棒を取り出して並べる。それから小さなビニール袋を出すと、二本の綿棒を別々に入れ、それぞれにマジックで「父」「子」と書いた。

（こいつをＤＮＡ鑑定にかければ、親子関係は一発だね。けど、大津屋親子に血の繋がりはないとして、産婆が雲隠れしたんじゃ実の親を捜すのは大変だなあ）

大津屋の側には手掛かり皆無である。雲を掴むような話になりそうだが、もし実の親候補が見つかった場合、このDNAサンプルは重要である。何とかしてその実の親候補のDNAを採取すれば、親子関係を確定できる。また道仙を雇って、大津屋でやったような小芝居をさせればいいだろう。

優佳は時計を見た。午後三時。よし、善は急げ。まずは大津屋の親子関係だけでも確定させよう。優佳は立ち上がり、Tシャツを脱いでボーダーのキャミに白のカーディガンを羽織ると、手早く化粧を済ませてショルダーバッグに綿棒の入ったビニール袋を入れ、急ぎ足で玄関を出て地下鉄の駅に向かった。

株式会社マルチラボラトリー・サービスというプレートの付いた入口の前に立ったのは、四時十五分前だった。終業時間で外来用ドアがロックされるまで、まだ一時間以上ある。阿佐ケ谷《あさがや》駅から歩いて十分足らずの住宅街にあるこの三階建てのラボは、中でやっていることとは裏腹に、不思議にこの街の風景に溶け込んでいた。

何十回となくこのラボに来ている優佳は、ここの社員のように慣れた調子でガラスドアを開け、二階の事務室へと階段を上った。事務室にいた女子社員は、これも慣れた調子で優佳に挨拶すると、ガラスで仕切られた奥の研究室を手で示した。優佳は礼を言ってそのまま奥へ進み、ドアを押して研究室に入り込んだ。

「お邪魔するよぉ」

こちらに背を向けて座り、デスクの上の何事かに熱中していた、メタボっぽい体に白衣を羽織った眼鏡の男がのそっと顔を上げた。

「よお」

返事がいかにも面倒臭そうだ。だがこの男、宇田川聡史《うだがわさとし》こそはこのラボの副社長兼主任研究員で、優佳が最も頼りに——あくまで技術的に、だが——している人物だった。

「それで？」

宇田川は愛想のかけらもない一言を吐いた。だが、こんな態度は彼としてはごく普通のことである。

「これだよ、これ。ＤＮＡで親子鑑定頼みたいんだけど」

優佳はそう言いながらショルダーバッグから綿棒を出した。宇田川の顔が、母親から新しいゲームソフトを買ってやると言われた小学生のように輝いた。

「ＤＮＡ？　江戸物か」

「そう。江戸のある大店の旦那と息子」

「そうか、江戸物か。よし」

宇田川は今まで見ていた何かのサンプルをデスクの隅に押しやり、綿棒入りのビニール袋を手に取った。さっきまでとは、目の光が明らかに違う。

「親子鑑定だな？　いいだろう、最速で明後日には連絡する」

宇田川は優佳の方を見もせずにそれだけ言った。彼の関心は、もう優佳から綿棒の方へ完全に移っている。優佳としては願ったりだった。今日の用事はこれで完了だ。優佳は、よろしくね、と言い残して研究室を出た。

宇田川は優佳の高校の同窓生で、学生時代から物の分析にしか興味がない分析オタクという変わり者だった。大学院ではその性癖のために苦労もしたらしいが、結局その技能が幸いして先輩に誘われ、この分析ラボを作り上げたのだ。普段は企業から材料分析や製品テストなどを請け負い、ときどき警察の御用も承る。そういった仕事はたいてい単調なもので、優佳の持ち込む江戸からの様々な標本を分析することは、宇田川にとって最高の息抜きになっているようであった。

そして何より肝心なのは、宇田川はこの平成の東京において、優佳がタイムトンネルで江戸と行き来していることを知る唯一の人物であることだ。優佳が話したわけではない。この前の事件で多くの証拠品を分析させているうち、いろいろな特質からそれらの品々が全て江戸時代のものであることを見抜かれてしまったのだ。

そのときは冷や汗が出た。だが結果的には、かえって安心して江戸の品物を持ち込めるようになった。宇田川にはこの話を世間に広める気などさらさらなく、ただ自分だけが江戸時代の品物を分析できるというシチュエーションを至福と感じているのだ。優佳としては、実に便利で有難い友人なのである。

日暮れ頃には、家に戻れた。電灯をつけて部屋に入ると、優佳はとりあえずパソコンを起《た》ち上げた。すぐにメールを開いてみる。

（うわ）

思わず呻いた。四十五通ほど溜まっている。大半はスパムメールの類だが、返信が必要なものも三、四通あった。さっき確認したスマホの方では、十五通ほど。こちらは大半が友人関係で、父親からのものもあった。

（やっぱり数日こっちに帰ってないのはマズいなあ）

急いで返信が遅くなった詫《わ》びを入れてメールを打った。江戸に行っている間は通信が不可能なので、どうしてもこうなってしまう。優佳の周りで毎日メールにレスしていない人間など、ほとんどいない。レスが遅いとの文句もよく送られてくるが、言い訳は難しかった。ツイッターやラインの誘いは必死に断っているが、いつまで逃げ切れるだろう。

（このままじゃ、友達なくしちゃうよ……）

優佳は憮然《ぶぜん》とした。とは言っても、江戸への行き来を減らしたくはない。生活の不便さは挙げればキリがないが、ただ漠然と日が過ぎていくだけの東京の暮らしとは比べようもないほど、江戸での暮らしには張りがあった。そして何よりも、江戸には伝三郎がいる。

だが、もっと切実な問題もあった。江戸での優佳は、これまでに貰《もら》った探偵仕事の礼金で百両余りを貯《た》め込んでいる。贅沢《ぜいたく》しなければ五、六年は暮らせる金額で、ちょっとした小金持ちだった。ところが東京では、今のところ収入がないためOL時代の貯金を取り崩しているが、それもあと二、三か月もすれば底をつきそうなのである。かと言って働いていては江戸との行き来ができない。百両をこっちへ持って来て現代の通貨に替えるという手もあるが、そんな大金を古銭屋に持ち込んだら騒ぎになってしまう。少しずつ別々の古銭屋で、ということも考えたが、いくらぐらいまでなら目立たないか見当がつかないし、何度もやっていればそう広い業界とも思えないから、やはり噂になってしまうだろう。

(お金使うのはできるだけ江戸にするとしても、何か対策考えないとヤバいな)

考えられる手は、宇田川に借金することぐらいだ。一応会社経営者である彼は、金を使うことにあまり関心がないため全然そうは見えないが、実は年収二千万を超えるセレブである。江戸から分析対象物を持ってくるのに金がかかる、と言えば簡単に貸してくれるだろう。だが、優佳としては宇田川との間にそういう関係を持ち込みたくなかった。ギリギリ最後の手段として、置いておくつもりである。

（ま、うじうじ考え込んでも仕方ないか。お腹すいてきたし）

時計を見ると、七時を過ぎていた。優佳はテレビでも見ながらご飯食べるか、と思って階下へ下りて行った。今日の晩ご飯は三百八十円のコンビニ弁当だ。食生活は平成の東京の方がはるかに豊かなはずなのに、このところ江戸での方がいいものを食べている気がする。しかもこっちの家では、いつも一人の侘《わび》しい食卓である。

（あーあ、伝三郎に会いたいよぉ）

優佳はくだらないバラエティを流しているテレビに向かって溜息をつきながら、缶ビールのプルトップを開けた。これも近々、〝第三のビール〟にしなくてはなるまい。


翌々日午前、宇田川からのメールが来た。相変わらず、「結果出たから来い」とワンフレーズのみの、何の飾りもないメールだ。そもそも親子鑑定の結果を教えてもらうだけなのだから、メールでも電話でも簡単に済むはずで、そうしてくれればわざわざ阿佐ケ谷まで出向かなくていいのだ。宇田川としては、自分の仕事の成果を直接渡して講釈の一つでも垂れたいのだろうが。

優佳はぶつぶつ言いながら電車で阿佐ケ谷に向かった。宇田川の方は、いつものようにデスクに向かって、優佳には見当のつかない作業を続けていた。優佳がドアを押し開けると、ちょっと振り向いて「ああ、来たか」と言ったが、無論、「電話で済むところをわざわざ悪いね」などとは絶対言わないし、優佳もそんな愛想は期待していない。

「で、どうだった」

こっちの方も同様、挨拶も何も一切抜きで問いかけた。本来ならば、無料で分析をさせているのだから「面倒かけてごめんね」ぐらいは言うべきなのだろうが、この男相手には無用の話だ。

「ほれ、これが結果だ」

宇田川はA４判の紙一枚を差し出した。分析の内容とプロセスらしいことがいろいろと書いてある。おそらく普通のＤＮＡ鑑定結果通知より、数倍は詳しいことが書いてあるのだろう。宇田川にとっては、相手が理解できているかどうかは関係ないのだ。

優佳の知りたい「結果」は、一番下の一行に書かれていることだけで必要十分だった。

「対象者Ａ（親）とＢ（子）の間に親子関係が存在する確率は、99・９パーセント」

ふむ。これで大津屋の親子関係については確認できたから、後は実の親捜しに専念して……って、え？

「ちょっ……これ、どういうこと」

「書いてある通りだが、詳しく言うとだな……」

「あー、それはいいから！　この二人、本物の親子で間違いない、っての？」

「だから、99・9パーセントは親子だ、ってことだ。何か不都合でも？」

「いや不都合って言うか、その……とにかく話を聞いてよ」

優佳は、大津屋からの依頼と産婆から来た手紙の内容を全て説明した。宇田川は興味があるような素振りすら見せず、気のない相槌《あいづち》だけ打っていたが、とにかく最後までは聞いてくれた。

「ね？　産婆が自分から子供が入れ替わったと書いてきてるんだから、この鑑定結果とは辻褄《つじつま》が合わないでしょ」

「じゃあ、産婆が嘘《うそ》ついてるんだな」

ほんの数秒考え込むことすらなく、あっさりと宇田川は言った。優佳にしてみれば、そんなに簡単に済ますわけにはいかない。

「何のためにそんな嘘を。詳細は会って話す、とまで書いてるんだよ。丸ごと嘘なら、詳しく話すほど見破られる可能性が高くなるのに」

「あんたがどう思おうと、結果は動かんぞ。結果の解釈はそっちの仕事だ」

「いや、まあ、そりゃそうだけど」

優佳は困惑した。どうも思っていた方向と違う。しかし、分析が間違ってるんじゃないかなどとほのめかしたら、宇田川は大いに機嫌を損ねるだろう。オタクにとって、自分の仕事を疑われるのはプライドへの挑戦であり、宣戦布告に等しい。

「何か思いつくことない？」

ダメもとで聞いてみた。宇田川の返事はにべもなかった。

「ない。後はそっちでやれ」

「だよね……」

優佳は鑑定結果をもう一度見つめながら溜息をついた。どのみち、ＤＮＡについて大津屋に説明することはできない。どうやら、何が何でも産婆おこうを見つけ出さねばならなくなったようだ。

二

牛込と名の付く地区はかなり広いが、主に武家屋敷と寺社で成り立っている。その隙間に押し込められたような形で、狭い町人地が点々とあった。龍玄寺の場所は牛込でもだいぶはずれの方、現在は早稲田《わせだ》通りとなっている表通りから北の方へ裏道を少し行った先にある。両国や日本橋《にほんばし》に比べれば、まるで田舎で人通りも少なく、日が暮れてからはあまり出歩く気分になれない所だ。

おゆうは疲れた足を引きずって、裏道へ入った。家を出てから一刻《いっとき》余り、だいたい二時間ほどかかっている。この辺は東西線早稲田駅の近くのはずだから、地下鉄で七駅分、ざっと七キロほど歩いた勘定だ。

（あァくたびれた。帰りが思いやられるな……）

まだ八ツ前だが、この足の具合では帰りは行きと同じ速さでは歩けないから、暮れ六ツに家に着こうと思えばそれほどゆっくりはできない。ダイエットには効果的かも知れないが、草履《ぞうり》ばきで一日に十五キロ近く歩くのは楽ではない。

「まったく、せめて九段下《くだんした》か元飯田町《もといいだまち》くらいの産婆にしときなさいよね」

声に出して大津屋への恨み言を呟《つぶや》いているうち、龍玄寺の門前に着いた。山門の構えや土塀などを見ると、なかなか立派なものだ。門は開いており、覗き込むと正面に間口十間ぐらいのどっしりした本堂があった。人影は見えないが、境内はよく掃除されているようだ。管理の行き届いた、かなり真っ当な寺らしい。

おゆうは門前に立って、このまま入って行ったものかどうか逡巡《しゅんじゅん》していた。女人禁制の寺ではないにしても、見知らぬ女がいきなりずかずか入って来て、おこうさんのこと知りませんかなどと尋ねたら、住職はかなり不快に思うだろう。おこうの住まいが境内にあるわけはないし、ちょっと周りを見てみようか。

そう決めると、おゆうは土塀に沿って歩き出した。すると、土塀の尽きた所に寺の裏の方へ続く小道が見つかった。おゆうは迷わずその道を辿った。

龍玄寺の裏は竹林になっており、その向こうは雑木林だった。小道は竹林の中へと続いている。目を凝らすと、竹林の奥に建物の影が見えた。あれがおこうの住まいだろう。そう見当をつけておゆうは竹林に足を踏み入れた。産婆と言うより山姥《やまんば》の住処《すみか》みたいだな、という考えが頭に浮かんだ。

近付いてみると、思ったよりずっと小綺麗《こぎれい》な家だった。山姥の住処とは程遠く、料亭の離れか小金持ちの妾宅《しょうたく》のようだ。表側は板壁でなく塗り壁で、障子の入った丸窓まであった。

（先代の住職の妹だったにしても、結構いい暮らししてたんだな。産婆ってそんなに儲《もう》かるのかな）

寺領で町方が手出しできないのをいいことに、訳ありの出産ばかりを引き受けていたのなら、中には高額の報酬を取れる客もあったのだろう。龍玄寺も金に困っている寺ではなさそうだ。金のために賭場《とば》や売春窟《くつ》を開いたり、そこまで酷《ひど》くなくても寺領をテナント貸しして賃料を稼ぐ寺などは数多い。だが見たところ、龍玄寺の寺領ではおこうの産婆業以外、何もやっている様子はなかった。

（とにかく、家を覗いてみるか）

おゆうは表口に回って引き戸に手をかけた。閂《かんぬき》でもかかっているかと思ったが、戸はすんなりと開いた。悪いけど勝手に入らせてもらいますよ、と声に出さずに断ってから、中に足を踏み入れた。途端に、ぎくりとして足を止めた。

三和土《たたき》に雪駄《せった》があった。誰かが家の中にいる。雪駄は男物だ。おこうではない。おゆうはじっと息を殺した。家の中から物音は聞こえない。おゆうが戸を開けた音を聞いて、向こうも様子を窺《うかが》っているに違いない。一瞬、龍玄寺の住職かもと思ったが、それならば息をひそめる必要はなく、堂々と出てくればいい。やはり、侵入者だ。冷や汗が出て来た。さあ、どうする。

待てよ。おゆうはふと気付いた。こっちはまだ何も、知られて困るようなことはしていない。単なる訪問者である。負い目があるのは侵入者の方だけだ。下手にこっそり動くより、普通の訪問者として振る舞った方が得策かも知れない。どのみち、助けを呼んでもこんな奥まった場所では誰も気付かないだろう。

「あのう、御免下さい。どなたかいらっしゃいますか」

おゆうは意を決して呼ばわった。奥の方で、慌てて人が動く物音がした。さあ、相手はどう出る？　裏から逃げ出すか、家人のふりをして応対に出て来るか、それとも……。

ばたばたと、足音がした。裏へは向かわず、こっちへ来る。間もなく玄関脇の襖が さっと開けられ、おゆうは咄嗟《とっさ》に身構えた。が、そこへ降ってきたのは、おゆうが江戸で一番聞き慣れた声、ここ何日もの間、ずっと聞きたいと思っていた声だった。

「何だ、おい、おゆうか？　こんなところで、どうしたってんだ」

おゆうはしばし呆然《ぼうぜん》として、目の前に立っている鵜飼伝三郎を見つめた。何という偶然だ。これって運命か？　いやいや、ちょっと待て。おゆうは三秒で冷静さを取り戻した。

「そりゃあ、こっちの台詞《せりふ》です。鵜飼様こそ、こんなところで何なさってるんですか。私のところはもう十日余りもご無沙汰しておいて」

「いや、前段はともかく後段はちょっと違うだろ。俺は御役目で来てるんだぞ」

「御役目ですって？」おゆうは顔色を変えた。

「まさか、おこうさんが殺されたとかじゃないでしょうね」

今度は伝三郎が慌てた。

「何だと。殺されたと思う理由《わけ》があるのか。何があった」

畳みかけられて、おゆうは面喰らった。

「いったい全体、何がどうなってるんです。だいたい、ここって寺社地じゃありませんか。町方が寺社地で御役目って、何なんです」

言われた伝三郎は言葉に詰まり、うーんと唸《うな》って首を捻《ひね》った。

「とにかく上がれ。他には誰も居ねえ。落ち着いて話を聞こう」

伝三郎に促され、おゆうは草履を脱いで家に上がった。伝三郎は入ってすぐの六畳ほどの座敷におゆうを招じ入れ、そこで胡坐《あぐら》をかいた。

「まあ座れや。お前、おこうを訪ねて来たのかい。産婆に用があるようには見えねえが」

軽口のつもりか、伝三郎はおゆうの腹に目をやりながら言った。茶化してる場合じゃないわよ。おゆうは膨れっ面になった。

「当たり前です。それにおこうさんはもう産婆をやめてるんでしょ？　私は、両国橋の大津屋さんに頼まれた仕事で来たんです」

おゆうはそれから小半刻ほどかけて、大津屋に頼まれたことを伝三郎に話して聞かせた。もちろん、ＤＮＡの話は抜きでだ。伝三郎はその間、ほとんど言葉を挟まず、黙って頷きながら聞き入っていた。

「さあ、これが私がここに来た理由です。今度は鵜飼様の番ですよ。どうしてこちらに？」

おゆうはそう言って伝三郎に迫った。だが、伝三郎はじっと腕組みしたまま考え込んでいる。おゆうは眉をひそめた。どうしたんだろう。普段なら捕り物の話なんか、自分から何でもしてくれるのに。この前最後に私の家に来て言ってたように、相当難しい話に巻き込まれているのだろうか。

「あのう……そんなにおっしゃり難いお話なんですか」

心配になったおゆうにそう聞かれて、伝三郎は顔を上げた。

「うん。まあ正直、ちょっと厄介な話でな。悪いがそれは置いといて、まずお前の目でこの家をざっと調べてみねえ」

「ああ……それなら、そうさせて頂きます。鵜飼様はもう一通りお調べに？」

「一応はな。だが女の一人暮らしだ。女のお前が見たらまた違う景色が見えるかも知れん」

「わかりました。では、拝見します」

おゆうは承知して立ち上がった。いま居る部屋は、何も置いていない殺風景な部屋だ。玄関の隣なので、さしずめ産婦人科の待合室、というところだろう。横の襖を開けると、八畳間が三つ、連なっていた。その向こうは廊下と縁側だ。「待合室」の奥側の壁の向こうには、部屋がもう一つと台所や雪隠《せっちん》があった。そちらが居住区で、八畳三間は入院、分娩《ぶんべん》などお産の仕事に使う部屋だろう。一番奥の八畳間には床の間があって掛け軸がかかっているところを見ると、応接兼用かも知れない。一人暮らしには随分大きな家だ。産院としても充分すぎるほど大きい。

「意外に広いだろ。先代の住職、つまりおこうの兄者が建ててやったそうだ。昔は下働きの爺《じい》さんと婆さんがいたらしいが、二人ともも う死んでる。産婆をやめての一人住まいじゃ、持て余したろうな」

　おゆうの後をついて歩きながら伝三郎が言った。

「それに、道具類があんまりねえんだ。産婆が使う道具だの産湯の盥《たらい》だの屏風《びょうぶ》だのと、七、八人が泊まれる夜具は揃《そろ》ってるが、おこう当人の物となると、大道具は簞笥《たんす》一竿《ひとさお》と鏡台と水屋ぐれえだ。後は鍋釜の他、小物だけだな。贅沢はあまり好まず、つましく暮らしてたようだ」

　伝三郎の言う通り、ちょっと殺風景な家だった。高額の報酬を取っていたような雰囲気ではない。しかし、それまで堅実につましく暮らしていた人物が、いきなり強請りまがいの手紙で百両ふっかけてくるとは。何かよほどの事情があったのだろうか。

　おこうの「居住区」の部屋には、伝三郎の言った簞笥と、鏡台があった。他には文机と小物入れ程度だ。文机の上には、硯《すずり》と筆の入った箱と、文箱が一つ置いてあった。

おゆうは簞笥の引き出しを開けて中を改めた。普通に着物と襦袢《じゅばん》と足袋《たび》などが入っていて、変わったものはない。唯一、鍵の付いた小さな手文庫のような箱が一番上の段の奥にあった。鍵はささったままだったので開けてみると、様々な金種の現金が入っていた。

「そいつは鍵があったんで俺が開けた。全部で五両ほど入ってる」

　背後から伝三郎がそう声をかけた。日常用の手提げ金庫だろう。もし蓄えがこれしかないのなら百両無心するのもわかるが、他にないのかどうかはわからない。

着物の方はやや地味な紬《つむぎ》か木綿で、絹織りのような高級品はなかった。鏡台の引き出しには、どこにでもあるような装飾品と白粉など。これも至って普通だ。次に、ミニチュアの箪笥のような小物入れの引き出しを調べた。耳かきや鋏《はさみ》、裁縫道具などがあったが、目を引くようなものはなかった。

最後に文机に載った文箱の蓋を開けた。中には、文が何通か納められていた。

「この文は、読んでみられましたか」

「ああ。十二、三あるが、全部お産で世話になったことの礼状だ。見ての通り、金釘流の平仮名だけで書いたのもある。みんな手厚く礼を言ってるよ。訳ありの連中がほとんどだから、丁重に扱ってもらったのが嬉しかったんだろうな。中には、町方に追われる身だったのが、ここで子が生まれたのをきっかけに足を洗った、てえのもある。おこうって女は、結構評判が良かったみたいだぜ」

「そうなんですか……」

手紙の束を取り上げてぱらぱらと見てみた。おゆうに読めない達筆もあるが、いかにも学のなさそうな者が書いた金釘流の手紙からは、言葉が単純で直截的《ちょくせつてき》なだけに、より強く純粋な感謝の気持ちが伝わってきた。その中の一通によると、小悪党だった男が足を洗って八百屋になり、女房と幼い息子と一緒に息災に暮らしているらしい。

それもこれも、おこうのおかげだと繰り返し書き綴《つづ》られていた。胸が熱くなるような手紙だ。

「それでどうだい、何か気が付いたかい」

じっと手紙を見ているおゆうに伝三郎が声をかけた。おゆうは、はいと応えて手紙を文箱にしまった。

「ただ殺風景なだけじゃありませんね。あるべきものが見当たりません」

「ふむ、あるべきものとは」

「書付《かきつけ》、帳面の類です。そういうものが一切ありませんね。産婆なら取り上げた赤ん坊の記録ぐらいは取ってあるはずですし、お金のやり取りを記したものもあるでしょう。何もないというのは、持ち去られたとしか思えません」

「うん、その通りだな」

伝三郎も一通り調べて同様の結論を出していたらしい。

「帳面どころか、その文の他、掛け軸一本を除いて文字の書いてあるものが何にもねえんだ。お前の言うように、誰かが持っていったんだろう」

「家捜《やさが》しでもされたんでしょうか」

「かも知れんが、家捜しされたにしちゃ、この家は片付きすぎてる。外から誰かが入ったなら、そいつは恐ろしく手際のいい奴だな」

「書いたものが何もなくては、おこうさんがどこへ行ったかの手掛かりもないわけですよね。とすると、自分の手掛かりを残さないためにおこうさんが持ち出したのかも」

「そいつは何とも言えねえ。おこうが自分で姿を消したのかどうかも、まだわからねえんだからな」

「えっ」おゆうは驚いて伝三郎を見た。

「それじゃ、おこうさんは誰かに連れ去られたかも知れないと？　いったいおこうさんの周りで何が起きてるんです」

それでさっきは、「殺されたんじゃないでしょうね」という言葉にあんなに反応したのか。少なくとも大津屋は、拉致《らち》だの殺しだのといった荒事に手を染めるような人間ではない。

「うん……それが、さっきも言ったようにちょいと難しい話でな……」

伝三郎はこめかみを掻《か》いた。やはり歯切れが悪い。

「鵜飼様ぁ……」

おゆうは思い切り哀しそうな顔をしてみせた。この私にも言えないことがおありなんですか。私を信用しては頂けないのですね。それはとっても哀しいです。そういう台詞を、表情だけで目一杯語ってやったのだ。果たして伝三郎は、ひどく悩んでいる顔つきになった。言うか言うまいか、ぎりぎり迷っているのだろう。それぞれ、もう一息だ。

とうとう、伝三郎が折れた。

「わかった。だが、ここで言える話じゃねえんだ。これから一緒に来てくれ」

「は？　一緒に……どこへ」

「まあ、行けばわかる。そんなに遠くないから」

そう言われれば、おゆうとしては「はい」と言うしかない。とりあえず伝三郎に従って立ち上がったが、ふと例の文箱が目に入った。

「鵜飼様、あの文箱、置いていくんですか。少しでも手掛かりになりそうなのはあれだけなのに」

言われて伝三郎も気付いたようだ。

「それもそうだな。いや、しかし奉行所にいま持って行くのはちょいとまずいな……と言って、このまま置きっぱなしも……そうだ、おゆう、お前が預かっといてくれ」

「え？　私が預かっていいんですか」

「ああ。何度も言うようにちょっと難しい話なんで、奉行所に置けねえんだ。頼むわ」

「そりゃまあ、よろしいですが」

おゆうは首を傾げながら、懐から風呂敷を出して文箱を包むと、手に提げた。

「さあ、それじゃ道行きと参りましょうか」

おゆうは伝三郎と並んで、龍玄寺の人々に気付かれないよう静かに小道を歩き始めた。

表通りに出た二人は、南に向かって歩き出した。もう一度どこへ行くのかと聞いても、すぐにわかるさ、という答えしか返って来ない。仕方なく、おゆうは黙ってついて行った。また足が痛くなってきた。

道は尾張家《おわりけ》上屋敷の塀に突き当たり、伝三郎は左に折れて、延々と続く尾張家の塀に沿って進んだ。どうも伝三郎が請け合うほど「そんなに遠くない」わけではなさそうだ。あまり黙っているのも気づまりなので、周りの風景を材料に話しかけてみたが、伝三郎からは生返事ばかりで反応が鈍い。抱えている問題におゆうを巻き込むのが、やはり不本意なのだろうか。おゆうもだんだん落ち着かなくなってきた。

神田川を渡り、市谷御門《いちがやごもん》を抜けて三番丁に入った。この一帯は江戸城西側に広がる武家地で、旗本屋敷がびっしりと立ち並んでいる。行き交う人々もほとんど侍で、おゆうのような町人女は珍しかった。

やがて伝三郎は、表二番丁の通りに足を踏み入れた。行く先はどうやらこの辺の武家屋敷の一つだな、とおゆうが見当を付けると、思った通り伝三郎はある旗本屋敷の前で足を止めた。ここなのか、と思って門を見た。割合に立派で、屋敷もまずまず広そうだ。軽輩《けいはい》ではない、一千石以上の旗本の住まいだろう。

伝三郎は閉まっている門の脇のくぐり戸を叩《たた》いた。すぐに応答があって戸が開き、中に居た小者《こもの》が伝三郎に頭を下げて招じ入れた。伝三郎が手招きし、おゆうも後に続いた。小者は町人女が来たのに驚いたようだが、何も言わなかった。

伝三郎は玄関の式台に向かわず、裏手に進んだ。屋敷の勝手はすっかり承知しているようだ。いったい誰の屋敷だろう。

「あの、ここはどなたの……」

我慢できずに聞いてみた。伝三郎は振り向き、もうよかろう、という様子で口を開いた。

「ここは、御奉行のお屋敷だ」

「えっ……御奉行様の」

おゆうは目を丸くした。何と、南町奉行筒井和泉守政憲《つついいずみのかみまさのり》の屋敷だったのか。だが、南町奉行所は奉行の役宅を兼ねているので、在任中筒井本人は奉行所の方に居るはずだ。奉行の私邸に、何の用があるのだろう。

おゆうがさらに事情を聞こうとすると、伝三郎はさっと前に向き直って庭に入り、奥の間の一つの前に立つと中へ声をかけた。

「戸山様、鵜飼です。お邪魔をいたします」

その声に応じて、すぐに障子が開き、大柄で年嵩《としかさ》の侍が廊下に出て来た。年の頃は四十七、八というところだろう。上背があり、しかめ面をしているので威圧的に見える。ここの用人か何かだろうか。

侍は伝三郎に向かって軽く頷き、「どうした」と言ったが、後ろに立つおゆうに気付いて不審の目を向けた。伝三郎はおゆうの方に顔を向け、「内与力の戸山様だ。控えろ」と言った。きょとんとして突っ立っていたおゆうは、その声で慌てて地面に膝をつき、頭を下げた。

（これが戸山様か）

境田左門が言っていた、現在伝三郎を指揮している人物だ。確か、戸山兼良《かねよし》という名だった。内与力とは、与力格で奉行所に勤務する奉行の家来である。伝三郎を始め、町奉行所の一般の与力・同心は幕府直轄の御家人で、次々交代していく町奉行とは違い、ずっと奉行所に勤務するプロパーの官吏だった。彼らは仕事に関してはプロであり、主従関係のない素人の奉行には使いこなすのが難しい。そこで自分の信頼できる家来を、奉行が自由に使える内与力として奉行所に置いているのだ。プロパー社員ばかりの関連会社に社長として出向する親会社の幹部が、腹心の部下を何人か連れていくのに似ている。

そんな内与力が普段やっているのは秘書役のような仕事で、こんな形で定廻り同心を直接指揮するなどというのは、異例中の異例だ。筆頭同心の浅川が不機嫌なのも当然である。伝三郎がしきりに「難しい話だ」と言っているように、何か異常事態が発生しているのだろうか。

「何だ、その女は」

戸山がおゆうを手で示して伝三郎に聞いた。ちょっと当惑しているようだ。

「それについてお話がございます」

戸山はますます不審そうな顔をしたが、頷いて伝三郎に座敷に上がるよう促した。

二人は座敷に上がって障子を閉め、おゆうは庭先で待った。漏れてくる声からすると、おゆうのことに関して伝三郎が戸山を説得しているようだ。ときどき、戸山が「本気か」とか「それはまずい」「そんなことは」などと大きな声で言うのが聞こえた。

二十分ほどは経ったかな、とおゆうが思った頃、話し声が止《や》んで障子が開いた。出て来た戸山が憮然とした面持ちなのに対して、伝三郎はほっとしたような顔をしている。どうやら伝三郎が押し切ったらしい。

戸山はおゆうをじろりと睨《にら》みつけた。思わず深く頭を下げる。戸山は伝三郎に、「この座敷を使え」と言い残すと、さっと横を向いて廊下を奥へ歩み去った。伝三郎はその後ろ姿を頭を下げて見送っていたが、戸山が行ってしまうとおゆうにニヤリと笑いかけた。

「待たせちまったな。いいからこっちへ上がんな」

座敷に上がったおゆうは、畳に座ると伝三郎に向き合った。

「戸山様から、お許しが出たんですね」

「ちっと手間取ったがな。さて、どこから話したもんか……」

伝三郎は腕組みして俯いた。やはりだいぶ込み入っているらしい。

「御奉行様から直々のお指図だったのでしょう。何をせよと言われたんですか」

「うん……実はな、さる御大名の御落胤《ごらくいん》を探せ、と言われたのさ」

「御落胤ですって？」

思いもよらない話に、おゆうは驚いた。普通、そのような大名家の家中の問題に町方が首を突っ込んだりはしないはずだ。

「どうして御大名の話に御奉行様が関わるんです」

「それが、御老中水野《みずの》様から、内々で頼み込まれたらしいんだ」

「御老中様が。ますますわからなくなってきました」

「だろうな。順に話そう。まずはだな、さる大名家に、御老中の仲立ちで公方《くぼう》様の御子が婿養子に入ることになった、と思いねぇ」

「は？　ああ、それはよくあるお話ですよね」

将軍家斉《いえなり》が史上稀《まれ》に見る絶倫オヤジで、二ダースとも三ダースとも言われる数の側室に数十人の子を産ませ、その嫁入り先やら養子先を見つけるのが老中水野出羽守《でわのかみ》忠成《ただあきら》の最大の任務だった、というのは有名な話だ。

「それが何で御落胤の話に……あっ」

おゆうは、ぱん、と手を打ち合わせた。

「その婿入り先の御大名に御落胤がいるって話が出て来て、きちんと確かめないと婿入りに差し障りが出る、と、こういう話ですね。でも何でそれを御奉行様に……って、そうか！　その御落胤は江戸の町人の中に居るんだ。それじゃ、鵜飼様がおこうさんの家をお調べになってたのは、おこうさんが産婆として御落胤のお生まれに関わった疑いがあるからなんですか」

勢い込んでそう迫るおゆうを見て、伝三郎は唖然《あぜん》とした顔になった。それから、「はあっ」と感心したような声を上げた。

「たまげたな。俺が言った一言で、もうそこまでわかっちまったのか。こいつぁやっぱり、お前を引き込んだのは間違っちゃいなかったな」

そう言って伝三郎は、満足そうな笑みを浮かべた。

「まったく、目明しのうち十人に一人でもお前と同じくらい頭の回る奴がいたら、この江戸もずいぶんと住みいい町になるだろうになあ」

おゆうはちょっと赤くなった。お世辞とわかっていても、伝三郎に褒められればやはり嬉しい。

「嫌だ、そんなに持ち上げないで下さいな。それより、その先をお願いします」

「おう。全部言っちまえば、その御大名ってのは備中《びっちゅう》の矢懸藩奥山家《やがけはんおくやま》だ。そこの殿様は今は中風で寝たきりらしいが、二十年ばかり前、江戸屋敷で喜代《きよ》って女中に手を付けた。まあよくある話で、普通なら殿様御手付きってことで、その喜代を側室に上げるんだが、実は御手付き前に江戸屋敷の侍の一人と深い仲になってたらしい」

「あ……ということは、子供が生まれたとき、どちらの子かわからないわけですね」

「ああ。しかも、その侍は当時の江戸留守居役《るすいやく》と仲の悪い国家老の親戚だったんだ。あいにく、御正室様には子がない。となれば、喜代が男子を産んだ場合、国家老一族の血を引くかも知れない子供がお世継ぎになるわけだ。そうなっても、藩としては公にこれは間違いなく殿様の御子だ、と言い切っちまえばそれほど不都合はねえが、江戸留守居役としては甚《はなは》だ不都合だ。で、そうなる前に喜代を追い出したのさ」

江戸留守居役とは、企業で言えば執行役員東京支店長のような役職の重臣だ。その力をもってすれば、理由を付けて喜代を追い出すくらいは難なくできるだろう。

「まあ酷い。じゃ、喜代さんは実家に帰ったんですか」

「いや、実家は国元で、江戸で藩の出入り商人をしている遠い親戚を通じて奉公したのさ。とりあえずその親戚のとこへ帰ったんだが、やはり身籠ってたんだよ。そのうち腹が大きくなりだして、妙な噂が立ち始めた。で、居づらくなって伝手《つて》のあるところを転々とした揚句、臨月が近くなってておこうのところへ転がり込んだらしい。文月の初めくらいの話だ」

「そんなのって……喜代さんは何も悪くないのに、あんまりです」

本人が望んだことでもないだろうに、御手付きになったおかげでそんな目に遭うなんて。やはりこの時代の、特に武家社会では、女性の人権はまったくないがしろにされているのだ。

「確かに、酷え話だよな」

伝三郎も同意して頷いた。

「喜代が放り出されたってとこまでは御奉行から聞いたんで、俺もあまり詳しくはわからねえ。そこから先の足取りを辿るのに、十日かかったよ。何せ二十年前の話だからな。けど、辿れたのはここまでだ」

「鵜飼様はお一人でお調べに？」

「いや、さすがに一人じゃ無理だ。岡っ引きを十人ほど使ってる。お前のよく知ってる馬喰町の源七《げんしち》もいるぜ」

「あら、源七親分も」

源七はおゆうの住まいの辺りを縄張りにしている岡っ引きだ。なかなかの腕利きだが、おゆうの手際にも一目置いていて、一緒に仕事したことも何度かある。彼が仲間に居るのは心強い。

「だがな、連中には事の全体を話してねえんだ。俺がその場その場でやってもらいてえことだけを指図してるのさ。何のために動いてるのか、誰もわかっちゃいねえ。こんな話、知ってる人間は少ないほどいいからな。お前もその辺、気を付けてくれ」

「わかりました。余計なことは喋りゃしません。でも、私には全部話して下さったんですね。嬉しい」

ちょっと甘えたような顔をしてみた。伝三郎は慌てて咳払《せきばら》いした。

「勘違いするなよ。お前に全部話したのは、大津屋のことがあるからさ」

「大津屋の？」

言いかけておゆうは気付いた。

（あ……そういうことね）

そうだ。大津屋の清太郎が生まれたのが二十年前の文月。御落胤が生まれたのも二十年前の文月。そしておこうの文には、赤ん坊が入れ替わったとある。その疑いのある相手の女の名は「ちよ」か「きよ」。まさしく、ぴったり符合する。

「じゃ、清太郎さんがその御落胤かも知れないとお考えなんですね」

「ああ。さっきお前の話を聞いたとき、ぞくっとしたよ。これほどうまい具合に嚙《か》み合う話が、他に転がってるわけはねえ。清太郎が御落胤だと思っていいだろうよ」

（いや、ちょっと待って。良くないんだよ、それが）

おゆうはそう口に出したいのを懸命にこらえた。清太郎が御落胤である可能性は、DNA鑑定で否定されているのだ。だが、それをいま伝三郎に説明する方法はなかった。

（うわあ……マズいなこりゃ）

大津屋の件を伝三郎が報告すれば、内与力の戸山も南町奉行の筒井和泉守も、老中水野出羽守も、全員が納得して信じ込んでしまうだろう。それほどに都合のいい話なのだ。老中の耳に入れれば、もうひっくり返すのは難しい。それまでに、清太郎が御落胤でないという説得力のある説明をひねり出さねばならない。これは大変だ。

「おい、どうかしたか。妙な顔して」

伝三郎に言われて我に返った。

「え？　あ、いえ、その……何て言いますか、ちょっと都合が良すぎるような、と思いまして」

苦し紛れにそう言った。ところが、「何言ってやがる」と笑い飛ばされるかと思いきや、伝三郎は真顔で首を捻っていた。

「そうか。お前もそう思うかい」

「あれ？　鵜飼様も何かおかしいとお思いなんですか」

「うむ。矢懸藩の婿入りの話が持ち上がった途端、御落胤の話が飛び出した。そして同時におこうの文が大津屋に届いた。頃合いを見計らったように、一斉にだ。お前の言うように、都合が良すぎる」

「つまり……おこうさんは、矢懸藩の騒動を聞きつけて大津屋に文を出した、ということでしょうか」

「いや、だとするとおこうはどうやって矢懸藩の様子を知ったんだ。公方様の御子の婿入りの話は、俺たちは別にして、御老中とその周りの限られたお方しか知らねえんだぞ。戸山様と俺だって、奉行所でこの話はできねえから、わざわざ御奉行の御屋敷を使わせて頂いてるんだ。おこうが知る術《すべ》はないはずなんだよ」

「婿入りの話はともかくとして、おこうさんは喜代さんの子が御落胤かも知れないと知ってたんじゃありませんか」

「そりゃあ充分あり得るが、おこうが御落胤のことを摑んでいたとすりゃ、何で、大津屋に百両無心するなんてケチな真似《まね》をしたんだ。狙う先が違うだろ。その上、姿をくらましちまうなんて」

「御大名が関わってる話ですからね。怖くなって隠れたのかも知れません」

「だとしても、やってることがちぐはぐなんだよな……。そもそも、何で赤ん坊の入れ替わりなんてことが起きたんだ」

「それは……おこうさんが取り違えたとか？」

「だったら何で今まで黙ってたんだ。今頃取り違えに気が付いた、とでも言うのか」

「うーん、それも妙ですよねえ」

「だろ？　どうもよくわからん」

伝三郎はしきりに頭を掻いた。納得のいかないことが多すぎる、という態《てい》だ。おゆうは少しばかりほっとした。おゆうの胸の内とは違うが、伝三郎は伝三郎なりに疑いを抱いている。ならば軽々しく上の方に報告せず、もっと探索を続けるだろう。そうすれば、清太郎は実際に御落胤ではないのだから、それを示す証拠が出て来るかも知れない。

「とにかく、おこうを見つけ出すのが先決だな。それと、喜代とその入れ替わった子も」

おゆうも、はい、と頷いた。

「じゃあ、まずこの文から始めます」

おゆうは脇に置いた風呂敷包みに目をやった。

「そいつだが、どれだけ使えるかはわからんぞ。それだけ置いて行ったってことは、全然手掛かりにはならねえ物だと承知していたか、偽の手掛かりを掴ませようとしてるのか、どっちかだろう」

「それでも、何か相手の考えくらいは探れるかも知れません。一通り文を読んで、明日からでも差出人を当たってみます」

「そうか、頼む。俺の方は、喜代を捜そう。源七たちに牛込界隈の聞き込みをやらせる」

そう言って伝三郎は立ち上がった。

「さて、日も傾いてきたし、帰るとするか。送ってくぜ」

「はい、ありがとうございます」

おゆうは微笑み、風呂敷包みを手に提げて伝三郎の後に続いた。

(やれやれ、大変な一日だったわ)

大津屋の頼みごとが、とんでもない展開になってしまった。だが、悪い話ばかりでもなかった。これからは、堂々と伝三郎と一緒に動けるのだ。今も、足は痛むが伝三郎と長いデートを楽しめる、と思えば我慢の値打ちはある。今期、運命の女神は私につくことにしたらしい、と思うことにしよう。


家に着いたのは、ちょうど暮れ六ツの鐘が鳴る頃だった。お上がりになりませんかと誘ったのだが、いや、お前も疲れてるだろうからと言って、伝三郎は帰って行った。ちょっと残念だが、まあ仕方がない。実は、おゆうにもやることがあったのだ。

おゆうは部屋に上がると手燭《てしょく》を出して火を灯した。そしておこうの文箱の入った風呂敷包みを持つと、押し入れにもぐり込んだ。


「さて、と」

東京の家に戻り、優佳は風呂敷をほどいて自分の机の上に文箱を載せた。これからやる作業は、行灯の光では暗すぎて難しい。それで東京のＬＥＤ照明の下に持って来たのだ。

優佳は机の引き出しを開け、化粧品のような小瓶と刷毛《はけ》、それにビニールのシートを取り出した。小瓶の中にはアルミのパウダーが入っている。椅子に座り、瓶の蓋を取ってアルミパウダーに刷毛を突っ込んだ。そうしてパウダーを一杯に付けた刷毛を持ち上げ、それで文箱の表面を丁寧にはたいていった。黒い塗り物の文箱の表面に、期待した通り幾つもの指紋が浮かび上がった。優佳はその指紋にシートを押し当てて写し取り、出来栄《できば》えを確認して一枚ずつジッパー付きの保存袋に収めていった。

全て完了すると、保存袋を指紋採取キットと一緒に引き出しにしまった。それから湿らせた布巾を持って来て、ちょっとためらってから文箱の表面を拭った。これで指紋は消えてしまうが、伝三郎からの預かり物である以上、返してくれと言われたときに指紋を浮き上がらせたまま差し出すわけにはいかなかった。

ひとまず指紋に関わる作業を終えると、優佳はパソコンを起ち上げた。まずは、「矢懸藩」でググってみる。様々な解説が現れたので、全般的な説明を開いてみた。

備中矢懸藩は、この当時四万石。三河《みかわ》以来の譜代、奥山家が藩主である。歴代藩主を追っていくと、将軍の子の婿入り先としては小さい藩だが、例がないわけではない。問題は、その次だ。

中風で寝込んでいる現藩主は、奥山式部少輔則元《おくやましきぶしようゆうのりもと》という人物だった。

（あれ？）

優佳はマウスでスクロールしていた指を止めた。

（将軍家の婿養子なんて、書いてないじゃん）

しかも、次の藩主は津山《つやま》の松平《まつだいら》家からの養子となっていた。では、御落胤はいったいどうなったのだろう。清太郎が御落胤でない以上、どこかへ消えてしまったということになる。当人が大名家に入るのを嫌がったのか。まさか、闇から闇へ消されてしまったのか。それとも、御落胤の話自体が全くのガセだったのか。

（うん？　何なのこれは）

先に進むと、意外な記述があった。矢懸藩はおゆうの関わったときから一年後、三万石に減封されていた。すぐに「矢懸藩　減封」で検索する。歴史研究家のブログらしいのが見つかったので開くと、減封の理由は藩士が徒党を組んで江戸で暴力事件などの不始末を起こしたことによる、と記されていた。それ以上詳しい記述は見つからない。

（ふうん……どうも引っかかるな）

何か妙だ。将軍の子を婿養子に迎えて加増になるはずが、逆に不祥事で減封だと？　それも藩士の暴力事件で、というのは処分が重すぎる。優佳は腕組みしてパソコンの画面を見つめた。いったい、矢懸藩に何が起きたんだ。

三

次の日の朝である。夜具を片付けたおゆうは、軽く部屋を箒《ほうき》で掃いてから、座敷に座って朝食を食べていた。この後、しばらくゆっくりしてから十時頃に宇田川のラボに行って指紋を預け、戻って来てからあの文箱にあった文の差出人を順に捜して……と、段取りを考えていると、思いがけなく表から声がした。

「よお、俺だ。昨日はご苦労だったな。上がるぜ」

伝三郎だ。おゆうは「はい、どうぞ」と言いかけて、自分が食べているのが昨夜コンビニで買ったツナサンドなのに気付き、飛び上がった。

「わああ、ちょっと待って！」

慌てふためいてツナサンドの残りを袂《たもと》に放り込むと、口の中のものを飲み込んだ。

その一秒後、伝三郎がのそっと座敷に入って来た。

「何だい。何を慌ててるんだ。何か食ってたのか」

「え、ああ、ちょっとお餅《もち》などを……あはは」

「朝っぱらから餅？」

伝三郎は冷や汗をかきながら笑うおゆうに不思議そうな目を向けたが、「まあいいや」と言って腰を下ろし、胡坐をかいた。

「お前、今日はおこうの家に残ってた文の相手を当たる、って言ってたな」

「はい、そのつもりですけど」

「それなんだが、おこうに世話になった連中は、駆け落ちだのお尋ね者だのってえ訳ありのが多いからな。見ず知らずのお前が行っても何も話さねえだろう。で、こいつがありゃあ役に立つと思ってな」

伝三郎はそう言いながら、懐から布で巻いた何か長細いものを出して畳に置いた。

「何です、これは」

伝三郎はその問いに答える代わりに、布をほどいた。

「えっ……これって」

おゆうは目を見開いた。出てきたのは、黒ずんだ十手《じって》だった。

「こいつを出しゃあ、たいていの奴は口を開くぜ」

「あの、私を十手持ちの岡っ引きに、ってことですか」

目を丸くしたまま尋ねるおゆうに、伝三郎は笑って手を振った。

「そう驚くことでもねえだろう。奉行所の帳面に載ってないことを除けば、お前のやってることはほとんど岡っ引きと同じじゃねえか」

「あ、はあ……それはそうかも」

帳面に載る、と言っても、岡っ引きを雇うのは同心の裁量で、奉行所は同心に支払う手当のために人数を把握しておくだけだ。住所氏名が登録されるのとは、ちょっと違う。だから、おゆうも伝三郎が岡っ引きだと言えば岡っ引きなのである。しかしそれでは大雑把すぎるので、武器兼身分証として十手を持つ、というのが慣習になっているのだ。

「なあに、難しく考えるな。本当に岡っ引きになれと言ってるんじゃねえ。この御落胤の一件に関わってる間は、入り用のときはそいつを使え、ってことだ」

「はあ、臨時の岡っ引き、ですか」

「まあ、そんなようなもんだ。それに、考えたんだがな、いま使ってる岡っ引き連中は手練《てだ》れ揃いだが、その分、十手なんぞ持ってなくても、一目で岡っ引きだとわかっちまうような奴ばっかりなんだ。その点、お前はどう見ても岡っ引きにゃあ見えねえ。正体を隠して町方の入れねえ龍玄寺の中へも訪ねて行けるだろう。十手を出すときと隠すとき、使い分けができて都合がいいんだよ」

「うーん、そうですね。それはまあ、おっしゃる通りかと」

何とまあ、変幻自在の女エージェントをやれってか。これは面白くなってきた。おゆうは腹を決めた。

「承知いたしました。この十手、謹んで預からせて頂きます」

正座して、畳に両手をついた。伝三郎は満足げに頷いた。

「そういうことで、よろしく頼むわ。使い古しの奴で悪いがな」

おゆうは手を伸ばして十手を取った。柄の部分には滑り止めの握りとして細い縄が固く巻いてある。伝三郎の朱房の十手とは違って飾り気はないが、持った感じは悪くなかった。

「どうだい、十手を持った気分は」

「ええ……何だか、ちょっとわくわくしてきました」

「そうか。ま、あんまりはしゃぎすぎねえようにしてくれよ。じゃあ、よろしくな」

伝三郎はそう言い置くと、おゆうに手を振って出て行った。

おゆうは一人になって、もう一度十手を握った。思ったよりは重い。おゆうの腕力では、片手で武器として振り回すのは難しそうだ。どっちみち、十手術のような武道は全然知らないのだから、身分証代わり以外の使い方はできない。

おゆうは鏡台の前に立って、十手を構えた。ついでに「御用だ、神妙にしろ！」と言ってみる。うん、なかなかカッコいい。

（私もとうとう十手持ちかあ……）

おゆうはニヤニヤしながら、可愛がるように十手を撫でさすった。


「ねえねえ、ちょっとこれ見てよ、これ」

宇田川の脇に置いてあったスツールに座るなり、優佳はバッグから十手を取り出した。それに目をやった宇田川は、さすがに驚いた顔をした。

「これって……十手じゃないか。本物か。いったいどうしたんだ」

「へっへー。伝ちゃんからのプレゼントぉー」

「伝ちゃん？　ああ、例の八丁堀同心か。てことは、江戸で岡っ引きに就職したのか」

「いや、実はパートなんだ。臨時雇い」

「パートの岡っ引き？　そんなの聞いたこともないぞ」

「いいじゃん、現にここに居るし。岡っ引きなんて同心が自分で雇うんだから、何でもありなんだよ」

「そんなもんかねえ。まあいいや、ちょっとその十手を貸してくれ」

宇田川の視線は、十手にぴたりと据えられていた。

「いいけど」

優佳は宇田川の差し出した手に十手を渡した。受け取った宇田川は、好奇心満々の様子で十手を握り、何度か持ち上げたり振ったりしてから、目の高さで止めた。

「ふむ。やはり結構重さはあるな。鍛鉄か」

宇田川は目を細めて、十手を端から端まで丹念に見ていく。

「そうだな。まずはここで切断して、断面を顕微鏡で調べる。それからサンプルを削り取って成分分析を……」

「こら、こら、こらァーーっ！」

優佳は仰天して十手をひったくった。

「十手を分析してどうすんのよ。壊したら承知しないぞ」

「わかってるって。ムキになるなよ。冗談に決まってるだろ」

「あんたが言うと冗談に聞こえんわ！」

「そうかな」宇田川は肩を竦《すく》めた。

「ところで、今日は何だ。十手を見せびらかしに来ただけか」

くそ、相変わらずデリカシーのない奴だ。こっちも、見せびらかす相手が宇田川しかいない、というのが腹立たしい。

「そうじゃなくて、ほら、これ。指紋よ、指紋」

優佳は昨夜文箱から採取した指紋のシートを出して、宇田川のデスクに広げた。文箱を直接持って来ても良かったのだが、ラボの従業員たちの目を引くのはまずい、と思ったのだ。

「ふん、指紋か。何人かのが重なってるな。一人分ずつ分けてデータ化すりゃいいんだな」

「そう。私と伝ちゃんのもあるから、それ以外ね」

優佳と伝三郎の指紋は、だいぶ以前からここでデータとして保存されている。

「で、照合は？」

「まだ照合するものがない。必要になるまでデータを保管しといて」

「わかった。見たところ、そう大勢の指紋じゃなさそうだ。時間はかからん」

宇田川はシートをデスクのＬＥＤスタンドにかざしながら、軽い調子で言った。

「だが、指紋だけじゃあんまり面白くないな。やっぱりその十手も置いていかないか」

「置いてかねーよ！」

優佳はさっさと席を立ち、事務員のいつもながらの好奇の視線に送られてラボを出た。まったくあの分析オタク、証拠品を分析してくれるのは有難いが、ときどきすごく疲れさせてくれる。

下谷長者町黒塀長屋《したやちょうじゃまちくろべい》、棒手振りの八百屋捨吉《すてきち》。最初のターゲットは、この男だった。

今、おゆうは神田旅籠町《はたごちょう》の通りに立って、すぐ先の長屋から捨吉が商売を終えて出て来るのを待っていた。捨吉のテリトリーを回り、明神下《みょうじんした》あたりで姿をとらえてここまで尾けてきたのだ。籠の野菜はそろそろ売り尽くす頃、商売が終われば話を聞く時間もとれるだろう、と思って様子を見ているのである。

そう長く待つこともなく、捨吉が長屋の路地から出て来た。案の定、籠は空になっている。一見したところ悪役俳優のような顔立ちだが、無事に今日の商売を終えられたのを喜んでか、ほっとした表情が浮かんでいた。おゆうはその様子を見て、捨吉に歩み寄った。

「あ？　姐さん、悪いな。今日はもうみんな売れちまった」

客だと思ったのか、捨吉は空の籠を指差しながら言った。おゆうは首を振った。

「いえ、野菜じゃないんです。捨吉さんですよね。ちょっとお聞きしたいことが」

「聞きたいこと？」

捨吉が首を傾げる。

「ええ。牛込の産婆、おこうさんのことです。おこうさん、ご存知ですよね」

たちまち警戒の目付きになった。顔の造作がきついだけに、威嚇《いかく》するような感じだ。

「何のことだい。産婆なんて知らねえ」

そう言い捨てて立ち去ろうとするのを、おゆうは手で制して懐から十手を半分ほど出した。

「御用の筋です。手間は取らせません」

捨吉はぎょっとして一歩引いた。

「えっ、女親分さんで……こいつぁ、どうも」

たちまち捨吉の態度が萎《しぼ》んだ。やはり十手の効き目は馬鹿にできない。おゆうはちょっと優越感を覚えながら、安心させるように言った。

「あなたにどうこうってわけじゃありません。実はおこうさんが数日前から行方知れずなんです。それで、おこうさんについて知ってる人を片端から当たってるんですが」

「おこうさんが行方知れず？」

捨吉は心底驚いた顔をした。そして、ひどく心配げな表情になった。

「どういうことなんで？」

「まだ何もわかりません。立ち話もなんですから、そこで」

おゆうは三軒ほど先の茶店を指差した。捨吉は頷いて従った。

「さてと。去年、おこうさんにお礼状を出しましたね」

長床几《ながしょうぎ》に並んで座り、茶を頼んでからおゆうが聞いた。床几の脇に籠を置いた捨吉が、へい、と答えた。

「おこうさんに世話になったときのことを、教えてもらえますか」

そう言いながらおゆうは、運ばれてきた盆に手を伸ばすと、着物の袖で巧みに捨吉の目から隠しつつ、湯呑《ゆのみ》を用意して来たものとすり替えた。そして何食わぬ顔で急須からその湯呑に茶を注ぎ、捨吉に差し出した。

「あ、こいつはどうも」捨吉は湯呑を受け取り、手拭いで首筋を拭うと、訥々《とつとつ》と話し始めた。

「六年ほど前になりやす。あっしゃあ、高井戸宿《たかいどしゅく》の傍の百姓の倅ですがね、その時分は金もねえのにちょいと粋がって、つまらねえ悪さをいろいろやったもんでさ。そのうちある旅籠の倅と女のことで諍《いさか》いになりやしてね。喧嘩で怪我《けが》を負わせちまったんです」

つまり捨吉は、宿場の飯盛り女と深い仲になって孕《はら》ませてしまったらしい。旅籠の若旦那に重傷を負わせたことで宿場役人に追われ、女を連れて江戸に逃げて来た。だがまともな暮らしはできず、転々とするうち臨月が近付いた。困り果てたときおこうの噂を聞いて助けを求めたら、快く受け入れてくれた。子供は無事生まれ、おこうと龍玄寺の先代住職に諭されて真っ当に生きることにし、町名主へ口利きをしてもらって、何とか棒手振りとしてやっていけるようになった。そんな話であった。

「今じゃあ、ガキも二人です。まあ何とか八百屋で食っていけるようになって暮らしも落ち着いたんで、おこうさんに礼を言おうと文を書いたんでさ。どうにか読める文が書けるようになるまで、ちょいと時間《とき》がかかっちまいやしたが」

捨吉はそう言って頭を掻いた。彼の文には、おこうさんのおかげで暮らしが立つようになった、子供も元気に育っている、子供には読み書き算盤《そろばん》を習わせて、ちゃんとした人間に育てていく、それができるのも、おこうさんに出会えたからだ、いくら感謝してもしきれない、そういったことが綴られていた。何とか読める程度の平仮名ばかりの金釘流で、文章もつたないものだったが、どうしても書きたいという気持ちが込められており、懸命に書いた文字の間から、捨吉の深い感謝が滲《にじ》み出ていた。

「おこうさんも龍玄寺のご住職も、立派な方だったんですねえ」

おゆうはしみじみと言った。捨吉が深く頷いた。

「今でも龍玄寺の方にゃ、足向けて寝られやせん。なのに、行方知れずたぁ、いったいどうなってるんです」

「それが、わからないんですよ」

大津屋のことは伏せて、おゆうは言った。

「お話の様子じゃあ、人に恨みを買うようなお人ではなさそうですねえ」

「恨みなんて、とんでもねえ。寺だから言うわけじゃねえが、仏様みてえなお人ですぜ」

なるほど、出生の秘密をネタに百両無心するような人物にも、とうてい思えない。どうも伝三郎が言うように、何もかもがちぐはぐだ。

「文に、返事は来ましたか」

「へい、丁寧なご返事を頂きやした。あっしが読めるように、全部平仮名で書いてくれてやしてね。あっしが真っ当に生きてて子供も元気だと聞いて、すごく嬉しい、ってね。何しろ物覚えのいいお人で、あっしのガキが生まれたときの様子を事細かに書いて、懐かしがってくれてやした。今も大事に置いてありやす」

捨吉はそう言って笑みを浮かべた。が、すぐに心配げな顔になった。

「おこうさん、どうしちまったんですかね。何か、悪いことが起きてなきゃいいんだが」

「だからそれを調べてるんです。それじゃ、六年前からおこうさんには会ってないんですね」

「へい。いつか挨拶に行かなきゃとは思ってたんですが、なかなか行けずに……」

日々の暮らしでそんな余裕はなかったのだろう。後悔するような言い方になっていた。

しばらく事情を聞いてみたが、おこうの周辺について捨吉は何も知らないようだった。おゆうは煩わせた礼を言って、話を打ち切った。

立ち上がろうとしたとき、袖が触れて湯呑が床几から転がり落ちた。

「あら、ご免なさい。私ったら」

おゆうは捨吉に背を向けてしゃがみ、湯呑を拾い上げた。そのとき、さっと手を動かして袂に隠していた茶店の湯呑と差し替えた。気付いた者はいない。

捨吉はおゆうに一礼して天秤棒《てんびん》と籠を持ち、家へと帰って行った。捨吉の話からは、おこうが「いい人」だったということ以外に得るものはなかったが、もともとそれほど期待していたわけではない。

（ま、とにかく関係者の指紋一人分、ゲットね。二人目は明日にするか）

おゆうはこんな具合に、事情聴取と共に指紋を集めていくつもりだった。現代なら単に指紋を採りますと言えばいいだろうが、江戸ではどうしても小細工が必要なのである。手紙から指紋を採れば手っ取り早いのだが、おゆうには紙から指紋を採取する技術はなかった。

二人目は、上野《うえの》池《いけの》之端《はた》の指物師《さしものし》、与市《よいち》。指物師と言っても、自宅兼仕事場の長屋で下請け仕事をやっている貧乏暮らしである。こちらは捨吉よりは学があるようで、おこうに送った文は、割合にまともな字で書かれていた。女房も子供も出かけているらしく、一人で仕事をしているのを確かめると、おゆうは与市に声をかけた。

与市は駆け落ち組だった。しかも不倫だ。七年前、客先の若妻に手を出し、孕ませた。それが旦那にばれ、駆け落ちする羽目になったが、旦那は目明しに金をやって追っ手をかけた。逃げ回った揚句、人づてに聞いたおこうを頼り、出産も兼ねてかくまってもらったのだ。追っ手は龍玄寺の僧たちに追い返された。おこうの所を出てから目立たないようにひっそり隠れていたが、一昨年旦那が死んで追っ手の心配がなくなったため、晴れて夫婦として暮らしていけるようになった。それで、おこうにお礼の文を書いた。

「本当に、今こうして生きてられるのはおこうさんのおかげでさぁ」

与市はそんなことを言って、牛込の方角を拝む仕草をした。

「それが行方知れずだなんて、いったい何があったんだか……」

「それでですね、この文箱がおこうさんの家に残されていたんですが、指物師の目で見て、何か気付くことはありませんか」

おゆうはおこうの家から持って来た文箱を差し出した。与市は丁寧に受け取ると、しばらく矯《た》めつ眇《すが》めつしていたが、やがて溜息をついておゆうに返した。

「塗り物の文箱としちゃあ、まあ中の上、ってところでしょう。まずまずの品物ですが、悪く言やぁありふれた品で、これといって変わった所は何もありやせんねえ」

「そうですか。わかりました」

おゆうは文箱を慎重に風呂敷に包むと、手間を取らせた礼を言って長屋を出た。

（捨吉と大差なし、か。おこうさんはやっぱりすごくいい人みたいだね）

世話した「訳あり」の人々も、様々な種類の人がいたようだ。捨吉と与市の他に住所氏名がはっきりわかる文はあと三通ほどあるが、残り十数通は名前だけだった。おそらくそのうち何人かは、今でも正体が町方役人に知れるとヤバい連中なのだろう。

（まあ、一応残りの三人にも話を聞くか。たぶん似たような話なんだろうけど）

おゆうは与市の指紋がべったり付いた文箱を提げて、自分の家へと向かった。


結局思った通り、似たような話だった。一人は足を洗った掏摸《すり》、一人は店の金を持って女と逃げた手代。あと一人は文にあった住まいから引っ越して、今どこに住んでいるかわからなかった。おゆうの手元に集まったのは、おこうの評判と四人の指紋だけである。有力な手掛かりとはお世辞にも言えない。

（源七親分たちが聞き込みで何か摑んでりゃいいんだけど）

それも駄目なら、次は何ができるだろうか、などと考えながら家路を急いでいると、柳原通りに出たところでふいに「おゆうさん、おゆうさん」と呼び止められた。振り向いて呼び止めた男の顔を見たおゆうは、しまったと思った。男は大津屋の二番番頭だった。

「良かった。お捜ししてたんですよ。旦那様から、道仙先生のお見立てがどうだったか伺いたいので、ご都合の良いときお越し願えないかと申しつかっておりまして」

「あ、はあ、わかりました。では、明日にでも」

やむを得ずそう言った。当初の予定では、道仙に「確かに文の通り、清太郎は御子ではなさそうだ」と言わせて片付けるつもりだったのだ。だがＤＮＡ鑑定の結果、シナリオは狂ってしまっていた。それなのに、新たな説明は何も用意できていない。それで大津屋へ行くのを避けていたのだが、どうやら逃げられなくなってきた。すぐにも道仙をつかまえなくてはならない。

大津屋の座敷に座ったおゆうは、対座する正五郎が向けてくる真剣な眼差《まなざ》しに、居心地が悪くなって身じろぎした。隣の道仙は泰然とした風を装っているが、腹の中は落ち着かずにそわそわしているはずだ。

「それで、先生。お見立ては如何《いかが》でございましたでしょうか」

なかなか話を切り出さない道仙に業を煮やしたか、正五郎が聞いてきた。

「あー、うむ。それですがな」

道仙は泥鰌髭をいじり回しながら、何とか勿体《もったい》をつけようとしている。昨日のうちに道仙には、清太郎は正五郎の実子に違いないという方向へ持って行け、と言い含めてあった。その根拠は、捏造《ねつぞう》するしかない。

「先日来お調べさせて頂いた結果を、儂《わし》のこれまで習得してきた骨相学、人相学に照らしてみますとですな、清太郎殿は大津屋さんの真の御子である、と考えるのが至当であると、このように」

正五郎の表情が、一瞬明るくなった。だがしかし、すぐにその明るさは消えた。

「でも先生、あの文に書かれていたことが全くの嘘ということがありましょうか。文を書かれたおこうさんは、そのような嘘をわざわざ書いて寄越されるようなお方とは……」

「いや、文を書かれたのがどのようなお方かは、儂は存ぜぬ。儂はただただ、学問に拠《よ》って判ずるのみ」

道仙は動じないふりをして言い切った。その調子、とおゆうは声に出さず応援した。

「しかしながら先日は先生も、人相学や骨相学はまだまだ完璧ではない、絶対のものではなく、大いにそれらしいと言えるだけ、とおっしゃったではありませんか」

「あー、うむ。いかにもその通りです。このたびも、大いにそれらしい。しかし、大いにそれらしいというのは、学問においては、間違いない、に限りなく近いもので、疑問の余地すらなく決めつけるというところまで行かぬにしても、まったくもってそのようにしか見えぬ、というような意味合いを含んでおりましてな」

（ええいもう、何言ってるのかさっぱりわかんないじゃん！）

おゆうは道仙を蹴っ飛ばしそうになるのを何とかこらえた。こんな言い方で煙《けむ》に巻かれるほど、大津屋正五郎は間抜けではない。

「では先生、先生の学問では、どのようなところをもって、私と清太郎が実の親子だと断じられたのでございましょう」

案の定、正五郎は道仙の見立ての根拠を求めてきた。さあ、誤魔化せるか。

「ふむ、それはですな。まず耳の形、それから鼻の形、目と鼻の並び具合、歯の並び具合などに似たところが多い、ということで」

「はて、目はともかく耳の形が清太郎と似ていると言われたことはないのですが……」

「そ、それは学問で言う似たところと、ただ見た目の似たところとは同じではなく」

「では、目と鼻の並び具合とは」

「えー、それは、目と目の離れ方と鼻の長さとの縦横の比率などで……」

道仙の額に汗が浮いてきた。もう限界だ。おゆうは慌てて口を挟んだ。

「で、でもですよ、私の目から見ても大津屋さんと清太郎さんは、目元などがそっくりだと思いますが……」

　正五郎はそれを聞いて頷いたが、同時に肩を落とした。

「はい。あれが幼い頃は、おゆうさんの言われるように目元が私似だとよく言われました。私もそれを疑わなかったのですが、こうして文で実の子ではない、と言われてみると、それほど似ていたわけでもなかったのかと思います。いや、そのつもりで見ると、似ていないところの方がどんどん目についてまいりまして……我ながら情けない話と思いますが」

　これはまずい、とおゆうは思った。正五郎はますます深みに嵌《は》まり込んでいる。そんな状態でいくら清太郎さんは実の子だと思いますよ、と言っても、逆効果にしかなるまい。そもそも、道仙自体が紛《まが》い物なのだ。これで説得しようなどとは甘すぎる。

（撤退だ！）

　おゆうは道仙の袖を引いた。

「私どもとしましては、清太郎さんは実の御子だと思えるのですが、お疑いもごもっともです。本日はこれで失礼いたしまして、さらに調べを進めさせていただきます」

　おゆうはそう言って頭を下げ、まだ何か言いたそうにしている道仙を急《せ》き立てて大津屋を辞した。道仙にこれ以上喋らせたら、おゆうの信用までなくしかねなかった。

通りに出たおゆうは道仙を連れ、急ぎ足で大津屋から離れて脇の路地に入った。

「いやあ、もうひとつうまくなかったかなあ」

他人事のように言いながら頭を掻く道仙を、おゆうはじろりと睨んだ。

「何がもうひとつですか。ボロが出る寸前じゃないの」

「なこと言われても……実際どうなってんだい。清太郎は大津屋の子なのか違うのか、ほんとのところはどっちなんだ。そこがどうもよくわからんから、言いようが難しくて」

「それをうまく言いくるめるのがあんたの仕事でしょうが。役に立たないなあ」

おゆうはぴしゃりと言って、金包みを突き出した。

「ほら、これ持って消えて下さいな。このこと、絶対に他言無用ですよ」

「わかったよ……けど、もうちょっと色を付けてくれても……」

おずおずと言いかける道仙に、おゆうはぐっと顔を近付けてドスの利いた声を出した。

「ぐずぐず言わずに、さっさと消えなさい」

そう言いながら懐から十手を覗かせると、叩けば何かと埃《ほこり》の出る道仙は青くなった。

「あ、ああ、もちろんだとも。ああ、今日俺は何をしてたのかな。もう忘れちまった」

すっとぼけた調子でそんな台詞を吐くと、追い立てられるように道仙は消えた。

（まったく、あんなのを使ったのは失敗だったかなあ）

おゆうは首を振り振り、両国広小路に戻った。そのまま馬喰町の通りへ向かおうとして、ふと大津屋の方を振り返ったとき、妙なものが目の端に映った。

（あれ？）

おゆうは改めてそちらに視線を向けた。それは、一人の侍だった。両国広小路ほど人通りの多い所なら侍などいくらでも通るが、その侍は見世物小屋の陰から大津屋の様子を窺っているように見えた。日はもう沈み、辺りはだいぶ薄暗くなっていたが、目を凝らすと身なりは悪くないのがわかった。どこかの家中の者らしい。

（何をしてるんだろう）

少しの間、おゆうは立ち止まってその侍を見ていた。素振りからすると大津屋を見張っている感じだが、周りを気にする風でもなく、見張りと言うには大胆すぎる。

変な奴だと思っていると、暮れ六ツの鐘が鳴った。すると、それが合図であったかのように侍が通りに出て歩き出した。侍はおゆうの前を通り過ぎ、そのまま柳原通りを西に進んで見えなくなった。結局何をしていたのかはわからない。おゆうはちょっと考え込んだが、すぐに肩を竦め、家の方へと足を向けた。

第二章　備中から来た男

四

　スマホの向こうで、宇田川のいかにも面倒臭そうな声がした。

「はい、何？」

「何って、メールくれたじゃん。指紋の分類、できたんでしょ」

　この前宇田川に預けた、おこうの文箱から採取した指紋のことである。宇田川からは、「指紋分類できた」と一言、メールが届いていたのだ。

「ああ、そのこと」

「で、どうだった」

「何だ、電話で結果を聞くのか」

　不満そうな言い方だ。宇田川は電話をあまり好まない。一応ガラケーは持っているが、こちらからかけても滅多に出ないので、必要なときはラボの事務室へ電話して繋いでもらわねばならなかった。本人は電話なんて面倒だと言っているが、相手の目の前でじかに自分の成果を披露して得意がりたいのだろう、と優佳は思っている。

「総武線が人身事故で止まってんのよ」

「そうか。まあいいや。あんたと同心のを除いて、二人分だ。一人分は数がかなり多いし不鮮明なのもある。これが持ち主のなんとかいう産婆さんだろうな」

「てことは、不審者一名だね」

「不審かどうかは知らん。言うなら身元不明者だろう」

どうもいちいち細かい男だ。

「はいはい、身元不明者一名。わかった」

「その不明者の指紋も結構数があるな。これと照合する指紋は？」

「今のところ四人分あるけど、可能性の低いのばっかり。もっと揃ってから持って行くんで、そのときはよろしく」

「他に調べるものは？」

「今のところ、手持ちなし」

「ん、わかった」

宇田川はそれだけ言うと、挨拶抜きで電話を切った。愛想も何もない。まあいつものことなので、優佳はムッとする代わりに苦笑した。

「不明者一名、ね」

声に出して呟いた。一人暮らしのおこうの家では、文箱に手を触れる者がおこう以外に居るとは思えない。となれば、やはり家捜しした者が居る、ということなのか。まだそう決めつけることはできないが、いったい指紋の主は何者だろう。

おこうの家で出くわして以来、伝三郎は二日と空けずおゆうの家に来ていた。境田の伝言は一応伝えたが、そのぐらいは承知だ、むしろこっちが左門の手を借りたいくらいだ、とにべもなかった。おゆうとしては、そうですかと返すしかない。

頻繁に伝三郎が来てくれるのはとても結構なのだが、この一件に加わっている岡っ引きたちもしょっちゅう現れるのには閉口していた。筒井和泉守は自分の私邸を本部に提供してくれているが、いかんせん八丁堀からも大津屋からも遠い。そこで何となく、おゆうの家が第二捜査本部のようになってしまっているのだ。

しかも岡っ引きの何人かは、こんな大事に女が加わって十手を渡された上、自分たちより多くの情報を握っているらしいことが気に食わないらしく、伝三郎の手前口には出さないものの、敵意を含んだ目を向けてくる。腹は立つが、どうしようもなかった。

(まあ何にせよ、いいことずくめにはならないよね)

幸い、おゆうの馴染みの岡っ引きたちもいて、今日はその一人の源七が表の六畳間に座っていた。顔はいかついが気のいい男で、おゆうの力量もよく承知しているから安心である。喜代の行方はさっぱり摑めないが、おこうと親しく付き合っていた友人を見つけたので、伝三郎へ報告に来ているのだ。どうもその友人とやらが簡単な相手ではないらしい。

「もとは武家の娘か何かで、手習いの師匠をやってる四十過ぎの後家さんなんですが」

「ふうん。別嬪かい？」伝三郎が軽い調子で聞く。

「まあそこそこ別嬪ですがね、四十過ぎなんですよ？」

「姥桜《うばざくら》ってえ言葉もあるだろうが」

時代が違えば二人ともセクハラだぞ、などと思いながらおゆうは口を挟んだ。

「その人が、何か厄介なんですか」

「おこうについて話を聞こうとしたんだが、けんもほろろだ。別段お話しするようなことはありませんって、取りつく島がねえんだよ。岡っ引きが嫌えなのかもな」

「何か隠してるって様子はねえのか」

伝三郎の問いに源七は首を捻った。

「何とも言えやせん。おこうが行方知れずになったことについちゃ、何も知らねえようですが」

そう言って源七はおゆうの方を向いた。

「ここは一つ、おゆうさんに行ってもらった方がいいかも知れねえや。女同士の方が口が軽くなるんじゃねえか」

「おう、それがいいかもな」伝三郎も賛同した。

「ええ、よござんすよ。場所を教えて頂ければ」

「小日向《こひなた》だ。手習いの師匠でお須磨《すま》、って言やぁすぐわかる」

（小日向かあ……小石川《こいしかわ》の先だよね、確か。有楽町線の方かな）

地理に強いおゆうは頭の中で地図をトレースした。けっこう遠い。

「半日がかりになりそうですね。わかりました、行って来ましょう」

「そうかい。じゃあ、頼んだぜ」

伝三郎はそう言うと、両腕を上げて伸びをした。

「さあて、七ツも過ぎたな。ちっと早えが、一杯やりに行くかい」

「へい、喜んで」源七がニヤリとして手をこすり合わせた。無論、伝三郎の奢《おご》りだ。

「いいですねえ」おゆうも微笑んで立ち上がった。


三人は連れ立って、両国広小路へ出た。そのまま両国橋を渡って本所相生町《ほんじょあいおいちょう》辺りの小料理屋に行くつもりだったのだが、ふと大津屋の方へ目を向けると、見知った顔が店の裏から出て来るのが見えた。

「あ、清太郎さんだ」

おゆうの声に伝三郎と源七も振り向いた。清太郎は、遊び人風の男と二人、連れ立って浅草《あさくさ》御門の方へ向かっている。

「あの連れは……確か、欽次《きんじ》とかいう奴だったよな」

伝三郎が遊び人風の連れの顔に気付いて言った。

「へい。すぐ先の福井町《ふくいちょう》に住んでる遊び人です。清太郎の腰巾着でさあ。どうやら二人して吉原《よしわら》へでも繰り出そう、って魂胆のようですね」

源七がニヤニヤしながら言い、おゆうは二人の後ろ姿を目で追った。確かに北へ、吉原の方へと行くようだ。そのとき、浅草御門の脇に見覚えのある人物を見つけた。

（あ……あの男）

間違いない。数日前、大津屋を窺うように立っていた侍だ。もしや今日も大津屋を見張っているのか、と思ってそちらを見つめると、侍は清太郎たちが通り過ぎるのを待って動き出し、その後について歩き始めた。

「鵜飼様、あの侍」

「うん？　どうした」

おゆうは侍の背中を指差し、数日前の様子を手早く説明した。伝三郎の目付きが変わった。

「奴は清太郎を尾けてるってことか」

伝三郎は源七の方に向き直り、顎をしゃくった。

「どうやら一杯はお預けのようだぜ」

源七も侍の後ろ姿に目を向けて頷いた。

「行きやしょう」

三人はひと塊になって、侍と清太郎の後を追い始めた。

清太郎と欽次は、蔵前《くらまえ》まで来て左に入った。行き慣れた様子で、武家屋敷と町人地を縫って進んで行く。浅草寺の裏を抜けて近道するのだろう。侍に尾けられていることには、全く気付いていない。そしてその侍も、おゆうたちに尾けられているのに気付いてはいなかった。

奇妙な六人連れは、そのままの間隔を保ってさらに北へ進み、田原町《たわらまち》へ差しかかった。すると突然、脇道から侍が二人現れ、清太郎を尾ける侍に加わった。伝三郎は顔をしかめた。

「この先、日本堤《にほんづつみ》の土手道に出りゃあ吉原通いの人出がある。その手前、浅草寺の北側辺りで人通りが途切れるな……」

伝三郎は独り言のようにぶつぶつと呟いた。それから急に源七に声をかけた。

「おい、この辺の連中は知ってるか」

「へい。田原町の文吉《ぶんきち》の縄張りですね。そこを右に入ると番屋でさぁ」

伝三郎の意を察して源七が答えた。伝三郎が頷く。

「どうも剣呑《けんのん》なことになりそうだ。助っ人を集めろ」

「合点です」

源七はすぐさま走り出し、脇道へ消えた。おゆうは心配になった。

「鵜飼様、あの侍たちが？」

「ああ。人通りがなくなったところで、動き出すかも知れねえ。危ないと思ったら、すぐ逃げろよ。いいな」

ずいぶんと切迫してきたようだ。おゆうはごくりと唾《つば》を飲み込んだ。


浅草寺の北側に出ると、伝三郎が懸念したように人通りが途切れた。伝三郎の肩に力が入ったのがおゆうにもわかった。気を揉《も》みながらそのまましばらく行くと、道が右の方へ折れている。清太郎たちと三人の侍は、そこを曲がって見えなくなった。おゆうと伝三郎は急がず進む。

角まで行ったところで、おゆうはぎくっとして足を止めた。その先で、清太郎と欽次が六人の侍に囲まれていた。新たな三人はそこで待ち伏せていたのだろう。伝三郎の予感が的中した。伝三郎はその様子を目にするなり、前に走り出た。走りながら「待った、待った」と声をかける。侍たちが、はっとしてこちらを向いた。

「南町奉行所の鵜飼伝三郎と申します。こりゃあ、何事ですか」

思ってもみなかった町方役人の登場に、侍たちはかなり驚いた様子だ。一方、真っ青になって震えていた清太郎は、地獄に仏という顔で半泣きになった。だが、侍たちはすぐに立ち直った。

「邪魔立てするな！」

大将らしいのが怒鳴った。

「いったい、どちらのご家中で？」

怒鳴られたのは無視して伝三郎が聞いた。が、相手に答える気はないようだ。

「うるさい。町方役人なんぞの出る幕でねえ。引っ込んどれ」

訛《なま》りの混じった太い声でさらに怒鳴った。おゆうは唖然とした。こいつらは、飛んだ山出し野郎どもだ。江戸の町方がどういうものか、全然わかっていない。江戸では大名屋敷こそ役人には手が出せないが、そこから一歩出て町方に入れば、伝三郎たち町方役人は、どこの大名の家来であろうと逮捕権を執行できるのだ。そのため多くの大名家は、自分たちの家臣が町方で厄介事に巻き込まれないよう、八丁堀の与力同心に付け届けまでしているのである。もしこの連中が本気で伝三郎と喧嘩などしたら、大変な騒動になってしまう。

「ほう、引っ込めと言われるんですかい。あいにくだが、ここは江戸の町方なんでね。引っ込むわけにゃあ、行きませんな」

伝三郎は正面切ってそう言い放った。逆らわれるのに慣れていないのだろう、侍たちは目を剝《む》き、怒りで顔に朱がさした。

「おのれぇ！　軽輩の分際で何を言いよるかぁ」

六人の侍は、伝三郎を前から取り囲むよう半円に並んで詰め寄ってきた。半分忘られた格好になった清太郎と欽次は、じりじりと後ずさりしておゆうの側に寄った。

「いったい何があったんです」

おゆうが小声で聞いた。清太郎が震え声で答えた。

「そ、それが……ここまで来たらいきなり前を侍に塞がれて、えっと思ったら後ろにも侍が来てまして……で、一緒に来い、って言うんですよ。もうわけがわからなくって……」

「知った顔ではないんですね？」

「も、もちろんです。侍の知り合いはいませんよ」

「お店のお客では？」

「いえ、見たことありません」

そこへ、後ろの方から何人もが走って来る足音がした。振り向くと、源七を先頭に十二、三人がこちらへ駆け付けるところだった。源七の他に四十がらみの岡っ引きと若い下っ引きが四人。田原町の文吉と手下だろう。そして職人風の腕っぷしの強そうな若衆が二人。あとの五人はそれに輪をかけて腕っぷしが強そうで、鳶口《とびぐち》などを持っているところを見ると、火消しの連中らしい。これは頼もしい助っ人だ。清太郎が見るからにほっとした顔になった。

「旦那、お待たせしやした」

「おう、早かったな」

源七の声に伝三郎が応じた。

「幸い、番屋の隣が火消しだったんで、すぐ出張ってくれやしたよ」

「そいつは有難え。おゆう、清太郎を頼む」

おゆうは頷き、清太郎と欽次を促して助っ人たちの後ろへ回った。

「旦那、こいつらですかい」

火消しの若頭が一歩進み出て、侍を睨みつけた。顔には不敵な笑みを浮かべている。さすがに侍たちもたじろいだ。

「なっ……何じゃあ、下郎ども。何をしょーるか。我らに手向かいするちゅうか」

虚勢を張るつもりが、訛り丸出しである。若頭が、鼻先で嗤《わら》った。

「ほう、下郎どもと来やしたか」

軽く顎を掻くと、いきなり吠《ほ》えた。

「ざけんじゃねえ、このど三一《さんぴん》が！　ここをどこだと思っていやがる」

侍の大将が真っ赤になった。

「お、おのれは……武士に向かって……」

「てやんでえ！　二本差しが怖くて目刺《めざし》が食えるかってんだ」

おっと出ました、江戸っ子定番の決め台詞。おゆうは思わず拍手しそうになった。

だが、侍たちは完全に頭に血が昇ったようだ。

「クソめが、言わせておけば！」

言った侍が、刀に手をかけて鯉口《こいぐち》を切った。これを見たおゆうは、あ、ちょっとヤバい、と思った。鯉口とは、刀が鞘《さや》から滑り出ないようにする止め具で、これを切るというのは刀を抜くという意思表示、拳銃の安全装置を外したのと同じだ。威嚇だろうが、興奮状態だと本当に抜くかも知れない。

「おっと、抜こうってんなら、相手になりますぜ」

伝三郎も刀に手をかけると、ずいっと前に出た。

「だが何度も言うように、ここは公方様御膝元の町方だ。ここでだんびら振り回して誰かを斬ったりしたら、あんた方の大事な御家もただじゃ済まねえぜ。その覚悟はあるのかい」

公方様御膝元、の一言が効いたのか、侍が固まった。伝三郎は腰を落とし、いつでも抜き打ちにできる構えで相手を睨みつけている。

「どうなんでぃッ」

伝三郎がすごみ、侍たちが一瞬青ざめた。

（わあ、かっこいい）

おゆうは胸をときめかせた。伝三郎は鵜飼家に婿入りする前は町道場の師範代だったのだ。剣の腕は並ではない。一方侍たちの方は、構えからしてなっていない。真剣で斬り合いをした経験など皆無なのだろう。

若衆たちも薄笑いを浮かべて道具を構えた。相手の腕を見切ったか、刀を恐れる様子は微塵《みじん》もない。むしろ、八丁堀公認で身の程知らずの田舎侍を思い切りボコれるのが、楽しくてしょうがないらしい。だが、侍たちも面子《メンツ》があるので引くに引けなくなっているようだ。おゆうの頭の中は、伝三郎の華麗な立ち回りが見たい、という思いと、お願いだから誰も怪我しないで、という思いで真っ二つになっていた。

そのときである。

「待て、待て、待てーい！」

後ろから叫び声が上がり、一同が驚いて構えを崩すと、一人の侍が血相変えてこの場に走り込んで来た。侍は両手を振り回して両者の間に割って入り、今にも刀を抜きそうにしている六人の侍に向かって怒鳴り声を上げた。

「お前らぁ、何をしょーるか！　江戸の町ン中で揃いも揃って刀を抜くなんぞ、どういうつもりか！　殿の御顔に泥を塗るっちゅうのが、わからんか！」

どうやら同じ藩の上役らしい。部長に怒鳴られた平社員の如く、侍たちの意気はたちまち萎えた。

「し、しかしその、井原《いはら》様……」

このままでは立場がない、と思ったか、大将格の侍がまだ何か言いかけた。

「もうええ！　話は後じゃ。これ以上面倒を起こさんと、さっさと去《い》ね！」

井原と呼ばれた侍に一喝され、六人はすごすごと引き下がった。

「馬鹿もんが……」

井原は去って行く六人の背中に向かって苦々しげに呟くと、伝三郎たちの方に向き直り、深々と頭を下げた。年は四十近くと見え、六人よりも一回り近く年上だろう。物腰からして、江戸にもだいぶ慣れているようだが、実直そうなごつごつした四角い顔と太い眉は、いかにも田舎の地侍という雰囲気を漂わせている。

「矢懸藩江戸詰め、井原兵衛介《ひょうえのすけ》と申す。このたびは、当藩の不心得者どもが大変ご迷惑をかけ、申し次第もございません。藩としてお詫び申し上げる。あの者どもは屋敷に戻りましてから厳しく処置いたすゆえ、ここは何とぞお収め下さい」

そう丁寧に言われては、伝三郎としては応じざるを得ない。

「南町奉行所定廻り方の鵜飼伝三郎です。矢懸藩のお方ですか。わかりました。幸い、誰も怪我した者はおりませんので、この場はご貴殿に免じて収めておきましょう」

「かたじけない。後日改めてお詫びに参上いたします」

「いったい何ゆえ、この二人を貴藩の方々が狙ったのです」

「それは……」井原は周りを見回し、苦しそうな表情になった。

「それも後日、改めてお話し申し上げる」

「そうですか。ではそういうことに」

伝三郎は仕方なさそうに頷いた。藩を代表して井原がそう言う以上、信用するしかない。

「しかし、こんなことが二度と起きないよう、貴藩の方でもご家中をしっかりと引き締めて頂きたく存じます。次は奉行所としても見過ごすわけに参りませんので」

「ごもっとも。充分に承知いたしております」

そう言うと井原は、町衆の方へも頭を下げた。

「本日は、誠に相済まぬ。とんだ迷惑をかけた」

それから、懐から財布を出し、いくばくかを懐紙に包むと伝三郎に渡して小声で言った。

「あの者たちに、酒でも飲ませてやって下さい」

伝三郎はちょっと眉を上げたが、そうですか、と言って受け取った。

「では、本日はこれにて御免。大変御無礼いたした」

井原はもう一度頭を下げてから、踵《きびす》を返して六人の後を追って行った。

「旦那、いいんですかい、このまま収めちまって」

火消しの若頭が不満そうに言った。喧嘩の機会を失ったのが気に入らないのだろう。

「仕方あるめえ。後できちんと挨拶するってんだから」

「矢懸藩って言いやしたね。どこのど田舎か知らねえが、あいつら、次に面ぁ見たら……」

若頭は遠ざかる侍たちの後ろ姿を、猛禽《もうきん》のような目付きで睨んだ。どうも若衆たちの気分はささくれ立ったままのようだ。伝三郎は困った顔になった。それを見たおゆうは、いきなり声を上げた。

「鵜飼様！　とっても素敵でした！　刀に手をかけて構えたときなんて、震えが来そうでした。ああもう、どうしよう、私、惚れ直しちゃいました！」

「はあっ？」

伝三郎がのけぞった。源七が吹き出し、若衆たちが一気に脱力した。

「ははっ、こりゃいいや。姐さん、目が高いぜ」

火消したちが大笑いし、職人風の男が「いよっ、八丁堀の色男！」と掛け声をかけた。

「うるせえや、馬鹿野郎め」

伝三郎は赤くなってうろたえながら、懐からさっき井原から受け取った包みを出して開いた。

「何だ、二分っきりかよ。しけた藩だぜ」

伝三郎は小声で呟くと、自分の財布から一分金二枚を足して一両にした。各方面からの付け届けで俸禄《ほうろく》の数倍の収入を得ている町方同心としては、痛い出費ではない。

「おい、これでみんなに一杯飲ませてやってくれ」

そう言って田原町の文吉に金包みを渡し、源七には清太郎を大津屋まで送るよう言った。

「当分おとなしくしていろ。しばらく吉原なんぞへ行く気は起きねえだろう」

清太郎と欽次はまだ半分青ざめている顔で、必死になって頷いた。

「は、はい、おっしゃる通りにいたします。今日は本当に、ありがとうございました」

伝三郎は清太郎の肩をぽんぽん、と叩き、若衆たちに向かって「今日は助かった。みんな、面倒かけたな。ありがとうよ」と声をかけた。若衆たちからは、「いや、またいつでも言ってくだせえ」「こっちこそどうも。ゴチになりやす」「さすが八丁堀の定廻り、気前がいいや」などと声が飛んだ。

伝三郎は、じゃ、後は任せたぜ、と言い置いて源七と清太郎と欽次を先に立て、両国橋の方へと歩き出した。おゆうはさっと伝三郎の脇に寄り添った。後ろの方から若衆たちが囃《はや》す声が聞こえた。

田原町を通り過ぎる頃、伝三郎が前を行く源七たちに聞こえないよう、耳元で囁いた。

「さっきの惚れ直した、ってえ台詞だが、ありゃあ、若衆連中がいきり立ってたのを鎮《しず》めるために言ったんだよな」

そんなことをわざわざ聞いてくる伝三郎に、おゆうは悪戯っぽい笑みを返した。

「いいえ、もちろん本気ですとも。おわかりでしょう」

「何言ってやがる、こいつめ」

そう言いながら落ち着かなげに身をゆする伝三郎を見て、おゆうはくすくす笑った。

そんな騒ぎから丸一日が過ぎようとする頃。おゆうは家の奥側の六畳間で、伝三郎と差し向かいで座っていた。二人の間には、徳利と酒肴《しゅこう》の載った膳が置かれている。おゆうは昨日の慰労のつもりで、まだ時刻は早いが伝三郎のために膳を用意したのだ。幸い、今日は報告にやって来る岡っ引きもいない。

「あの人たち、矢懸藩だと言ってましたねえ」

おゆうは伝三郎の盃に酒を足しながら、気になっていたことを切り出した。

「ああ。あのあと清太郎に確かめたんだが、奴らは一緒に来い、じゃなくて、正しくは、黙って何も聞かず我らと同道願いたい、と言ったそうだぜ。ずいぶんと丁寧じゃねえか」

「清太郎さんが御落胤だと考えて、連れ去ろうとしたんですね」

「そうだな。しかし、連れ去ってどうしようってんだろう。屋敷に迎えるなら、勾引《かどわ》かしみてえな真似しなくても、きちんと使者を立てりゃいい。筋道を通して御大名から迎えが来りゃ、大津屋も嫌とは言えめえ」

「御落胤が出て来ると都合の悪い人たちの仕業でしょうか」

将軍家から婿養子という話が進んでいるのだから、矢懸藩としては御落胤が現れてはまずいと考えるのが普通だろう。

「だったら、辻斬りか盗人に見せかけて、吉原帰りに夜道でばっさり、ってのが手っ取り早い。連れ去るんなら、何か考えがあるはずだ。だが、それより何より、もっと肝心なことがあるぜ」

「はい。矢懸藩はどうやって清太郎さんが御落胤だと知ったのか、ですね」

「それだ。やっぱりお前が相手だと話が早く運ぶな」

伝三郎は微笑んで盃を干した。

「お褒めに預かりまして、どうも。で、どう思われます」

「そいつがどうも難物だな」

伝三郎は首を捻った。

「御落胤と清太郎のことを知ってるのは、おこうだけだ。だからって、おこうと矢懸藩の連中がツルんでるとしたら、あの大津屋への文は何なんだ。考えは幾つもあるが、どれもこれもうまく嚙み合わねえんだよ。おこうが鍵だってのだけは間違いねえんだが」

おゆうにもいい考えはなかった。どうも全てがおこうを中心に回っているような感じだ。こうなると、嫌な予感がしてくる。

「鵜飼様、おこうさんは、もしや……」

「うん。俺も心配してる。おこうは消されちまったのかも知れねえな」

伝三郎が暗い顔になった。おこうが不憫《ふびん》だというだけではない。おこうが見つからなければ、御落胤の一件は結論が出ないまま幕引きとなりかねず、そうなれば御家騒動の火種は消えないままなのだ。大津屋と清太郎の身がどうなるのか、全くわからない。

「まあ、ここでいま悩んでもしょうがねえな」

伝三郎は諦めて肩を竦めた。それを合図に、おゆうは酒を注ぎ足して話を変えた。

「それにしても鵜飼様、昨日はご立派な男ぶりでしたねえ。思い出しても鳥肌が立つほどですよ」

「またそれかい。からかうのも大概にしろって」

照れ隠しか、伝三郎は盃の酒を一気に呷《あお》った。

「でも、鵜飼様の見事な立ち回りをいっぺん見たかったなあ」

「見たことねえのに見事な、ってあるかい。だいたい、女なら斬り合いなんかやめて下さい、って言うのが普通だろ」

うーん、そう言われればそうだけど。

「あのとき、相手が抜いていたら本当に斬り合いをするおつもりだったんですか」

「もちろんだ。生きのいい奴十何人で囲んだから、まず抜かねえだろうとは思ったが、頭に血が昇って抑えが利かなくなる奴が出るかも知れねえ。そうなったとき、俺が怪我しても助っ人の町衆に怪我させるわけにはいかねえからな」

「まあ……」

やはりさすがは江戸の定廻り同心だ。

「やっぱり惚れ直しちまいました。ほんとに、方便なんかじゃありませんからね」

ほんのり上気して伝三郎の盃にまた酒を足す。

「そうかい。そいつぁ、男冥利だねえ」

軽口風に言いながら、伝三郎も満更ではない様子。ここは攻めどきだ。おゆうは伝三郎に膝を寄せた。

「鵜飼様……」

徳利を持ったまま、伝三郎の顔を見つめる。見返す伝三郎の顔も、少し上気しているようだ。ああ、できればこのまま……

「御免。鵜飼伝三郎殿は居られますか。役宅に伺ったところ、こちらと聞いたもので」

えーい、こん畜生！　どこの間抜けだ、空気読めーーっ！

「どこの間抜け」は、井原兵衛介だった。昨日の今日で挨拶に来るとは律儀な話だが、おゆうにとっては許し難い闖入者《ちんにゅうしゃ》だ。八丁堀の役宅に詰める小者がこの家を教えたのだろう。まったく余計なことをしてくれる。

鬼でも食い殺しそうな形相で応対に出たおゆうを見て、井原は挨拶の言葉を飲み込んだ。

「まあ、これは昨日の……井原様でございましたね。少々お待ちを」

急いで無理やり笑顔を取り繕い、膝をついた。すぐに後ろから伝三郎が出て来た。

「おお、これは鵜飼殿。昨日は大変ご迷惑をおかけ申した。改めてお詫びに伺いました」

酒の角樽《つのだる》を提げたまま突っ立っていた井原は、伝三郎の顔を見て気を取り直したようだ。そう挨拶して丁寧に頭を下げた。

「これはどうも……井原様。わざわざこんなところまで、恐れ入ります」

伝三郎も急いで頭を下げた。

「よろしければどうぞお上がりを。こんな狭くてむさ苦しい家ですが」

あの、むさ苦しいって、ここ私の家なんですけど。

「まあ、気が付きませんで失礼いたしました。どうぞお上がり下さいませ」

仕方なくそう言うと、井原はおゆうの真意に反して角樽を置き、「では、御免」と家に上がった。

「おや、お邪魔ではありませんでしたかな」

奥の間の酒の膳に気付いて井原が言った。邪魔に決まっとるわい！

「いえ、とんでもございません。ただいま片付けますので」

井原はおゆうの出した座布団に座って伝三郎と向き合うと、膝に手を置いて一礼した。

「改めてご挨拶申します。矢懸藩江戸屋敷詰め番頭《ばんがしら》、井原兵衛介でござる」

「南町奉行所定廻り同心、鵜飼伝三郎です」

「おゆうと申します」

三人はきちんと名乗り合った。伝三郎はちょっと驚いたようだ。江戸詰め番頭ならば、藩によって異なるが四万石の矢懸藩でも百石程度の禄高だろう。さしずめ、東京支店総務課長というところだ。侍としての格は、三十俵二人扶持《ぶち》の八丁堀同心よりかなり上である。そういう上級職が小者も連れず自ら詫びに来るのは、相当気を遣っているということなのか。

伝三郎とおゆうの関係については、井原は何も聞かなかった。まあ、愛人だと思っているのは目でわかる。誰が見たってそうだろう。

「昨日の一件は我が藩の取り締まり不行き届きにつき、心よりお詫び申し上げます。何とぞご容赦のほどを」

そう口上を述べると、井原は懐から袱紗《ふくさ》に包んだものを取り出し、伝三郎の前に置いた。言うまでもなく、袖の下だ。いや、詫び料と言うべきか。見た目では十両というところだろう。まあ、妥当な線かも知れない。

「これはご丁寧に、恐れ入ります」

伝三郎は中の紙包みを懐に入れ、袱紗を返した。

「それで、何故あのようなことになったか、御事情はお話し頂けますか」

聞かれて井原は口籠った。昨日は改めて説明すると言ったものの、やはり抵抗があるらしい。すぐ説明する代わりに、井原は逆に尋ねた。

「我が藩の事情は、どの程度ご承知でしょうか」

今度は伝三郎が考え込んだ。が、すぐにここは直球勝負と決めたようだ。

「公方様の御子の御養子のことと、御落胤がおられるやも、ということは承知しております」

井原は目を見張った。

「そこまでご存知で……」

いったいなぜ同心風情が、と言いたげな様子に、伝三郎が答えた。

「御奉行より、特命を受けております」

ああ、左様ですかと井原が頷いた。それで清太郎の周りに居合わせたのかと納得したらしい。腹の探り合いになってきた様子に、おゆうも緊張した。

「では、産婆のことは」

井原の言葉に、伝三郎の顔が強張った。

「行方をご存知で？」

「我々も、捜しております」

「捜し出して、どうされるおつもりです」

井原は少しためらった。だが、正直に言った。

「実は、ひと月ほど前、産婆から江戸留守居役宛てに文が届きました。自分が二十年前、御落胤を取り上げた産婆である、御落胤は江戸でも指折りの小間物屋の倅として生きている、全てを公にしたくなければ五百両、用立てて頂きたい、と書かれておりました」

「何ですって！」

伝三郎とおゆうは、声を揃えて仰天した。おこうが大津屋と同時に矢懸藩まで強請っていたとは。しかも金額は五百両である。

「矢懸藩の皆様は、御落胤が清太郎さんだとどうしてわかったのです」

おゆうが聞いた。井原は町人女の口出しに一瞬眉をひそめたが、怒らずに答えてくれた。

「江戸で指折りの小間物屋と言えば、せいぜい数軒です。その倅で年齢《とし》が一致するのは、大津屋の倅殿しかいませんでした」

なるほど、もっともな話だ。おゆうと伝三郎は顔を見合わせた。その様子から、井原は何かを察したようだ。

「もしや、大津屋についてご存知のことがおありかな」

「は、それですが……」

伝三郎は膝を乗り出した。

「如何でしょう。こちらで摑んでいることは皆、お話し申し上げます。その代わり、貴藩のご事情も全て伺えますでしょうか」

井原の表情が硬くなった。おゆうは、はらはらして成り行きを見守った。一介の同心である伝三郎が、大名家の幹部と対等に渡り合おうとしているのだ。昨日の負い目があるとはいえ、井原が席を蹴っても文句は言えない。

だが結局、井原は溜息をついて表情を緩めた。

「いいでしょう。お二人はかなりのことを既にご存知のようだ。まして南町奉行殿の特命を受けておいでとあれば、こちらとしてもそうそう隠せるものではない」

伝三郎はほっとした様子で、「恐れ入ります」と頭を下げた。

「では申し上げますが、その大津屋に、おこうが百両無心する文を出していたのをご存知でしたか」

「えっ？　それは初耳です」

井原は驚いた顔をした。伝三郎は、大津屋の事情をすっかり語った。

「うーむ、何ちゅうことだ」

井原が呻いた。

「ならばやはり、大津屋の倅殿が御落胤に相違ないというわけか……おこうと申す産婆は、とんでもない奸物《かんぶつ》ですな」

「いや、それがどうも、そう簡単な話ではないようで……」

伝三郎とおゆうは、おこうの評判がそんな悪女とは対極にあることを話した。聞いた井原は、腕組みをして考え込んだ。

「奇妙な話ですな。本性を偽っていたのでしょうか」

「やむにやまれぬ事情があったのかも知れません。あるいは、誰かの差し金か」

差し金、という言葉に井原が眉を動かした。伝三郎は見逃さなかった。

「お心当たりがおありのようですね」

井原は、黙って俯いた。ほんの少し、苦渋の表情が浮かんだ。しかしすぐに顔を上げると、自分を納得させるように何度か頷いてから、口を開いた。

「やむを得ん。お約束した以上、当藩のことをお話し申そう」

井原の言葉に、伝三郎とおゆうは居住まいを正した。井原は二人に向かって、訥々と語り始めた。

「二十年前のことはよくご存知のようなので略します。喜代のことがあって七年後、国元でまた似たようなことがありました。今度は喜代のときとは違い、御手付きとなった女中は御側室、佐江《さえ》の方となりました。ところが最初の御子は死産で、御世継ぎを期待していた親族重臣の方々は落胆し、下賤の出であったことも災いして、佐江の方への風当たりが強くなったのです。公の場で辱めをお受けになることもありました」

これまた酷い話だ、とおゆうは憤った。武家の女は子を産まねば無価値なのか。出自も手伝って、それで苛《いじ》めに遭うとは、佐江の方はどんな思いだったのだろう。

「ところが、五年前に殿が中風でお倒れになりました。実はそれ以来、床に就かれたままなのです。そしてそれと時を同じくして、佐江の方の御懐妊がわかりました。一方、御正室には御子がありません。こうなると様子は一変します」

なるほど、殿にはもう子作りはできない。なら、佐江の方のお腹の子が唯一の世継ぎになる。周囲は手のひらを返したことだろう。

「たちまち佐江の方の周りには新たな取り巻きができました。いずれも、佐江の方に辛く当たっていた重臣方とそりの合わなかった者たちです。そうなれば、何が起こるかご想像がつくでしょう。佐江の方はそうした者たちを使って、恨み骨髄の古参の重臣方を追い出しにかかったのです」

おやまあ、何と。立場逆転で、佐江の方の側が全面攻勢に出たのか。佐江の方には同情するが、これは危険だ。復讐に燃える佐江の方が暴走すれば、藩は崩壊する。どうやらそれが起きつつあるらしい。

「結局、生まれた御子は女子でした。御世継ぎは産めませんでしたが、御子がそのお一人しかない以上、佐江の方のお立場は変わりません。佐江の方とその取り巻きは、自分たちの立場を盤石にすべく、格式の高い婿殿を迎えようと画策したのです」

「つまり、御老中に働きかけて公方様の御子を婿に迎えられるように図ったわけですね」

伝三郎は納得して言った。働きかけ、とはつまり多額の賄賂だ。将軍の庶子を養子に貰う場合、受け入れ側はそれに相応しい格式を整えるため、巨額の費用を負担しなくてはならない。無論、石高の加増はあるが、藩の格を上げるのが目的で領地や収入が増えるとは限らないから、財政的には完全にマイナスだ。なので、拒否反応を示す藩も多い。そこを何とかねじ込むのが老中水野出羽守の腕なのだが、自ら望んで賄賂まで出してくれる矢懸藩は、水野にとっておいしいお客だろう。話はトントン拍子でまとまったに違いない。

「しかしながら、藩の台所事情からはかなり辛い話になります。そこで藩内では、将軍家からの婿養子に反対する者たちが佐江の方に追い出された親族や重臣方のもとに集まり、巻き返しを企むようになりました。これをその方々の隠居所の場所から、西《にし》館《だて》組、と申しております。対して佐江の方の一派は、二《に》の丸《まる》組、と呼ばれております」

「そこへ降って湧いたのが御落胤というわけですか」

「その通りです。御留守居役への文の中身が漏れ、西館組が俄然《がぜん》勢いづきました。西館組は、藩の実権を握る二の丸組を恐れて身を潜めておりましたが、今は動き出しております」

「御落胤が生まれたことは、どなたもご存知なかったのですか」

「はい。喜代の話は伏せられ、屋敷を出てからのことは誰も知りませんでした。私も今度《こたび》初めて知ったのです。当時は全てを知った者が居たかも知れませんが、今となっては」

「そうですか……で、井原様は西舘組がおこうと組んだかも知れぬ、と？」

「西舘組の誰かが、とは考えられます。何しろ西舘組は身を潜めておるゆえ、誰が味方か知らぬまま別々に動いております。その誰かが勝手に仕掛けたやも知れません」

ふう、とおゆうは溜息をついた。西舘組とやらが勝手な思惑でバラバラに動いているとすれば、突き止めるのはかなり厄介だ。

「だとしても、何で強請りを？　文で御落胤が生きています、とだけ報《しら》せれば済みそうなものでしょう。そんな大金を吹っかけて、何でわざわざ事を厄介にしたんですかね」

伝三郎の疑問はもっともだ。が、おゆうには考えがあった。

「あの……それは、文を握り潰されないためでは」

「うん？　どういう意味だい」

「井原様、もし御落胤が生きていますという報せだけの文が来ていたら、御留守居役様はどうされたでしょう」

「それは……御留守居役は二の丸組です。そんな怪しげな文は握り潰してそれきりに
……あ、なるほど」

井原が膝を打った。それを見て伝三郎も理解したらしい。

「そうか。五百両払わなきゃ世間にばらすぞと脅されりゃ、二の丸組は握り潰して知らん顔できねえ。強請ってきた以上嘘八百とは思えねえから、慌てて動き出す。となりゃ、いずれあちこちの耳に入り、藩全体が騒ぎになる。それを狙ったんだな」

「うーむ。おゆうさん、あんたはなかなかに頭が切れるようだな」

井原が感心したように言い、おゆうは「いえ、そんな」とはにかんだ。

「おゆうだけじゃねえ。これを仕掛けた奴も、相当頭が切れるようですね」

言われて井原も頷く。おゆうの考え通りだとすると、確かに緻密だ。

「それで失礼ですが、井原様はどちらの組に？」

おゆうがストレートに聞いたので、伝三郎が睨んだ。井原は苦笑した。

「それは、ここではやめておきましょう」

そう言われれば仕方がない。だがおゆうは、ふと気付いてさらに聞いた。

「あの、もしや留守居役様に来た文の中身を漏らしたというのは……」

井原はこれにも苦笑で答えた。

「まあ、それも言わぬが花、ということに」

それで充分だった。おゆうは畳に手をついて頭を下げた。

「左様でございますか。御無礼を申し上げました」

伝三郎も気付いたに違いない。井原は否定をしないことで、自分は西舘組だと告げたのだ。しかも留守居役の近くに仕え、文を見られる立場だとすれば、面従腹背で二の丸組を装っているのだと考えていいだろう。井原の立場もなかなか複雑なようだ。

「清太郎を襲った六人の方々も、西舘組ですか」

伝三郎が肝心なことを聞いた。

「そうです。だが、襲ったというのは正しくない。あの者どもは、清太郎殿が二の丸組に狙われるのを恐れてかくまおうとしたのです」

「そうですか。しかし強引な話ですねえ。清太郎にとっちゃ迷惑千万だ」

「ごもっとも。何しろ、江戸に出て来て日の浅い田舎者です。いささか世に疎いところがありまして、不器用なやり方しかできんのです。誠に汗顔《かんがん》の至りです」

「井原様は、こちらに来られて長いのですか。こう申しては失礼でございますが、江戸には慣れておられるようにお見受けいたしますが」

おゆうがそう言うと、井原は照れ隠しのように額に手を当てた。

「いや、なかなか。私も半年前に来た田舎者ですよ。昨日の者たちよりほんの少し江戸慣れしただけで、大した違いはない。あんたや鵜飼殿のように根っからの江戸のお人とは全然違います」

それにしては訛りが少ない。選ばれて江戸で番頭に就いているエリートは、順応性も高いのだろう。

「鵜飼殿は、やはり父祖代々八丁堀同心をお勤めですかな」

少し肩の力が抜けてきた様子の井原が問うた。

「いや、自分は婿養子です。それまでは町道場に居りまして」

「おお、そうですか」井原の顔に笑みが浮かんだ。

「実は私も婿養子でしてな」

「え、そうなのですか」伝三郎がちょっと驚いた顔をした。

「もともとは貧乏暮らしの次男坊で、ちょっとした縁がありまして今の家に」

「良いお話があったわけですね」

「はは、良いと言えば良いんですが、何と言いますか、ま、その、いろいろと」

井原は苦笑して頭を掻いた。なるほど、そんな様子は確かに高禄の侍とは見えない。

伝三郎も急に親近感が湧いたようだ。せっかくわざわざお越し頂いたのだから、よろしければ一献、と誘った。井原もそれは有難い、とすぐ応じた。

「それじゃ、おゆう、一本つけてくれや」

「はい、すぐ支度します」

おゆうは席を立って台所に向かった。やれやれ、長くなりそうだ。

思った通り、二人は暗くなってからもまだ飲んでいた。おゆうが伝三郎にと銀座のデパートで買った酒肴は、半分以上井原の胃袋に消えた。用意していた酒では足りなくなり、井原の持って来た樽酒を開けて徳利に移しているところだ。

(まったく、こんなときだけ女房扱いしちゃって……)

二人はおゆうに給仕させて、勝手に「婿養子あるある」で盛り上がっている。すっかり意気投合したらしい。

(それにしても、井原って人はずいぶんざっくばらんなお方よねえ)

藩の幹部が藩の内情を外部の者にさらけ出すなど、普通は考えられない。それを敢えて八丁堀同心に打ち明けた、ということは、状況が切羽詰まっているというだけではなく、井原の誠実さの表れなのかも知れない。であれば井原は、今後この一件を調べるに当たって大いに頼りになる存在である。

(そうだよね。恋路の邪魔くらい、辛抱するか)

今夜はこれで良しとしよう。女房扱いされるのも、けっこう悪くないし。

五

小日向の手習い師匠、お須磨の家は長屋かと思ったが、来てみると立派な戸建てだった。平屋だが、おゆうの家より一間《ひとま》多い。奥で子供たちの声が聞こえるところを見ると、手習いの授業中だろう。

表の戸を開けたおゆうは、御免下さい、と声をかけた。言い終わらないうちにばたばたと足音がして、ここの生徒らしい六歳くらいの男の子が目の前に現れた。両頬に墨の筋がついているのが微笑ましい。男の子は、くりっとした目でおゆうをまじまじと見つめた。あらまあ、可愛い坊やだこと。

「おばちゃん、誰？」

おばちゃん？　可愛い、は取り消しだ。今度おばちゃんと言ったらお仕置きしてやる。

「お須磨さんは、いらっしゃる？」

可能な限り優しい笑顔を作って、その子に言った。男の子は頷き、奥へ走り込んで行った。

「先生ー、知らないおばちゃんが来た」

だから、お姉さんとおっしゃい！

奥の方で、お客様だから静かにしなさい、ちゃんと座って、三枚目のお手本を写していなさい、いいわね、と指示する声が聞こえた。そのまま立って待っていると、間もなく渋い灰色の小紋を着た中年の婦人が出て来た。源七の言うように武家の出らしく品があり、年を重ねていてもなかなかの美形である。

「須磨でございます。どちら様でしょうか」

「おゆうと申します。ゆえありまして、八丁堀の御用を承っております」

そう言いながら懐の十手を見せた。源七の想像通りなら逆効果かも知れないが、この相手には正直に語る方がいいと直感が告げた。

「私に何の御用ですか、女親分さん」

お須磨の目が鋭くなった。「女親分」という言い方に、棘《とげ》があった。

「おこうさんのことで伺いました。親しくお付き合いなさっているとお聞きしまして」

「確かにお付き合いさせて頂いております」

言葉は丁寧だが、つっけんどんだ。やはり、何が気に入らないのか、役人を嫌っているらしい。おゆうは丁重な物腰を崩さずに続けた。

「おこうさんが行方知れずになっているのは、御承知かと思いますが」

「この前来られた親分さんから伺いました。でも、それについては私は何も存じません。あの親分さんにもそう申し上げたはずです」

友人が行方不明だというのに、ずいぶん冷たい言い方だ。

「大津屋さんに届いた文のことは、お聞きでしょうか」

この一言がお須磨を刺激した。急に柳眉を逆立て、吐き捨てるように言った。

「そんなこと！　ええ、聞きました。とんでもない、おこうさんが強請りだなんて。そんな馬鹿げたお話に付き合うつもりはありません。お引き取り下さい」

憤然として背を向けようとするお須磨におゆうは、お待ち下さい、と声をかけた。

「おっしゃる通りです。どうもこの強請り、大変妙な感じなのです」

お須磨はこれを聞いて足を止め、振り向いた。

「どういうことです」

「はい、私も幾人かの方々におこうさんの評判を聞きました。確かに、強請りなどするような方とは思えません。それに、なぜ今になって、という理由もわかりません。あの文には、相当深い裏があるのでは、と思い、こうして調べている次第です」

御落胤の件を話せないのは残念だが、こちらの疑念は信じてもらえたようだ。お須磨はおゆうに向き合って玄関に座った。

「わかりました。どうぞお座り下さい」

お須磨の態度が軟化したのにほっとし、おゆうは勧められるまま上がり框に腰を下ろした。

「大津屋さんへの文については、どう思われますか」

「その文とやらが本当の話なら、偽物に決まっています。何度でも申しますが、おこうさんは強請りなどするようなお人では絶対にありません」

「偽物、ですか」

それについては、おゆうも考えていないわけではない。だがそれは、おこうに直接聞かない限り確かめようがない。

「なのにあの親分さんは、おこうさんが科人《とがにん》だと決めつけるような言い方をなさったんですよ」

なるほど、そういうことか。源七がおこうを犯人扱いしたので、お須磨は怒ったのだ。ならば、共感を示してやればいい。

「まあ、そうだったんですか。それは言い過ぎですね。文以外の証《あか》しは何もないのに」

そう言ってやると、お須磨の表情が目に見えて和らいだ。

「あなたは、どうやら話のわかったお方のようですね」

「いいえ、私は本当のところ何があったのか、知ろうとしているだけです」

おゆうはお須磨に微笑みを向けた。

「おこうさんとは、いつどこで知り合われたのですか」

「はい、もう十五、六年は前になりますか。夫と離縁しましてすぐ、おこうさんの兄上、先代の龍玄寺のご住職ですが、そちらへ書を習いに伺ったのです。御承知と思いますが、おこうさんは龍玄寺の裏で産婆をされていまして、ご住職のところへも度々来られて、やはり書を習われていました。それで互いに知り合いましたのです」

おや、離縁か。源七が「後家さん」と言ったのは早合点らしい。

「ご住職は、書がお上手だったのですね」

「ええ、ご存知ないかも知れませんが、ご住職の覚然《かくぜん》様は、書の道では少しは名の知られたお方でした。あちこちに揮毫《きごう》もされておいでです。私は、暮らしの道としては字を書くことぐらいしかできませんでしたので、覚然様のもとで一年修業しまして、ようやく人様にお教えしてそれを糧にすることができるようになったのです」

「まあ、そうでしたか。存じませんで失礼しました」

覚然か。あとでネットで検索してみよう。

「それ以後ずっと、互いに行き来を続けております」

ここから龍玄寺までは十町ほど、一キロ余りだ。行き来するのに遠い距離ではない。聞けばお須磨は、離縁して以来、実家にも帰らず一人暮らしを続けているのだ。思ったより苦労人らしい。同じ一人暮らしで似た境遇のおこうは、年が離れていても大事な友人だったのだろう。

「ところで、この中におこうさんの持ち物がありますか」

おゆうは懐から風呂敷に包んだ小物を出した。手鏡、櫛、扇子などだ。お須磨は怪《け》訝《げん》な顔でそれらを見たが、一応、一つ一つ手に取って確かめてから首を横に振った。

「いいえ、一つもありません」

そう言い切って品物を返し、おゆうはそうですか、ありがとうございます、と言って受け取ると、それを大事に包んで懐にしまった。

(はい、指紋頂きました)

それらは無論、おこうのものではない。おゆうが指紋採取用にと大津屋で仕入れた品だった。おゆうは改めて質問を続けた。

「おこうさんが行方知れずになってから、おこうさんの家を訪ねてみましたか」

「いいえ、ひと月半ほど前にお訪ねしたのが最後です。あの親分さんから初めて、行方知れずと聞いたのです。しばらく便りがないので、様子を見に行こうと思っていたところでした」

ここで急に、お須磨が声を詰まらせた。

「いったい、おこうさんに何があったのでしょう……あんないい方なのに」

怒りが解けて、おこうを心配する気持ちが一気に表に出て来たらしい。お須磨は畳に手をついた。

「おゆうさん、お願いします。おこうさんを見つけてやって下さい。どうも悪い予感がするのです。お話を伺って、ますます心配になって来ました」

「どうぞお手を……申し訳ありませんが、ご安心下さいとまでは言えません。ですが、私にできる限りのことはいたします」

「どうかよろしくお頼み申します」

気が付くと、奥の間の子供たちがただならぬ気配を感じ取ったのか、揃ってこちらを見つめていた。どうやら辞去する潮時だ。おゆうは手習いの邪魔をした詫びを述べ、お須磨の家を出た。

（悪い予感か……）

それはおゆうと伝三郎が心配しているのと同じものだろう。矢懸藩の事情と、おこうの足取りが全く摑めないこととを考え合わせると、充分に根拠のある話だった。

そして二日と経たないうちに、その予感は的中した。


「おおい、伝さん、居るかい」

大声でそう呼ばわりながら境田左門がおゆうの家の戸口に入って来たのは、もうすぐ五ツ半、午前九時になろうかという頃だった。

「何だおい、こんなところまで……定廻りの仕事なら、まだ当分できねえぞ」

「何言ってんだい、朝からおゆうさんの家でとぐろ巻いときながら。あ、もしかして昨夜はここへ泊まって？　羨ましいねえ……って、何だ、源七も居るじゃねえか。色気のねえ話だなあ」

「一人で勝手に何をぶつぶつ言ってやがる。俺も源七も、今来たばっかりだぞ」

「そうですよ、境田様。変な気を回さないで下さいな。それで、どうなさいました」

「おう、それだ。肝心の話だ。実は今朝早く、牛込の済松寺《せいしょうじ》裏の雑木林で、埋められてるホトケが見つかったんだよ。畑仕事に出ようとした百姓が、野良犬が何かを掘り起こそうとしてるのに気が付いてな。犬を追っ払って覗き込むと、人の手の骨が見えたんで、腰を抜かして番屋へ知らせたんだ。場所柄、もしかしてあんたが扱ってる一件に関わりがあるんじゃねえかと思ってな」

「何、ホトケ？　済松寺の裏で？　男か、女か」

伝三郎が真剣な顔になった。境田も顔を引き締めた。

「女らしい。もうあらかた骨になっちまってるようだが」

伝三郎とおゆうと源七は、互いに顔を見合わせた。済松寺は龍玄寺からほんの二、三町のところにある。その裏で女の亡骸《なきがら》が、となれば……。

「旦那、こりゃあ……」

言いかける源七を手で制して、伝三郎は境田に問うた。

「左門、ホトケはどこだ」

「掘り出して、その場に置いとけと言ってある。どうにも酷え臭《にお》いらしいから、どこへも運び込めねえだろう」

「お前さんもまだ、牛込に行っちゃいねえんだな」

「ホトケが見つかったのが七ツ過ぎで、俺が聞いたのが六ツ半、今は五ツ半だ。一刻《いっとき》やそこらで行って帰って来られるもんか。八丁堀から奉行所へ向かう途中で知らせを受けて、そのまま来たのさ。あんたが牛込から姿を消した婆さんを捜してるって噂は聞いてたから、ピンと来たんだよ」

「さすが、上出来だ。源七、おゆう、行くぞ」

「はい」

おゆうはすぐ立ち上がり、簞笥から十手を出すと懐に突っ込んで、小走りに伝三郎たちの後を追った。

勢いよく飛び出したものの、牛込済松寺までは一里と二十八町、七キロ弱の距離である。伝三郎たちにどんどん引き離され、ようやく辿り着いたときにはよれよれになっていた。荒い息をつきながら痛む足を引きずって済松寺の土塀を曲がると、その先で伝三郎たちが筵《むしろ》を囲んで何か話し合っているのが見えた。

（うわっ、こりゃ酷いわ）

二十間は離れているのに、悪臭が鼻を突いた。よく見ると、近くの木の根元で下っ引きや小者が二、三人、青ざめた顔でうずくまっている。筵の下にあるものを想像して、おゆうは背筋が寒くなった。

「おう、着いたか。だいぶくたびれてるな。ああ、こっちは見ねえ方がいいぜ」

伝三郎が気付いて立ち上がり、声をかけてきた。

「すみません。こっちで控えておきます」

さすがに半ば白骨化した腐乱死体を見たいとは思わない。臭いのせいで、早くも胃が危険信号を発していた。

「やっぱりおこうさんでしょうか」

「何せあんな有様だ。着物と残ってる白髪から見て、婆さんだってことは間違いねえんだが。財布も見当たらねえし、名前のわかるようなものは……」

言いかけたところで「旦那」と源七が呼ばわり、女ものの下駄を片方持ってこちらに来た。

「見て下せえ」

源七が下駄の裏を二人に見せた。歯の間の真ん中に、「こう」という平仮名が彫ってあった。伝三郎が頷いた。

「間違いなさそうだな」

「そうですね……」

心配していた通りの結果に、おゆうは胸を痛めた。そこへ境田が寄ってきた。

「あのホトケ、刀で殺《や》られてるな」

「刀で斬られたんですか」おゆうがさっと顔を向けた。

「ああ。肩の骨とあばら骨に、刀傷がある。それから見ると、まず背中から袈裟懸《けさが》けに斬られて、逃げようとしたところを後ろから突き刺した、ってえとこかな。刀の扱いには慣れてる奴のようだ。十中八九、侍の仕業だね」

「侍か……」「あいつら……」「間違いない……」伝三郎と源七とおゆうは、三者三様に呟いた。

「何だ何だ、やっぱり下手人に心当たりがあるのかい。その話、俺はまだ聞いちゃいけねえのか」

境田が不満そうに言って伝三郎を見た。伝三郎は拝む仕草をする。

「悪いな、左門。こいつはまだ言えねえんだ。いずれ全部話して埋め合わせもするからよ」

「ちぇっ、俺だけ仲間外れか。この埋め合わせ、高くつくぜ」

「わかってるよ。伊豆屋《いずや》の鰻《うなぎ》で好きなだけ飲ましてやるって」

「駄目駄目、そんなんじゃ。八百善《やおぜん》の懐石に芸者付きだな。期待しとくぜ」

境田はそう言って手を振ると、死骸の方へ戻って行った。運び出しの算段をするようだ。誰か龍玄寺へ使いに行け、と指図する境田の声が聞こえた。

「八百善とは大きく出やがったな」

八百善は江戸で一、二を争う、ミシュランガイド三ツ星級の有名料亭である。渋い顔をする伝三郎に、おゆうはくすっと笑った。

「何だかんだ言って、いい方ですねえ、境田様は」

それから真面目な顔になって聞いた。

「亡骸は、龍玄寺に運ぶんですか」

「ああ。縁者もいねえし、他に当てもねえ。先代住職の妹だからな。まさか嫌とは言うめえ」

「そうですね。お兄様のお墓に入れてもらえたら、一番いいですね」

おゆうは納得して頷いた。

（それにしても矢懸藩の奴ら、許し難いな。こんな評判のいいお婆さんを、自分とこの御家騒動に巻き込んで殺しちゃうなんて……）

おゆうはぐっと両の拳を握りしめた。矢懸藩士が犯人と決めてしまっているが、伝三郎も口には出さずとも同じ考えだろう。だが、矢懸藩の誰がやったのか。おこうは、どこまで御落胤に関わっていたのか。解決への道のりは、まだだいぶ遠そうだった。


翌日、おゆうは再びお須磨を訪ねた。悲しい報せを伝えるのは気が重いが、おこうと一番親しかったお須磨には、おこうの周辺について知っていることをもっと教えてもらわねばならない。

　今日は手習いが休みらしく、お須磨の家は静かであった。戸を開けて挨拶すると、今度は玄関先でなく中の座敷に通された。おゆうの様子から察したのだろう。お須磨の顔色は蒼白で、表情は重く沈んでいた。

「先日は失礼いたしました。あの、今日参りましたのは、良いお話ではございません」

「はい……お察ししております。おこうさんが、見つかったのですね」

「はい」おゆうは唇を噛んだ。

「昨日、牛込の済松寺裏で、おこうさんの亡骸が見つかりました。ひと月ぐらい前に、刀で斬り殺されたようです」

「ああ、やはり……」

　お須磨は呻くように言い、俯いて絶句した。肩が震えている。おゆうはかける言葉を失って、しばしそのまま黙り込んだ。が、やがてお須磨は顔を上げた。唇を引き結び、無理に悲しみに耐えている様子だ。武家出身のたしなみだろうか、気丈な人だとおゆうは思った。

「おこうさんに最後に会われたのは、ひと月半前とおっしゃいましたね。そのとき、おこうさんに変わった様子はありませんでしたか」

「いいえ……いつも通りでした。特に変わったところは」

「おこうさんから、何かお侍に関わるお話は出ませんでしたか」

「お侍に？」お須磨の表情が動いた。

「ああ、はい、そう言えば……どこかで偶然、とても懐かしいお方の姿を見た、という話をしておいでてでしたね」

「懐かしいお方ですって？　その方のお名前はおっしゃっていませんでしたか」

「はい、ええと……赤…赤崎《あかさき》？　そうだ、赤崎新兵衛《しんべえ》様、だったと思います」

「赤崎新兵衛様？　どちらかのご家中でしょうか」

「さあ、そこまでは」

お須磨もそれほど詳しく覚えていないようだ。だが、構うまい。矢懸藩にそういう侍がいるかどうか、確かめることはできる。これは有力な情報だった。

「懐かしいお方、ということですが、もっと詳しい話はなさっておられませんでしたか」

「いえ、それは聞いておりませんが」

「そうですか」

御落胤の一件に関わっていると推測できるような話があれば、と思ったが、それは期待しすぎかも知れない。

「では……二十年ほど前、喜代さんという女の方の御子、あるいは正五郎さんと奈津さんというご夫婦の御子が生まれたときの話をお聞きになったことがありますか。この両方の御子は、ほぼ同時に生まれたはずなのですが」

「は？　二十年前の出産についてですか」

唐突な話を持ち出されて、お須磨は当惑顔になった。だがそれでも、少し時間をかけて懸命に思い出してくれた。

「二十年前ですよね……私がおこうさんと知り合う前の話ですが、そう言えばそんな昔話を聞いたような気がします。いま言われた方々のことかどうかわかりませんが、同じ晩に二組のお産が重なり、しかも両方とも難産という滅多にないことで大変だった、とか、そんな話です。確か、残念ながら片方は死産だった、と言っておられたような」

それだ！　おゆうは思わず膝を叩き、お須磨が咎《とが》めるような目を向けた。

「あ、失礼しました。でも、いま伺ったお話は、仔細は申せませんがとても大事なことなのです。よく思い出して下さいました」

「はあ、左様でございますか」

お須磨は首を傾げながら返事した。

おゆうは収穫に満足して、部屋の中を見回した。さすが手習いの師匠の家だけあって、壁や襖、屏風など、部屋中あちらこちらに流麗な書が見られる。女文字の同じ筆跡に見えるので、全てお須磨の手によるものだろう。聞いてみると、やはりそうだった。

「あの掛け軸は、どなたか別の方の手でございますね」

おゆうは床の間の軸を示して言った。それは漢詩らしく、太くて力のある字で書かれている。明らかにお須磨のものとは違っていた。

「はい。あれが覚然様の書です」

ああ、これがおこうの兄の書か。よく見ると、確かに「覚然」と左下に署名があった。おゆうには書の良し悪しなどわからないが、見ていると不思議に落ち着ける。いい書、というのは、そういうものなのかも知れない。

（そうだ。お須磨さんも書道のプロなんだから……）

大津屋に来た手紙がお須磨の言うように偽物なら、捨吉らのところにあるおこうの手紙と突き合わせれば、筆跡鑑定ぐらいできるのではないか。

「お須磨さん、ちょっとお願いが……」

おゆうは思い付いた考えを言ってみた。が、お須磨は予想に反して困った顔をした。

「それはちょっと……私は確かに書を生業《なりわい》としておりますが、他人様の書いたものの真贋《しんがん》までは難しゅうございます。偽書なら当然、本物の筆跡を真似ておりましょうから、私などではお役に立てそうにありません」

「そうですか。では、仕方ありませんね」

いい考えだと思ったのだが、プロにそう言われては引っ込めるしかない。残念ながら宇田川のラボは科学分析が専門で、筆跡鑑定は扱っていない。

（江戸にも筆跡鑑定の専門家ぐらい居るかなあ。今度探してみよう）

とにかく、今日はお須磨のおかげで価値ある情報が得られた。一日の成果としては充分だろう。おゆうは再度慰めの言葉をかけ、お須磨の家を辞去した。

（さてと……ここまで来たら、次はいよいよ大物にかかるか）

どうやら龍玄寺へ出向くときが来たようだ。だが、町方の入れない龍玄寺へは、二度も三度も事情聴取に行くのは難しい。作戦を考えねば。


家へ帰り着くと、もう七ツを過ぎていた。龍玄寺ほどではないが、小日向も往復すれば三里ぐらいになる。すっかり疲れて、これからは数分遅れたぐらいで東京メトロに文句言うのはやめよう、などと考えながら表の格子戸に手をかけた。そこで「えっ」と思って手を止めた。家の中から二人分の話し声が聞こえる。一人は伝三郎のようだが、もう一人は……。

伝三郎たちが気付くよう、勢いよく戸を開けた。話し声が止《や》んだ。

「あらまあ、いらしてたんですか……って、他人《ひと》ん家《ち》で何やってんです」

そう言いながら家に入ってみると、驚いたことに伝三郎と井原兵衛介が、表側の六畳で対座していた。

「あっ、井原様。これは失礼いたしました」

慌てて頭を下げると、井原が頭を掻いた。

「いやあ、こっちこそ勝手に上がり込んでしまって申し訳ない」

「おう、悪かったな。そろそろお須磨のとこから戻って来る頃合いだと思って、話を聞きに来たんだが、待ってるうちに井原さんが来られてな。ついつい話し込んじまった」

伝三郎がそう言うと、井原はうんうんと頷いた。

「屋敷に居てもどうも落ち着かんでな。何か新しい話でもないかと思って、居られたら夕餉《ゆうげ》でもお誘いしようと来てみたんじゃ。そしたら鵜飼さんが一人で留守番されとったんで」

おゆうに向かって照れ笑いしてから、井原は伝三郎に向き直った。

「おゆうさんも戻って来たことだし、どうです、皆で出かけませんか」

「いいですねえ。行きましょう」

伝三郎がすぐに応じた。

「あら、私もご一緒してよろしいのですか」

「無論。こんな綺麗なお方が一緒なら、料理も酒も味は格別ですわ」

井原はそう言うとまた笑った。何だ、私にお酌《しゃく》させようってか。図々しいおっさんだ。

「まあ、ありがとうございます。ではご一緒させて頂きます」

思い切り明るい笑顔を作ってそう返事した。まあ、綺麗と言われて悪い気はしない。


「赤崎新兵衛、ですか」

堀留町《ほりどめちょう》の料理屋の二階で卓についた井原は、首を傾げた。卓の上には、魚貝の天婦羅や刺身、田楽、煮物の小鉢などが並んでいる。結構贅沢な夕食だ。井原は藩の経費で落とすつもりなのだろうか、とおゆうは余計なことを考えていた。

「いや、聞いたことがないな。少なくとも、当藩江戸屋敷には居らんですわ」

「そうですか。矢懸藩の方ではないのかも知れませんねえ」

おゆうはがっかりした。てっきり赤崎というのは矢懸藩の侍で、おこうを殺した第一容疑者だと思っていたのに、出鼻を挫かれてしまった。

「懐かしいお方、って言うからには、だいぶ長いこと会ってなかったんだろう。名前を勘違いしてるってこともある」

伝三郎が口を挟んだ。井原は残念そうに首を振った。

「いずれにせよ、おこうが死んでしまっては、もう何も聞けん」

おこうが殺されていた、という話を聞いた井原は、その死を悼むより御落胤の真相を聞けなくなったことを嘆いていた。まあ無理もないが、おゆうはちょっと不満だった。

「その赤崎新兵衛が何者かはさて置いて、死産の方の話です。これをどう思われますか」

伝三郎の問いかけに、井原は腕組みをした。

「お須磨さんとやらの話では、どちらが死産だったかわからんわけだ。しかし、当藩と大津屋にあのような文を出したということは、やはり大津屋の子の方が死産で、仔細あって入れ替わったということでしょう」

「どうでしょうか。実は御落胤が死産で、西舘組の誰かが承知の上で大津屋の清太郎を御落胤にでっち上げたってことは？」

「そんな馬鹿な。町人の血筋の者をそれと承知で藩主に立てようなどと考える者が居るはずがない」

井原が憤然として言った。

「そもそも当藩の誰であっても、我々同様どちらが死産だったのか知る術がないでしょう」

「ごもっともです。いや、御無礼いたしました」

伝三郎が詫び、おゆうは急いで井原に酌をした。

「ああ、いや、こちらもついムキになった。忘れて下さい」

井原も、もとの温和な表情に戻った。

（うーん、困ったなあ）

おゆうは徳利を持ったまま、一人で悩んでいた。死産だったのが御落胤の方だとはっきり知っているのは、おゆうだけだ。だがＤＮＡ鑑定の結果が出て以来ずっと、それを伝える方法を探しているのに見つからない。ストレスは溜まる一方である。

（こうなったら、龍玄寺に期待をかけるか……）

おゆうは伝三郎の盃にも酒を注ぎながら声を上げた。

「鵜飼様、私、そろそろ龍玄寺に行ってみようと思います」

「そうか。頃合いかも知れんな」

伝三郎はちょっと考えて言った。

「ええ。おこうさんのところで死産になれば、訳ありの方々ですからそのまま龍玄寺に葬られたんじゃありませんか。ならば記録ぐらい残してあるんではないでしょうか」

「過去帳か、なるほど。しかし檀家でもない無縁仏のものがあるかな。それに、あっても急に押しかけて行ってさあ見せろ、では通るまい」

井原は心配げに言ったが、伝三郎はニヤリとした。

「おゆう、何か考えてるのか」

「ええ、ちょっと変装して行こうかと」

「へ……変装？」

井原は唖然として口に運びかけていた盃を止めた。伝三郎は笑って手を振った。

「ご心配なく。こいつはね、こう見えても本職のくノ一が恐れ入っちまうような動き方をするんですよ。狐か狸《たぬき》みたいなもんで。まあ、お手並み拝見といきましょうや」

「まあ酷い。狐か狸はないでしょう」

「さぞかし綺麗な尻尾が拝めるだろうよ。楽しみにしてるぜ」

「人前で尻尾を見せるほどドジじゃありませんよぉだ」

おゆうは肘で伝三郎を小突いた。洒落《しゃれ》がわからないらしい井原は呆気に取られて、二人のやり取りをただ眺めていた。


おゆうは龍玄寺の山門前で乗ってきた駕籠《かご》を下りた。駕籠かきに酒手《さかて》を渡し、待っているように告げてから山門を入った。

（ようし、細工は流々だ）

今日のおゆうは、普段と大きく雰囲気が変わっている。おゆうの常の髪型は、長い髪をそのまま後ろへ流して纏《まと》めているだけで、江戸で言う「洗い髪」のスタイルだ。江戸と東京を往復するたびに結ったりほどいたりしていられないからだが、なかなか婀娜《あだ》っぽいと好評である。それが、今日はきっちり島田に結っていた。着物も普段着の黒襟縞《しま》柄ではなく、高価な京友禅である。

（へへへ。まるでコスプレだけど、案外イケてるよね）

これならセレブの若奥様に見えるはずだ。龍玄寺のようなそれなりに由緒のある寺へ出向くには、やはり押し出しが肝心である。

本堂脇の玄関に近付くと、来客に気付いた若い僧侶が応対に出て来た。おゆうは丁寧に礼をして来意を告げた。ただし、偽名で。

「日本橋の方から参りました。さと、と申します。こちらの裏にお住まいでしたおこうさんに、以前お世話になった者です。お亡くなりになったと聞き及びまして、お参りだけでもさせて頂ければと思い、伺いました次第です。ご住職は居られますでしょうか」

おゆうの容姿《なり》を見た僧侶は、思惑通り上客と判断したようだ。すぐ呼んで参りますのでどうぞお上がり下さい、と言っておゆうを招じ入れた。そのまま本堂に案内されてご本尊の前に座るのかと思っていたら、客間のような座敷に通された。僧侶は、ここでお待ち下さいと告げて急ぎ足で奥の方へ向かった。

程なく住職が現れた。四十五、六の小柄な人物で、僧衣の上に上等の錦の袈裟《けさ》を着けている。だが、衣装に比べるとその容貌や立ち居振る舞いには、なんとなく軽さが感じられた。おゆうの顔を見たとたん頬を緩めたのは、美人に弱いせいかも知れない。これは案外、御しやすいのではなかろうか。

「お待たせをいたしました。当寺の住職を務めます、俊光《しゅんこう》と申します。おさと様、でございましたな。おこうさんにご縁がおありとか」

「はい。申し訳ございませんが、ゆえありまして家の名はご容赦下さいませ。おこうさんにはご恩がございます。せめて御墓前でお参りだけでも、と存じまして」

「それで日本橋からわざわざ。それはご奇特なことでございます。それでは、すぐにご案内いたしましょう」

俊光は、先に立っておゆうを裏手の墓地へと案内した。かなり大きな墓地で、苔《こけ》の生えた古い墓石も目に付くあたり、確かに由緒ある寺、という雰囲気だ。墓地の向こうに目を向けると、竹林の間からおこうの家の屋根が見えた。

「こちらでございます」

案内されたのは、墓地の一番奥の方にある立派な墓石の前だった。

「先代住職、つまりおこうさんの兄上の覚然和尚のお墓です。おこうさんが亡くなったときはここに一緒に納めるようにとの、ご両者のご遺言でございました。お聞き及びと思いますが、大変不幸な亡くなり方をされまして、ご遺骸がこちらに運ばれてすぐ、埋葬させて頂きました。身寄りの方もおられませんでしたので」

「はい、そのことは存じております。そうですか、こちらが……」

おゆうは墓前に跪《ひざまず》き、手を合わせた。兄妹ならば同じ墓に入れるのは自然な話だが、二人ともわざわざそう遺言していたとは、やはり仲の良い兄妹だったのだろう。遺骸が見つかってここに納めることができ、本当に良かったとおゆうは思った。


お参りを済ませたおゆうは、茶を差し上げますと俊光に促され、先ほどの座敷へ戻った。座敷に座ると俊光は小坊主を呼んで茶を用意するよう命じた。

おゆうはその間にもう一度座敷を見回した。長押《なげし》の上に、書の額がかかっている。掛け軸にも書が書かれていた。いずれも見覚えのある書体だ。お須磨の家で見た覚然の書体に違いない、と思った。

「あの、あれは……」

おゆうは掛け軸を指して尋ねてみた。俊光が、ああ、と頷く。

「漢讃でございます。御仏の徳について書かれた詩のようなものでございますな」

「もしや、先代のご住職、覚然様の手でございますか」

「左様でございます。覚然和尚をご存知でいらっしゃいますか」

「いえ、お会いしたことはございませんが、おこうさんのお兄上とお聞きしておりましたので。書の達人でいらしたとか」

「はい、いかにもおこうさんの兄君です。亡くなられてもう五年になります」

小坊主が茶を運んで来た。俊光はそれをおゆうに勧めて、覚然の話を続けた。

「覚然和尚とおこうさんは、下総の名主の御家柄だったのですが、子供の頃に御家が傾いたとかで、覚然殿は仏門に入り、おこうさんは産婆に弟子入りしたそうです。覚然殿は頭も良く書の才もなかなかのもので、若くして認められ、三十年ほど前にこの龍玄寺の住職となられましたのです。それから、おこうさんをこちらの寺領の方へ招かれたようです。あいにく私はずっと本山で修行しておりまして、覚然殿が亡くなられてからこちらへ参りましたので、お会いしたことはないのですが」

「覚然様は本山へは行かれなかったのですか」

「はい。覚然殿は、その、ご出身が何でございますので、ずっとこちらの方に」

おゆうは、おや、と思った。俊光の言い方に、上から目線を感じたのだ。俊光を見ると、少しばかり胸をそらしたような様子である。

（ああ、なるほど。そういうことね）

俊光の胸の内が何となくわかった。覚然は有能かも知れないが、下々の出自であるから本山の重職には就けない。自分は上流の出でそれとは違う、と言いたいのだろう。

（ようし、やっぱりこいつは俗物だ）

そう見切ったおゆうは、少しばかり本山の様子などを聞いて俊光の自尊心をくすぐった後、おもむろに携えて来た塗り物の小箱を出した。それを畳に置くと、そっと俊光の方へ押しやった。

「些少《さしょう》ではございますが、御寄進させて頂きたく存じます」

「これはこれは、恐れ入ります」

俊光の顔が目に見えて明るくなり、小箱の蓋を開けて袱紗を開くと、中にあった紙包みを取り出した。重さの加減で小判十両とわかったのだろう、目を見張り、おゆうに丁重に礼をすると包みを押し戴《いただ》いた。おゆうは小箱を手元に下げ、改めて畳に手をついた。

「今一つ、お願いがございます」

「おお、何なりと伺います」

俊光は愛想よく応じた。十両は大津屋のくれた前金全額に当たる。とは言え、この住職にこちらの思う通りにしてもらうためには惜しんでいられない。今日びはどこの寺も経営が厳しいのだ。覚然のように書で稼ぐことはできないから、俊光としても、今後も度々高額の寄進をしてくれそうなセレブには充分なサービスを提供するだろう。

「仔細は憚《はばか》りますが、実を申しますと、私は二十年前、おこうさんに取り上げて頂きました。母は今、病で臥《ふ》せっておりまして、だいぶ思わしくありません。その母が申しますには、私が生まれますとき、一緒におこうさんのところにお産に来ていた喜代様とおっしゃる方について、ずっと気になっていたのだそうです。そのお方は、母にずいぶん良くしてくれたとのことですが、母は難産で、私を産み落としてしばらく意識を失い、寝込んでいたそうです。そして目覚めると、喜代様はもう姿が見えなかったとのことです。おこうさんに聞いてもどうされたのかおっしゃらず、後になって人から聞いた話では、喜代様は死産であったとか。これまで家の者に遠慮して、確かめることもできなかったのですが、もはや長くないと悟り、私に全てを話して、喜代様の亡くなったお子のお参りだけでもしてくれと申しまして……。私も、最後の親孝行と思い、無理を承知でお教え願えないものかと……」

おゆうは俯き、袖で目頭を押さえた。

「何と、そのようなことが……まさに母上への孝、これは御仏の心に適うことと存じます。二十年前のこと、私は存じませんが、死産であれば当寺に葬られておるはず、すぐにお調べいたしましょう。これ、恒念《こうねん》は居らんか」

俊光に呼ばれて、先ほど玄関でおゆうに応対した若い僧がやって来た。俊光は事情を伝え、直ちに過去帳を調べ、該当の記録を持って来るよう命じた。

「ありがとうございます、ご住職様。お聞き届け下さいまして……」

おゆうは涙ながらに畳に伏した。

「おお、どうかお顔をお上げに。いと易きことでございます」

俊光が慌てて言った。どうやら、大津屋の話を脚色してでっち上げたストーリーは、丸ごと信じられたようだ。覚然の死後に本山から来たのなら、二十年前の喜代の話など俊光は一切知るまいと思って仕掛けたのだが、うまくいった。アカデミー賞級だぜと自画自賛しながら、おゆうは演技過剰にならないよう気を付けて身を起こした。


恒念が帳面を携えて戻って来るのに、小半刻ほどかかった。「お待たせいたしました、ございました」と言いながら恒念が差し出す帳面に飛びつきたいのを懸命に抑え、おゆうはまた丁寧に礼を言った。

「ああ、確かにございます。これですな」

俊光は恒念から古びた帳面を受け取り、該当箇所に目をやって確認してから、おゆうに示した。さすがに辛抱できず、おゆうはぐっと身を乗り出した。

そこに書かれているのは、喜代とその赤子が、清太郎の誕生日の二日後、つまり文月十二日に埋葬されたというごくシンプルな記録だった。

（喜代さんも亡くなってたんだ）

そういう予感が、ないではなかった。伝三郎たちが懸命に調べたにも拘《かか》わらず、喜代の痕跡はおこうのところを最後にふっつり消えていたのだ。

帳面には、死因も喜代の身元も、おこうのところへ来た事情も書かれていない。それはまあ、当然と言えば当然だろう。御落胤云々を寺の記録には残せまい。

「おや、ここに何事か付け足してあります。ふむ……供養のため地蔵菩薩《ぼさつ》像を作ったと」

言われておゆうは目を凝らした。確かに小さい字で、母子の供養のため地蔵菩薩像を仏師榎戸孝絢《えのきどこうじゅん》に発注した、とある。

「どうも覚然和尚が、当寺の負担で仏像を作らせたようでございますな」

「それはよくあることなのですか」

「いいえ。ご家族の供養のために仏像を作らせて納める方々は大勢いらっしゃいますが、寺の方で注文するというのはあまりないことでございます。余程のご縁がありましたのでしょうか」

俊光は首を捻った。だがおゆうには何となく想像がついた。おそらく喜代の境遇と矢懸藩から受けた仕打ちを、おこうから聞いた覚然が不憫に思ったのだろう。

「それはこちらに納められているのでございますか」

「さあ、それは」

俊光は困ったような顔をした。

「地蔵菩薩像は何体かございますが、来歴のはっきりしないものもございます。覚然和尚が書き残してくれていればよろしいのですが、見た覚えがございませんで……どうしてもということであれば、調べてみますが」

「いえ、そこまでは」

あまり執心して変に疑われてもまずい。仏師に尋ねる方が早いだろう。

「では、喜代様という方の葬られた墓へお参りされますか？　場所はその帳面に記してありますから、ご案内申します」

俊光からそう言われ、おゆうは帳面を置いて立ち上がった。

先ほどと同じように、広い墓地へ回った。覚然とおこうの墓は、一番奥にあって墓石も立派なものだったが、こちらは質素なものだ。それでも小さいなりに墓石があるのは、覚然の思いやりだろうか。おゆうはその前に跪いて手を合わせ、傍らで俊光が読経を始めた。

喜代は難産の末に耐え切れず亡くなったのだろう。おゆうは彼女が気の毒でならなかった。矢懸藩の都合に弄ばれ、終いには全てを奪われてしまったのだ。

おゆうは二十年前のその日に思いを馳《は》せた。同じ日に二人の出産が重なり、しかもどちらも難産とあって、おこうはさぞかし大変だったに違いない。そんな記憶がふと呼び起こされ、ついお須磨に漏らしてしまったのか。そのおこうもおそらく、矢懸藩の誰かの手にかかった。

（二人の気の毒な女性のために、きっと矢懸藩には落とし前をつけさせてやる）

おゆうはそう心に誓った。目に熱いものが溢《あふ》れてきた。これは演技ではなかった。

六

「へええ、こいつはまた、見事に化けたもんだなあ」

龍玄寺へ行った結果を聞きにおゆうの家に来た伝三郎が、島田姿のおゆうを見るなりそう言った。

「化けた、はないでしょう。また私を狐呼ばわりして」

おゆうは唇を尖《とが》らせた。

「いやいや、これでも褒めてるんだぜ。いつもの洗い髪もいいが、きっちり結った姿もなかなかのもんじゃねえか。丸きり、大店のご新造《しんぞう》に見えるぜ」

「あら、そうですか。今度は鵜飼様が惚れ直しました？」

ちょっと気を良くしたおゆうが微笑むと、伝三郎がまた軽口で応じる。

「いや本当に、並の男ならあっという間にたぶらかされるわな」

「それのどこが褒めてるんです。なんなら、たぶらかしてさしあげましょうか」

おゆうが艶《なま》めかしい視線を送ってしなを作ると、伝三郎は慌てて、わかったわかった、と手を振った。

「それで、龍玄寺の方は」

「ええ、たっぷり仕込みがありましたよ」

おゆうは姿勢を直して真顔になると、俊光和尚から聞き込み、龍玄寺の帳面を見て確かめたことをじっくり説明した。

「ふうむ……そうか、やはり死産か。喜代って女もそのときに死んでたか」

「ね、御落胤は亡くなってたんですよ。全ては空騒ぎ、ってわけなんです」

おゆうはいくらかほっとしながら言った。これでＤＮＡ鑑定の結果通り清太郎は大津屋の実子だと、伝三郎たちも納得してくれるだろう。だが伝三郎の様子を見ると、首を捻ったまま、何か考え込んでいるようだ。

「あの、どうかなさいました？」

そう問いかけると、生返事が返って来た。仕方なくしばらく待っていると、伝三郎は急に顔を上げて言った。

「わかった。とにかくこの話、戸山様にお知らせしよう。明日朝、表二番丁まで付き合ってくれ。今夜は役宅で、ちっと考えてみる」

伝三郎はそう言い置いて立ち上がり、表へ向かった。

(何だ、またあっさり帰っちゃうのね)

不満だったが、朝まで引き留めるのは一筋縄ではいかない、というのはもうよくわかっている。いちいち落胆してはいられない。ここぞというときに備えて爪を研いでおくまでだ。

(それにしても、結論は明白だと思うんだけど、何を考えるっていうんだろ)

出て行く伝三郎の背中に向かって、今度はおゆうが首を傾げた。

(まあいいや、とりあえず今夜はこれを処理しなくちゃ)

おゆうは懐から龍玄寺で出した塗り物の小箱を出すと、俊光の指紋を採取するため、押し入れの襖を開けた。


表二番丁の筒井和泉守の屋敷までは、一里と十三、四町。五キロ半ほどの道のりだ。牛込といい小日向といい、どうも今回の一件では出向く距離が長い。全部片付く頃には相当なダイエットになるのでは、などとおゆうは思った。あるいは、足腰に筋肉が付いて太くなるかも知れないが。

屋敷に入って庭から裏へ回ると、この前伝三郎から話を聞いた座敷で、戸山が待っていた。

「戸山様、鵜飼です」

障子の外から声をかけると、うむ、入れ、と戸山が応じた。二人は障子を開けて座敷に入った。

「何か摑んだようだな。聞こうか」

二人が座るなり、戸山が問うた。戸山はこの一件が始まって以来、奉行所には出仕せず屋敷に詰めていた。捜査の現場には出ず、報告を聞いてまとめたり調べものをしたりして過ごしている。結構なご身分だとおゆうも最初は思ったが、戸山は捜査官としてはずぶの素人だ。現場に出ても何をすべきかわからないだろうし、余計なことをされても困る。その辺をわきまえているなら、屋敷に待機しているのが正しい処し方だった。

「は。このおゆうが、なかなかに大事と思われる話を聞き込んでまいりました」

「何、この女が？」

戸山は胡散《うさん》臭げな視線をおゆうに向けてきた。素人の町人女の分際で何を、とでもいうのだろう。おゆうはむっとしたが、伝三郎に促されて昨日までに摑んだことを漏れなく話した。話し終わる頃には、戸山の目から蔑《さげす》みや疑いの色は消えていた。

「ふうむ、なるほど。これは大事だな」

戸山は素直に感心したようだが、ご苦労だったとかよくやったとかの一言はない。

（偉そうなおっさんだな）

おゆうはちょっと鼻白んだ。だが目付きに悪意はなさそうなので、単に無頓着なだけかも知れない。

「それで、御落胤の件、どのように思われますか」

伝三郎がそう聞いた。どのようにも何もあるまい。これで御落胤はもういない、という結論で落着だ。おゆうはそう思って戸山の顔を見た。

「ふむ……どうも解せぬな。御落胤が死んでいたと言うなら、なぜ産婆は今頃あのような文を出したのだ」

「は、左様ですな。やはりこれは、赤子のすり替えが行われたのではありますまいか」

（え？　伝ちゃん、何を言い出すの）

おゆうは目を剝いて伝三郎を見た。どうも大真面目らしい。昨夜は何を考えていたんだ。

「ふむ。死産は大津屋の子で、それが御落胤の方であったことにした、と？」

（あれ？）

「はい。母親の喜代が死んだので、御落胤は天涯孤独になりました。守る者がなければ、御落胤は御家騒動を恐れる矢懸藩の手で始末されるかも知れません。それを不憫に思ったのでは」

（あれれ？）

「なるほど。産婆おこうと兄の覚然が示し合わせて、御落胤が死んだことにし、大津屋の子を埋葬したわけか。さすれば生き残った御落胤は、市井で町人の子として幸福に暮らせると、そういうことだな」

「いかにも慈悲深い兄妹の考えそうなことです。これで辻褄が合うかと」

（あれれれ？　何でそうなっちゃうの）

「うむ、そうだな。それならば得心がいく。然らばこのことは伏せ、引き続き矢懸藩の、ええと西舘組と二の丸組であったか、彼奴《きやつ》らの動きに目を光らせよ」

「はっ」

（あーん、ちょっと待ってよぉ）

思わぬ展開に、おゆうは狼狽《ろうばい》した。しかし、言われてみればそういう解釈の方が、状況から言って受け入れやすいかも知れない。

おゆうは頭を抱え、その頭の中で呪文のようにＤＮＡ、ＤＮＡと繰り返した。もちろん、そんなことで問題の解決には何の足しにもならないのだが。

「はいこれ。指紋、六人分ね。照合よろしく」

優佳はそう言って、ＡからＦまでの記号をふったビニールシートをバッグから出した。捨吉らおこうと文をやり取りした四人と、お須磨と俊光和尚の指紋だ。

「おう、やっと来たか」

宇田川はお菓子をもらった子供のような表情を見せた。

「でも正直、例の身元不明指紋と一致する確率は、あんまり高くないよ」

捨吉ら四人は最近おこうの家に行った形跡はないし、お須磨と俊光はおこうの家に入っているものの、最もプライベートな領域の文箱などに普通は触れないだろう。無論、家捜しする理由も見当たらない。

「ふうん、そうか。まあいい、調べりゃわかる。そんならそれほど急がないな」

「うん。明日以降でもいいよ」

「わかった。できたらメールしとく」

その気になれば一時間で片付くだろうが、せっかくたくさんの江戸人の綺麗な指紋が手に入ったので、いろいろといじくり回して遊びたいのだろう。

「もっと見込みのありそうな指紋が採れたら、また持って来るよ」

「ああ」指紋を縦にしたり横にしたりしながら、宇田川は生返事をした。

「ま、それはそれとしてさ、実は御落胤の方がちょっと厄介なことになってんのよ」

優佳はそう言って、ふうーっと大きな溜息をついた。普通の男ならそんな様子を見れば気遣って、「どうしたの。話してごらん」とか何とか、優しい言葉の一つでもかけるところだ。だが宇田川は、「へえ、そうか」と、顔も見ずぶっきら棒に言った。まったく、江戸での話を聞いてくれる相手がこいつしかいないのは、情けないことこの上ない。

「実はさ、御落胤は死産だったってことがわかったんだけどね……」

優佳は龍玄寺から戸山への報告に至る顚末《てんまつ》を話した。どこまでちゃんと聞いているのか、宇田川はときどき「ふん」とか「はあ」とか気の抜けた相槌を打つだけだ。苛立ちながらも一部始終を話し終えた優佳は、宇田川に迫った。

「ねえ、何か連中を納得させるいい方法ないかな。ＤＮＡ鑑定の結果はあんたが出したんだから、最後まで何とかしてよ」

「無茶言うな。俺は分析をするだけだ。そこから先は、あんたの仕事だろうが」

「そりゃそうだけど、ほんとに煮詰まっちゃってんのよ」

「臨時でも何でも、あんた岡っ引きだろ。俺に江戸の人間を納得させられるわけがない」

「そう言わずにさあ……お願い、このままじゃ捜査が見当違いの方向にどんどん進んでっちゃう。どうしたらいいと思う」

優佳は宇田川を拝むように手を合わせた。宇田川はそんな優佳をまじまじと見つめると、一言だけ言った。

「知らん」

優佳は、本気でこの分析オタクを絞め殺してやりたくなった。

日暮れ前に江戸へ帰った。やはりというか、宇田川は科学分析以外では全然役に立たない。いや、無料で頼まれるままに科学分析をやってくれるのだから大変な貢献で、本来そんな贅沢を言っては罰が当たるのだが。

(だからって、もうちょっと言い方があるでしょうに)

言い方はともかく言っていることは正論なので、八つ当たりに近かった。

(やれやれ、一人でぶつぶつ文句言ってもしょうがない。頭も軽くなったし、今日は伝三郎も来ないし、小料理屋で一杯引っかけてから寝るか。で、明日は龍玄寺の和尚が言ってた仏師を訪ねてみよう)

せっかく結った島田は宇田川のラボへ行く前に解かざるを得ず、またいつもの「洗い髪」スタイルに戻していた。勿体ないが、平成の東京で島田姿はあまりに目立ちすぎる。

(それにしても江戸の女の人たち、島田を結ったままで寝てよく肩が凝らないなあ)

そんなことを思いながら、気分転換におゆうはぶらぶらと外へ出て行った。

いきなり玄関の戸を、どんどん、と激しく叩く音がして、おゆうは目を覚ました。いったい誰だこんな夜中に、と思ったが、ふと気付くと雨戸の隙間から光が漏れている。もう朝なんだとわかって、のろのろと布団から体を起こした。戸を叩く音はまだしつこく続いている。うるさいと叫ぶ前に、聞き覚えのある声がした。

「姐さん、姐さん、起きてくんなさい。大変《てえへん》です」

源七の下っ引き、千太《せんた》だった。

「ちょっと、近所迷惑ですよ。大変って、いったい何事なの」

襖越しに怒鳴った。頭はまだ朦朧《もうろう》としている。だが、千太の次の一言で、おゆうの眠気は吹き飛んだ。

「大津屋の清太郎がまた襲われて、今度は死人が出ちまったようです」

第三章　四ツ谷の地蔵菩薩

七

「ええっ、何ですって！」

おゆうは布団を撥《は》ね飛ばすと、大急ぎで襦袢と着物を引っ掴んだ。

「清太郎さんが殺されたんですか！」

寝間着を脱ぎ捨て、襦袢に袖を通しながら襖の向こうに叫ぶ。

「いや、清太郎は無事です。けど、欽次って遊び人が殺られやした」

清太郎は無事で欽次が殺された？　どうも状況が飲み込めない。

「襲われたのは清太郎さんじゃないの？　どうして欽次さんの方が」

「それがちいっとややこしいんです。道々話しやすから、とにかく急いでくんなせえ」

「わかりました。ちょっと待って」

帯を引っ張り出し、慌てて巻き付ける。いったい何がどうなったんだろう。


何とかできる限りの速さで支度し、帯に十手を突っ込むと表に飛び出した。ろくに髪を整える暇もなかったが、こんなときは島田より洗い髪の方が好都合だ。外で待っていた千太が、おゆうの姿を見ると挨拶もそこそこに、こっちですと言って走り出した。

「場所はどこなの」

「深川の北松代町《きたまつしろちょう》から北へ上ってったところです。武家屋敷と田んぼばっかりの人気の少ねえ通りで」

「何でまたそんなところに……清太郎さんは家に居たんじゃないんですか」

「家じゃなくて、押上《おしあげ》の寮に居たんですよ。それがどうも、欽次と一緒に茶屋遊びに行ったらしくて。その帰りに襲われたようです」

寮とはつまり別邸だ。押上あたりには大店の寮が多い。

「二人一緒に帰る途中に？　清太郎さんはどうして助かったんだろう」

「それが、清太郎は茶屋に残ってたんですよ。欽次は一人で歩いてたんです」

「ええ？　それってどういうこと。それじゃ清太郎さんは襲われてないじゃない」

「すいやせん、あっしもまだよくわかってねえんで……後は向こうへ着いてからってことに」

千太は面目なさそうに頭を掻いた。頭が疑問だらけになったまま、おゆうは千太について両国橋を渡った。回向院《えこういん》の方から朝五ツの鐘の音が響いてきた。

北松代町から押上へと伸びるその通りは、四ツ目通りと呼ばれている。おゆうの記憶では、確か錦糸町駅を抜けて半蔵門線が地下を走る江東区のメインストリートだ。だが、いま目にしている四ツ目通りはさして広くもない道で、この現場あたりは千太の言った通り、武家屋敷の塀が続くだけで町家もなく、人気が少なかった。

その通りから横道に入りかけたところで、伝三郎と源七、もう一人の下っ引きの藤《とう》吉《きち》、戸板と筵を持った小者三人が地面に倒れた男を取り囲んでいた。傍らに提灯《ちょうちん》の燃え残りが落ちている。欽次が持っていたものだろう。

「鵜飼様、源七親分、お待たせしました。いったい何があったんです」

おゆうの声に全員が振り向き、伝三郎が、おう、ご苦労と手を上げた。

「遊び人の欽次だ。背中を袈裟懸けにばっさりやられて、そのあと後ろから突き刺されてる。この手口、覚えがねえか」

おゆうは、あっと思った。数日前に聞いたものとそっくりだ。

「おこうさんのときと一緒ですね。てことは、同じ侍の仕業？」

「まだ何とも言えねえが、その疑いは強えな」

「清太郎さんはどこに？」

伝三郎は黙って道の反対側を示した。おゆうがそちらを向くと、土塀の陰でうずくまって肩を震わせている清太郎が目に入った。おゆうは清太郎に駆け寄った。

「清太郎さん、清太郎さん、大丈夫ですか」

清太郎は顔を上げてこちらを見た。おゆうだと気付くと清太郎は震えながら頷いたが、目はまだどこか虚《うつ》ろだった。

「ああ、おゆうさん……えらいことになっちまって……」

「あなたは茶屋に残ってたんですか。欽次さんはどうして？」

「私はその、酔いつぶれちまって……それで代わりに欽次に、私の羽織を着て寮の方へ戻ってくれと言ったんです……そしたら、こんな……」

「羽織を？」

言う通り、清太郎は羽織を着ていない。振り向いてよく見れば、欽次は羽織を着ているが確かにその色と柄は下の着物とはうまく合っていなかった。

「何でわざわざそんなことを」

「はい、それが……」

清太郎はぼつりぼつりと語り始めた。浅草寺裏で侍に取り囲まれたあの騒ぎの後、大津屋は清太郎にしばらく寮でおとなしくしているようにと言った。大袈裟にも、見張りと用心棒まで置いた。だが寮ですることもなく、すっかり退屈してしまい、欽次の手引きで見張りを誤魔化し、茶屋遊びに行った。が、五ツ半頃までには帰るつもりが、酒を過ごして歩けなくなった。寮を抜け出して朝帰りしたのがばれると親父にこっぴどく叱られる。それで欽次に自分の羽織を着せ、自分が戻ったように装って寮に入ってくれと頼んだのだ。

「私のせいです。私が欽次を一人で夜遅くに行かせちまったから……」

清太郎はまた涙声になった。仲間である欽次の死に責任を感じているのだ。上等の羽織のせいで金持ちと見られ、暗い夜道で追剝ぎか辻斬りの類に出遭ったと思っているらしい。おゆうは腹の中で舌打ちした。狙われる可能性を遠回しにでも注意しておけば、清太郎もこんな軽率な行動に出ることはなかったかも知れない。

「今朝早く、明け六ツ前だったかな、夜回りしていた木戸番のおっさんが欽次の死骸を見つけたんだ。仰天して北松代町の番屋に知らせ、そこの銀蔵《ぎんぞう》って岡っ引きがここの様子を一目見て、茶屋の客だと気付き、店に知らせた。で、大津屋の倅の連れだとわかってまたひと騒ぎだ。大津屋に関わることは全部鵜飼の旦那へ、って内緒の触れが回ってたからな。で、そこから旦那、旦那から俺、俺からあんたと呼び出しが回ったのさ」

源七が横から出て来てそう補足した。

「その銀蔵って人は、どうして茶屋がわかったんです」

「提灯の燃え残りを見てみな。柄のところに島屋《しまや》、って彫ってあるだろ。ありゃあ、深川柳町《やなぎちょう》でこの辺の材木問屋を常客にしてる大きな茶屋だ。清太郎と欽次は、そこで辰巳《たつみ》芸者を呼んで大いに楽しんでた、ってわけさ」

「はあ、そんなお楽しみがこんな結果になるなんてねえ……」

清太郎はまだうずくまったまま頭を抱えている。おゆうは清太郎が気の毒になった。

「ようし、もういいだろう。ホトケを運んでくれ」

一通り調べを終えたらしい伝三郎が小者に指図した。小者が欽次を持ち上げて戸板に載せた。それを見ながら源七が、ふうっと溜息をついた。

「こいつもこんな死に方するなんて、思いもしなかったろうなあ」

「源七親分はこの人をよくご存知なんですか」

おゆうは欽次に会ったのは浅草寺裏での一度きりで、素性はほとんど知らなかった。

「まあよくってほどでもねえが。こいつは十五のとき家を飛び出して、川越の在から江戸へ流れて来たんだ。仕事はいろいろやったが長続きしなくて、二十歳ぐらいから遊び人になった。遊び人ったって金はねえから、使い走りで小遣い貰って博打《ばくち》するのが関の山だがな。けど去年、清太郎が地回りに絡まれてるところに出遭って、腕っぷしが強くもねえのに助けに入ってよ。二人ともぶちのされちまったが、ウマが合ったのかな、それ以来よくツルんでたよ。ま、清太郎にとっちゃ気い遣わねえでいい取り巻きってわけだ」

改めて欽次の死に顔を見ると、痛みと恐怖で歪《ゆが》んでいるのを差し引いても、年のわりには老けているようだ。短くとも結構苦労の多い人生だったのだろう。清太郎との出会いは、ようやく摑んだ這《は》い上がるチャンスだったのだ。おゆうは思った。源七の言う通りだ。やっとチャンスが巡って来たのに、こんな死に方はしたくなかったろう。いや、そもそも誰だって、こんな殺され方をしていいはずはない。おゆうはまた両の拳を握りしめた。

「おう源七、千太と藤吉を連れて、清太郎を寮まで送ってやれ」

「へい、承知しやした」

伝三郎に命じられた源七は欽次を載せた戸板を見送ると、清太郎の脇に寄って腕を取り、ゆっくり立たせた。清太郎は足元をふらつかせながらも伝三郎とおゆうに深々と一礼すると、源七たちに支えられるようにして去って行った。立ち直るには十日はかかるだろう。

これで伝三郎とおゆうだけが残るかたちになった。伝三郎はおゆうを傍らに招き寄せた。

「さて、どう思う。やっぱり清太郎と間違われたか」

源七たちには御落胤の話をしていないので、二人になるまで待っていたのだ。おゆうは頷いた。

「でしょうね。羽織のことがありますから」

「清太郎の羽織を見て、後ろから近寄り、気付いて振り向こうとしかけたところでばっさり、深手を負って逃げようとするのをさらに後ろからとどめの一突き。明らかに殺すつもりで襲ってるな」

「御落胤を始末するつもりで襲ったんなら、矢懸藩の二の丸組の連中ってことでしょうか」

「そうですね……」

「だろうな。井原さんをつかまえて、奴らに変な動きがなかったか聞いてみるか」

そう言いながらおゆうはもう一度辺りを見回した。両側は武家屋敷の土塀。少し先に門があるが、普段は閉まっている。そのさらに先は田んぼ。目撃者の可能性は極めて低く、襲うには格好の場所だろう。けれど……。

「ここ、何もないですね」

「そうだな。土塀だけだ」

「明かりもないですね」

「うん？」

「昨夜は曇りでしたよね。月明かりもありませんよね」

「ああ、そうだ。真っ暗……なはずだな」

「真っ暗で、後ろから羽織の柄とか、わかるんでしょうか。前からなら提灯で見えるでしょうけど」

「え？　うん、それは……」

伝三郎は一瞬口籠った。が、すぐに思い付いたらしく笑みを浮かべた。

「こんなところで待ち伏せしてたわけじゃあるめえ。襲える場所まで尾けてたんだ。おそらく店の前からな。そこなら灯りに不自由しねえ」

「でもそんなに明るけりゃ、羽織だけじゃなく顔だってわかりますよね」

「う……」

そうなのだ。店の玄関の灯りがあれば、清太郎と欽次を見間違えることはあるまい。ならば、なぜ？

二人はこの疑問に答えられず、黙って顔を見合わせた。


井原兵衛介をつかまえられたのは、その日の夕刻だった。井原は雉子橋《きじばし》の北にある矢懸藩上屋敷に詰めているが、町方役人が屋敷に出向いて井原を呼び出すのは、ちょっと面倒な話になる。そこでおゆうが屋敷の門番に、元飯田町の料理屋で夕餉でも致しましょうという井原宛ての文を託したのだ。

川乃屋《かわのや》という店の二階で待っていると、七ツ半を過ぎた頃に井原が現れた。

「やあ、お誘い頂いてどうも」

陽気にそう言いながら階段を上って来たのだが、二人の表情を見るなり笑みを消した。

「何かあったかな」

「ええ。まあ、座って下さい」

伝三郎は上座を示し、案内して来た女中に話があるから呼ぶまで来るなと釘を刺した。そして井原が腰を下ろすとすぐ話を始めた。

「昨夜、清太郎が襲われました」

「何と」井原は顔色を変えた。

「実は清太郎は無事です。代わりに連れの男が殺されたんです」

「おう、それは幸い……いや、人一人死んでいるのに幸い、は不謹慎であった。で、清太郎は逃げて助かったんですか」

「いえ、茶屋で遊びすぎて寝てしまい、連れの男が一人で帰りまして、そこを襲われたんです。清太郎の羽織を着てたんで、間違われたんじゃないかと」

「ふううむ。下手人はまだわからんのですな」

「ええ、それで井原さんにご相談しようと思いまして。手口から見て、やったのはおこうを斬ったのと同じ侍でしょう」

「同じ侍……やはり当藩の者をお疑いか」

「ええ。御落胤を亡き者にしようというなら、二の丸組のどなたかじゃありませんか」

「うーん、滅多なことは言えんが……それは当然考えられるな。つまりおこうの口を封じ、清太郎を始末して御落胤の話などなかったことにしてしまう、と、こういうことか」

「ええ。それで昨夜ですが、御屋敷から姿を消していたお方はおられますか」

「さてそれは……行って帰って一刻半、それくらいなら外出していた者はいくらでも居るでしょうな」

「いえ、下手人は二人の後を尾けて茶屋を見張ってたと思われます。それを考えると、少なくとも七ツぐらいから夜更けまで、屋敷に居なかったんじゃないかと」

「ふむ、なるほど。それならだいぶ減るが、それでもたぶん、十何人はいますぞ。この私も所用で半日、日本橋の方へ出ておったし、勘定方の者は両替屋へ、番方の者が二人寛永寺《かんえいじ》へ、他にも確か馬廻り役の者が朝帰りを……」

「いや、あの、ここではいいですから」

次々に動静を並べようとする井原を伝三郎が止めた。それは後で確認した上、まとめて教えてもらえればいい。

「下屋敷の方々は如何でしょう」おゆうが聞いた。

「下屋敷は芝《しば》だ。だいぶ遠い。それにあそこには普段十人ほどしか詰めておらん。長く出かければ目立ちすぎます」

「そうですか……でも、上屋敷だけでも大勢の方が居られるんですね」

井原が苦笑した。

「それを皆、私に調べろと言うわけだ」

「申し訳ない。でも屋敷内のこととなると、井原さんにお願いするしかありません」

伝三郎が頭を下げた。井原はそれを見て、いやいや、と手を振った。

「元はと言えば、当藩の事情で迷惑をかけとるんじゃ。できるだけのことはやりますよ」

「恐れ入ります」

「ようし。それでは、昨夜の一部始終を含めて今わかっていることを教えて下さい」

「承知しました」

小半刻近くかけて、伝三郎は前回井原と会った以後のことを話した。聞き終わると井原は、腕組みをしてしばらく考え込んだ。

「死産、か……」井原が腕組みしたままぼそっと漏らした。

「それで鵜飼さんは、死んだのが大津屋の実子で、そのときに喜代の産んだ御子と入れ替えられた、と思うんですな」

「その通りです」

違うんだけどなあ、とおゆうは切歯《せっし》扼腕《やくわん》した。どうもこの間違った思い込みが、どこまでも広がって行くようだ。このままでは遠からず既成事実になってしまう。

「よくわかりました。引き続きよろしくお願い申し上げる」

井原が改めてそう言うと、伝三郎はこちらこそと応じて手を叩き、店の女を呼んで酒と料理を注文した。おゆうはどうにも落ち着かないまま、愛想笑いを浮かべていた。

八

仏師榎戸孝絢の住居兼工房は、四ツ谷坂町《よつやさかまち》にあった。牛込と同様、武家屋敷や寺が多い比較的閑静なところだ。だが龍玄寺からは結構遠い。ネット検索で見つかるほど有名な仏師ではないが、遠くから注文を受けるほどには腕が良いのだろう。

榎戸家は二百坪はありそうな大きな家だった。腕のいい仏師はギャラも高いらしい。

「御免下さい。榎戸孝絢先生のお宅はこちらでしょうか」

おゆうが玄関で呼ばわると、すぐに二十代半ばと見える作務衣姿の瘦《や》せた男が出て来た。弟子の一人だろう。弟子は玄関に膝をつくと、おゆうに訝しげな顔を向けた。

「榎戸孝絢は三年ほど前に亡くなりました。いまは弟子の孝謙《こうけん》が継いでおりますが」

「あ、これは失礼しました。では孝謙先生にお取り次ぎ下さい。私、八丁堀の御用で参りましたおゆうと申します」

おゆうが懐から出した十手を見た弟子は目を丸くし、少々お待ちをと言って奥に駆け込んだ。

（あー残念、孝絢は死んでたか）

二十年も経っているのだからそういうこともあるとは思っていたものの、覚然もおこうも死んだいま、残る唯一の生き証人として期待しただけに落胆も大きい。

がっかりして待っていると、三十代半ばくらいの羽織姿の男が出て来た。

「お待たせいたしました。榎戸孝謙でございます。どうぞお上がり下さい」

「ではお邪魔をいたします」

おゆうは孝謙の案内で座敷に通った。その奥は工房になっていて、板敷きの広い部屋で二人の弟子が木工作業を行っていた。

「さて、どのような御用でございましょうか」

そう問いかける孝謙を、おゆうは値踏みしてみた。痩せた雰囲気はさっきの弟子に似ているが、鼻の下にたくわえた髭が何となくわざとらしい。威厳を加えようとして逆に軽薄さが出てしまったような感じだ。しかも、どうしたわけか落ち着きがなく、視線があちこちに動いている。どうも腕のいい偉い仏師という印象は乏しい。

「はい。実は二十年ほど前のことになるのですが、牛込龍玄寺の当時のご住職、覚然様から孝絢先生が依頼された仏像につきまして、お伺いしたいのです」

「二十年前ですか」

孝謙は困った顔をした。だが同時に、ほっとした様子で肩の力を抜いた。

「私が孝絢先生に弟子入りしましたのは十七年前です。他の者たちはそれより後でして、二十年前にここに居た者は一人もいないのです」

「一人も居られないのですか」

再度がっかりさせられたおゆうは、溜息をついた。当時のことを聞ける人間が誰もいないとは。

おゆうは奥の工房に目をやった。働いている弟子は確かに、孝謙より十歳くらい若く見える。工房は二十畳かそこらの広さで、一度に五、六人は作業できそうだ。そこに今は二人しか居らず、どうもがらんとした感じがする。制作中の仏像も二、三体しか見えない。

（何だか不景気そうだなあ）

たぶん孝謙は、孝絢に比べるとだいぶ腕が落ちるのだろう。孝謙の軽そうな印象も手伝って顧客を減らし、弟子も減ってしまったのに違いない。そんなことを観察してから、おゆうは問いかけた。

「あの、注文を受けて仏像を作られるときは、何か帳簿のようなものを付けてはおられませんか」

「ああ、記録のようなものはございます」

孝謙は一応は頷いたものの、首を捻った。

「ただ、孝絢はそういうことには割に無頓着な方でして……私が参りましてからはできる限りご注文の記録は残しているのですが、それ以前のことですからねえ」

孝謙は立ち上がり、奥の方へ行った。あまり期待はできない、ということだろうか。

「どのような仏像か、おわかりでしょうか」

奥から孝謙が尋ねてきた。

「はい、地蔵菩薩です。大きさなど、詳しいことはわかりませんが」

「地蔵菩薩……と。ふむ……ああ、ここもちょっと整理しないと……あ、こいつは虫が食ってる……こっちは何だ……ああ、あれか」

孝謙はしばらくのあいだ、一人でぶつぶつ言いながら押し入れだか納戸だかを掻き回していたが、やがて「これかな」と呟く声が聞こえ、皺《しわ》の寄った一枚の紙を手に戻って来た。

「お待たせしました。注文の記録はありませんでしたが、こんなものが見つかりました。二十年前で地蔵菩薩と言うと、それらしい書付はこれだけです」

「拝見します」

おゆうは書付を受け取って改めた。楷書のかなり固い字なので、おゆうにも読める。

「地蔵菩薩一体、備中国矢懸城下光厳寺《こうごんじ》ニ御届申ス可ク、確ニ御預リ申候　榎戸孝絢殿　赤崎新兵衛」

（赤崎新兵衛！　ここであの名前が出てくるとは）

日付は清太郎が生まれ、御落胤が死産となった日の三か月後だった。覚然は、喜代とその子の供養に作らせた地蔵菩薩を、矢懸に届けさせるよう手配したのだろう。とすると、赤崎新兵衛はやはり矢懸藩士なのか……。

「あの、お探しのものはこれでよろしゅうございますか」

孝謙に問われて、考えに耽《ふけ》り始めていたおゆうは我に返った。

「はい、これは覚然様がこちらへ注文された地蔵菩薩のことに違いありません。これは預かり証のようですね」

「はい。それにしても、備中のような遠方へ届けるとは珍しいですね。光厳寺というお寺は存じませんが、お心当たりは」

「いえ、私も存じません。後で調べます」

御落胤の供養なら、届け先は藩主奥山家の菩《ぼ》提寺《だいじ》かも知れない。由緒正しき寺なら、ネット検索でヒットするだろう。おそらく国元へ帰る赤崎が覚然から頼まれ、光厳寺に運んで奉納したのだ。しかしこの預かり証だけでは、推測の幅は広がるものの証拠としては不足だ。

「何かこの地蔵菩薩を作った事情を記したものがあればいいんですが」

無理を承知でさらに聞いてみた。孝謙はまた首を捻った。

「ふむ。何か相当なご事情のある仏像なわけですね。なるほど。それならば……」

「え、何かありそうなのですか」

おゆうは思わず身を乗り出した。

「はい。胎内文書、というものをご存知でしょうか」

「たいないもんじょ？」

恥ずかしながら聞いたことがなかった。孝謙は、さもありなん、と、いくぶん勿体ぶった顔になった。

「私どもで作る仏像はほとんどが木像です。これはよく誤解されるのですが、一本の木から彫り出すのではなく、寄木《よせぎ》と言って、幾つかの部分に分けて作ったものを組み合わせておりまして、完成すると中は空洞になります」

「え、仏像は中空なのですか。どうしてそんな風に」

「一本の木から彫り出しますと、長年経ちましたらどうしても乾燥などによってひび割れを起こすのです。寄木組みで中空にしますと、そういう心配がありません。ですので、今の仏像は大概、中空になっています。その空洞へ、お経や仏像の来歴を記したものを入れることがあります。それが胎内文書です」

「あ、それでは、件《くだん》の地蔵菩薩にも……」

「はい。いろいろご事情があるならば、それについて記した胎内文書がこの地蔵菩薩に入っている、ということは大いにあり得ますね」

「それは……取り出せるものなのですか」

「たいていの仏像では、完成してしまえば壊さない限り取り出せません。しかしここだけの話ですが、取り出す必要のあるものを仏像に入れるお方も居られます。まあ、早い話が隠し場所として使われるわけですな。そういう場合、台座などを外せる構造にしたり、どこか一か所開けられるようにするなどして、いつでも中身を取り出せるように作っておく、ということもあります」

（うーん、どうだろう）

おゆうはまた考え込んだ。喜代と御落胤の顚末について、覚然が胎内文書に記して孝絢に仏像内へ入れさせたとすれば、これに絡んで御家騒動が起きた場合に備えて取り出せるよう配慮したかも知れない。逆に、騒動の種になると考えて永久に封印したかも知れない。

（五分五分だな、これは）

待てよ、そもそも胎内文書があるかどうかも五分五分ではないのか。ならば勝率は二十五パーセント？　いや、初めからこれは全部推測に基づいている話なんだし……。

「如何でしょう。お尋ねの地蔵菩薩につきましては、このようなことしかわかりませんが」

「はい、ありがとうございます。大変お手間をとらせました」

これ以上は何も出まいと思って、おゆうは辞去することにした。少なくとも赤崎新兵衛が問題の地蔵菩薩を備中に運んだということはわかった。これだけでも大きな収穫だ。

立ち上がり、もう一度奥の工房をざっと見渡した。ふと、目に留まるものがあった。工房の隅の方、目立たない場所にくすんで古びた仏像が三体ほど置かれている。明らかに最近ここで制作されたものではない。何だろう。

「あの、あちらの古い仏像は？」

おゆうが何気なくそう聞くと、孝謙がさっと緊張した。おや、と思って顔を見たが、孝謙はすぐに愛想笑いを浮かべた。

「ああ、あれはお寺さんからお預かりしているものです。うちでは修復も手掛けておりますので」

「ああ、左様でしたか」

そんなことならば緊張する必要はないだろうに。

「では、これで失礼いたします」

玄関で一礼すると、孝謙は、また何かありましたらいつでも、と言っておゆうを送り出した。その様子は、何とも嬉しそうだった。何事もなく帰ってくれて有難い、と言わんばかりだ。どうもこの孝謙という男、感情がすぐ顔に出る性質《たち》らしい。神経も細そうだ。

(何か、胡散臭い奴だなあ)

おゆうは首を振りながら川端に出て、四ツ谷御門を後ろに歩き出した。今は孝謙について詮索している暇はない。考えることは山ほどあった。

家に戻ると、上がり框に源七が座っていた。

「あらま、源七親分。また留守してる間に玄関番してくれてんですか」

「よお、おゆうさん。また勝手に入っちまって悪いな。しかし、武家屋敷じゃあるまいしこれを玄関と呼ぶかい」

源七はわざとらしく周りを見回してニヤニヤした。そうだった。江戸時代では式台のある立派な入口しか玄関とは言わない。あらゆる家の表口を玄関と言うようになるのは明治以降だ。時々ついやってしまうのだが、平成と江戸時代のこういう感覚の違いは、口に出すとき充分気を付けないといけない。

「どう呼ぼうといいでしょう、私ん家なんだから。鵜飼様は?」

「ああ、中にいらっしゃるぜ」

言われて部屋の中を見ると、伝三郎が上がり込んで胡坐をかいていた。同僚にも内緒の秘密捜査だから役宅も番屋も使いにくいというのはわかるが、留守のうちにこう何度も入り込まれると、さすがに困る。押し入れの中まで見られはしないだろうが、絶対大丈夫とまでは言い切れないのだ。

「本当にすまねえな。もうちょっとの辛抱だから、頼むわ」

やんわり苦情を述べると、伝三郎に拝み倒されてしまった。まったく、私の居るときだけ伝三郎が毎日通ってくれるというのなら、こんな結構なことはないんだけど。

そのうちに岡っ引きがあと二人やって来て、欽次殺しの聞き込みについて報告を始めた。どうも見込みのある話は拾えなかったようだ。

「そんなわけで、島屋から押上までの道筋を虱《しらみ》潰しに聞いて回ったんですが、駄目でした。欽次らしいのを見たって奴と、侍が歩いて行くのを見たって奴はいやすが、両方を結び付ける話はありやせん」

岡っ引きたちに冷酒を出しながらおゆうが聞いた。

「叫び声とか聞いた人もいないんですか」

「ああ、酒井右京亮《さかいうきょうのすけ》様の屋敷の中間《ちゅうげん》が、殺しのあった頃に悲鳴を聞いたそうだ。けどそれだけじゃあ、大して役には立たねえな」

「せめて悲鳴を聞いて外へ様子を見に飛び出してくれてりゃなあ」

伝三郎が残念そうに言った。目撃者なし、遺留品なし。手詰まりである。

「大津屋の寮の方は変わりねえな」

「へい、三人ばかり交代で見張らせてやすが、清太郎はすっかり落ち込んでじっとしてやす。寮に近付く怪しい奴もいやせん」

「よし、ご苦労だった。今日のところはもういい」

伝三郎の言葉で岡っ引きたちは、それじゃ御免なすって、と言って引き揚げ始めた。最後に出ようとした源七が、ふと振り返った。

「旦那、ええと矢懸藩でしたっけ。あそこがこいつにどう関わってるのか、そろそろ教えちゃもらえやせんかね。その屋敷の周りを探るだけでも何か摑めるかも知れねえのに」

「ああ、闇夜の手探りみたいになっちまってすまねえ。もうちっと辛抱してくれ。矢懸藩には大っぴらに手を突っ込むな、って言われてるんだ。何せはるか上の方から来てる話なんでな」

源七は渋面を作って頷き、出て行き際におゆうの顔を見た。おゆうも精一杯申し訳なさそうな顔を作って、頭を下げた。源七は諦め、しょうがねえな、と呟きつつ帰って行った。

「親分さんたちには気の毒ですねえ。事情がわからなきゃ張り合いも出ないでしょう」

「そうだな。だがこいつはもう、二件もの殺しなんだ。連中も手は抜かねえよ」

そう言ってから伝三郎はおゆうを手招きした。

「それで、そっちの方はどうだい」

「ええ、こっちはいろいろと出て来ましたよ。それも、大きいのが」

おゆうは榎戸孝謙のところで得られた話を、熱を込めて一気に語った。御落胤に関わる内容は岡っ引きたちの前で話せないので、じっと待っていたのだ。

「なるほど、地蔵菩薩に胎内文書か。そいつに二十年前に起きたことが洗いざらい書いてあるかも知れねえ、ってんだな」

伝三郎の目が輝いた。

「そいつを手に入れて御老中様のお目にかけりゃあ、一件落着……か。いや、そこまで簡単にゃあ行かねえかな。何が書いてあるか、見るまでわからねえし。そもそも胎内文書があるかどうかも、実際に見てみなきゃわからねえわけか」

一瞬、昂揚《こうよう》しかけたものの、冷静に考え出すと期待は萎んで来たようだ。胎内文書の話には、希望的観測がかなり含まれているのだ。

「備中は遠いなあ」

「御老中様の御指図で、早飛脚か何かで仏像を取り寄せるなんてできないんですか」

「理由をどうするんだ。何もかも大っぴらになっちまうぞ。国元の二の丸組が気付いたら、仏像を始末するだろうし」

「赤崎新兵衛っていう侍を見つけ出す方が早いですかね」

「うーん、それもどうかなあ。井原さんは聞いたことがないって言うから、少なくとも今、江戸には居ねえんだろう。二十年前の話だからな。もう何年も前に死んでるかも知れねえ。生きてるとしても、仏像を持って帰って以来ずっと国元に居るんじゃねえか」

「でも、おこうさんは先ごろ江戸で見たって、お須磨さんに言ってるんですよ」

「見ただけで、会ったわけじゃねえだろう。他人の空似ってことも充分あり得る。おこうは六十過ぎだったんだぜ。目だってだいぶ衰えてただろうよ」

「それはまあ……そうですけど」

「どうも何もかも、決め手に欠けるなあ。こんな面倒な話、さっさと片付けちまいてえんだが、何か手掛かりが出たと思えばそいつが次の謎になっちまう。しかも出だしからいろんなことが嚙み合ってねえ。こんな妙な一件も珍しいや。それを俺一人に押し付けやがって……」

　岡っ引きたちに劣らず伝三郎もだいぶ苛立っているらしく、ぼやきが出た。

「ほんとに厄介ですね。でもこんな一件、鵜飼様でなけりゃ片付きゃしませんよ」

おゆうは宥《なだ》めるように言った。本当は「鵜飼様と私でなけりゃ」と言いたいところだが。

「おだててるのか。まあいいや、ぼやいても始まらねえな。どうにかして先へ進むか。よし、それじゃとりあえずは……」

「とりあえずは？」

「もう一本つけてくれ」

伝三郎が空の徳利を振り、おゆうは笑って台所に立った。

状況が急変したのは、その翌日である。昼過ぎになって、伝三郎がまたおゆうの家に現れた。あらやっぱり今日も来てくれたんだ、と迎えに出てみれば、どうも浮かない顔をしている。何か面白くない事態が起きつつあるようだ。

「そんな顔なさって……何かあったんですか」

「うん、さっき戸山様のところへ行ってきたんだが」

心配して問いかけるおゆうに、表の六畳に上がりながら伝三郎が言った。

「御老中様は、この十日に矢懸藩への婿入りについて、公方様に申し上げるらしい。急に切羽詰まって来たぜ」

「えっ……十日って、六日先じゃありませんか。何で十日なんですか」

「御老中様だって、毎日好きなときに公方様に御目通りして話ができるわけじゃねえ。縁起もあるだろうし、婚礼にいい日取りから遡って勘定すれば、この十日に申し上げとかなきゃならねえ、ってことになったんだろうよ」

「じゃ、たった六日で御落胤の話をはっきりさせろ、って言うんですか。そりゃ大変」

おゆうも慌てた。これはまずい。六日で御落胤が清太郎なのかどうか結論を出せと言われても、確実な証拠はまだ握っていない。しかも伝三郎と戸山はＤＮＡ鑑定と逆の結論に流れている。答えを迫られれば、証拠不十分のまま清太郎が御落胤だとの報告を上げてしまうかも知れなかった。

「あの胎内文書があれば……」

思わず口に出していた。決定的証拠になりそうなものは、今のところそれしか思い浮かばない。しかし、それが実際にあるとしても……。

「それだよ。目に見える形の決め手と言やあ、もうそれしかあるめえ。けど、備中の光厳寺なんだよな」

「備中なんですよねえ」

二人は向き合ったまま考え込んでしまった。

「鵜飼様、早馬で備中までどのくらいでしょう」

「京まで三日ほどかかるんだぜ。備中の矢懸城下なら、まず五日だな。しかしこの前も言ったが、その仏像を持ち出すわけを光厳寺にどう話すんだ。いくら御老中でも他所の領内で理由も話さず仏像を寄越せなんて、押し込み強盗みたいな真似ができるかい」

「そうですねえ。それに理由を誤魔化せても、往復で十日かかっちゃ間に合いませんね」

「そうなんだよ。今のところ手に入ったのは推測ばっかりだが、それを積み上げて上へ申し上げるしかなさそうだな」

それは何としても避けたい。

「三、四日で備中まで行って帰って来れる方法がありゃあな。そいつは、鳥でも無理かなあ」

伝三郎が溜息をついた。その通りだった。そんな日数で備中まで往復する方法はない。この江戸では。

九

どこかで鐘が鳴っている。いや、音楽だ。何だろうこれは。ああもう、眠いんだから勘弁して。誰か喋ってるみたいだけど……

「……あと三分で岡山に着きます。お出口は左側、二十二番線の到着です。お乗り換えのご案内を……」

柔らかい女性の声の自動放送が男性車掌の肉声の案内に切り替わり、優佳はぎょっとして飛び起きた。慌てて窓の外を見る。既に市街地に入っており、高層マンションやパチンコ屋やコンビニが、途切れることなく二百キロ以上のスピードで後ろへ流れ去って行く。

(爆睡しちゃったか。危なかった。昨夜はフル回転だったもんなあ)

伝三郎から猶予はあと六日、と聞いて急いで東京に戻り、すぐに光厳寺をネットで検索した。またメールが溜まっていたが、返信している余裕はない。宇田川からも「指紋照合できた」とメールが来ていたが、これも後回しだ。

有難いことに光厳寺は現存しており、簡単なHP《ホームページ》まであった。やはり思った通り矢懸藩奥山家の菩提寺で、今はだいぶ規模は小さくなっているが、山門などは江戸時代のままらしい。つまり現在まで大規模な災害には遭わずに済んでいるのだ。

優佳はHPに載っていた番号に電話し、住職を呼び出して、自分はフリーライターで、二百年前にあったらしい事件に関わる地蔵菩薩を探しているが、江戸から奉納されたそんな仏像はないかと尋ねてみた。急にそんなことを言われてもすぐには答えられないだろうなと思って、次の聞き方も用意していたのだが、なんと「それらしいものはあります」とすぐに答えが返って来た。しかも胎内文書についてさらに聞いてみると、二十年近く前に学術調査があり、それも発見されていると言うではないか。優佳は自分の幸運が信じられなかった。

「不躾《ぶしつけ》で申し訳ありませんが、実は明日、そちらの方面に行く用事があるのです。できればお伺いして、その文書を拝見できれば非常に有難いのですが」

「明日ですか？　ええ、午前中はちょっと予定がありますが、午後なら結構ですよ」

住職は文句も言わずに快諾してくれた。京都や奈良の大きな寺なら、とてもこうは簡単にいかなかったろう。

優佳は何度も礼を言って電話を切り、大急ぎでパソコンとプリンターを使ってフリーライターの名刺を作った。それから、喜代とおこうの話を「二百年前のある事件」として脚色し、それについて文章を書こうとしているというストーリーを作り上げて覚え込んだ。その作業に夜中過ぎまでかかり、三時間ほど仮眠してから東京駅に駆け付け、空席のあった七時十分発のぞみ9号の特急券を買って飛び乗ったのだ。

優佳は時計を見た。のぞみ9号は当然のごとく、定時で走っている。岡山着は十時二十七分。光厳寺には途中で昼食をとっても昼過ぎに着くだろう。一時は幻かも知れないと思った胎内文書と対面するのが待ち遠しかった。

駅前でレンタカーを借りた。運転はしばらくぶりだが、まあ大丈夫だろう。と思ったらカーナビの設定ですぐに躓《つまず》き、レンタカー営業所の係員に操作してもらって、やっとのことで出発した。出だしから不安になったが、運転そのものには幸い問題はなく、すぐに勘を取り戻した。空は晴天、絶好のドライブ日和だ。

ナビの誘導に従い、何だかよくわからない一般道を西へ走る。高梁川《たかはしがわ》を渡ると第三セクター鉄道の高架線が寄り添い、それに沿ってさらに進むと、矢懸町の標識が現れた。

矢懸の市街に入ったのは十二時少し前だった。ここは城下町と宿場町を兼ねていたらしく、細い旧街道沿いに白壁の古い町並みがそのまま残っている。観光駐車場も整備され、地図を片手に街並み散歩を楽しむ人も見える。

（へえ、けっこうな観光地なんだ）

認識を新たにしながら旧街道をゆっくり進むと、お食事処の看板を見つけたので、その先の駐車場に車を駐《と》めて昼食にした。客は優佳だけだ。小上がりに座って料理を待った。厨房から微かに聞こえる調理の音とエアコンの音以外の雑音は聞こえない。

何だかこの町は、時間が東京とは違う速度でゆったり流れているようだ。ほんの少し、逸《はや》る心が落ち着いた気がした。

食事を終えた優佳はナビの言う通りに街道筋を抜け、町の西北に向かった。途中、西の山側に石垣が見え、間もなく矢懸城公園の案内標識を過ぎた。矢懸藩の城跡は、全国の数多の城跡同様、公園として整備されているようだ。武家屋敷跡の標識もあった。ふと、井原兵衛介の家はどの辺だったのだろう、と思った。赤崎新兵衛という男も、この道沿いのどこかに居を構えていたのだろうか。

城跡から一キロほど走ったところで、矢印の付いた光厳寺への案内標識が現れた。標識とカーナビの示す通り、左へ上る細い道に入ると、正面にＨＰに出ていた山門が見えた。岡山から二時間、無事到着だ。

砂利敷きの駐車場に車を駐め、山門を入った。正面の本堂はＨＰによると明治の終わりに改修されているらしいが、なかなか風格のある建物だ。優佳は本堂を一度拝んでから隣の寺務所に向かった。

入口の戸は開いていたが人は見えなかったのでチャイムを鳴らすと、奥から「はい」と応じる声がして、五十代後半と見える眼鏡をかけた僧侶らしい人物が出て来た。

「お邪魔をいたします。昨日お電話差し上げました、関口と申します」

優佳は東京駅で買った菓子折りと一緒に、急ごしらえの名刺を差し出した。ライターらしく見せようと思って、今日は白Ｔシャツに麻のジャケット、スキニージーンズというスタイルだ。

「ああ、どうも恐れ入ります。お待ちしていました。住職をしております山下尚彦《やましたしょうげん》と申します」

山下住職は愛想よく笑顔を向けると、交換に名刺を出した。住職の方は作務衣姿である。

こちらへどうぞと応接に通された。江戸の龍玄寺の客間とは違い、普通にソファとテーブルが置かれている。急にご無理をお願いしましてとか、遠方をご苦労様ですとか挨拶を交わしていると、住職夫人が盆を運んで来た。出されたのは茶ではなく、コーヒーだった。

「何か、二百年前の事件を調べておられるとか。どういったお話でしょう」

挨拶と軽い世間話を終えてコーヒーを啜った住職が言った。

「はい、実はですね……」

優佳は昨夜作り上げたストーリーを要約して話した。御落胤のことは慎重にぼかした。

「ははあ、なるほど。その江戸時代のお二人の女性のドラマの裏付け資料、というような感じですか」

「ええ。こう申しては何ですが、仏像に隠された文書というだけでも、ドラマ性は充分あると思います」

住職は、ふむふむ、と頷いた。

「確かにドラマですわな。こんな田舎の寺の話が東京の方で雑誌の記事にでもなれば、それは嬉しいことですし」

「はい。記事になるかどうかはわかりませんが、やはり女性としてこのお二人の運命、最後まで追ってみたいと思います」

嘘ではなかった。欽次も含め、矢懸藩の勝手な都合で絶たれたこの人たちの人生が闇に葬られるのは見過ごせないという思いが、優佳を突き動かしていた。

「わかりました。そしたら、その地蔵菩薩をご覧になりますか」

住職は腰を上げ、優佳を本堂へ案内した。

「ご本尊の後ろの方にあります。持って来ますんで、ちょっと待っとって下さい」

優佳は出された座布団に座って待った。その間にご本尊に手を合わせ、応援を願った。

「お待たせしました、こちらです」

住職が地蔵菩薩像を両手で大事に抱えて戻って来た。それを丁寧に畳の上に置く。高さは六十センチほどだろうか。優しいお顔だ、と優佳は思った。仏像の良し悪しはわからないが、じっと見ていると心が和んだ。

「いいお顔でしょう」住職が言った。

「はい。とても落ち着きます」

地蔵菩薩は、いわゆる「お地蔵さん」として路傍の石像を目にすることが多い。このように寺に安置された木像を間近で見たのは初めてだった。錫杖《しゃくじょう》を持った形のものが多いが、この像は左手に宝珠を持ち、右手は垂らして掌《てのひら》を前に向けている。優佳は住職に断って、前後左右からスマホで仏像の写真を撮った。

「ここをちょっと見て下さい」

写真を撮り終えた優佳に、住職は像の背中の部分を示した。

「ここが外せるようになってるんです」

住職が背中の中ほどに爪をかけて動かすと、木片が外れて中の空洞が見えた。

「こういう風に中のものを取り出せる構造の仏像は、私も初めて見ました。開けられるとわかったときは、驚きましたなあ」

「この中に胎内文書があったんですね」

「そうです。今は取り出して、傷まないよう保管してあります」

「X線か何かで調査されたんですか」

「ええ。阪神大震災の後、文化財の耐震の問題が出ましてね、調査や補強をするなら補助金が出る、と言うんでこの本堂も耐震診断をやったんです。そのとき、堂内の仏像を全部移動させたんで、せっかくの機会だからこっちも調査してみよう、ということになりまして、岡山大の先生に来てもらって一通り調べたんです。で、X線を当ててみたらこの地蔵菩薩だけ何か入ってる、とわかりまして。しかもよく調べたら背中を開けて取り出せる構造になってましたんで、先生方はこれは珍しいと喜ばれましてねえ」

「それで、胎内文書にはどんなことが書いてあったんでしょうか」

いよいよ本題だ。

「はい、先ほどあなたがおっしゃったのとほぼ同じようなことが書かれていたはずです。裏付け資料としては充分お役に立ちそうに思いますよ。コピーがありますんで、持って来ます」

住職は再び奥へ引っ込んだ。仏像の置いてある場所とは別に、保管庫があるらしい。コピーの入ったクリアフォルダを持って戻るのに三分とかからなかったが、優佳には三十分にも思えた。

「こちらがその胎内文書です」

住職が差し出す紙をひったくるような勢いで受け取り、優佳は目を凝らした。達筆である。書や筆跡の専門家でない優佳には明確に言えないが、その書体は龍玄寺で見た覚然のものによく似ている、と思った。流れるような見事な文字。だが、達筆にも難点がある。

「なかなかの達筆でしょう。ちょっと読むのは難しいと思いますが」

「おっしゃる通りです。私には手に余ります」

優佳は情けない顔で全然読めないことを認めた。住職は「そうでしょう、私も読めません」と笑った。

「でも、ご心配なく。岡山大の先生に作ってもらった現代語訳があります。どうぞ」

（ええっ、そんなのあるの！）

優佳は飛び上がりそうになるのを何とか堪えた。住職はそれには気付かず、クリアフォルダの別のページからA４の紙を一枚抜き出して優佳に手渡した。優佳は食い入るようにワープロ打ちされた文章を目で追っていった。

「矢懸藩ゆかりの喜代は、牛込龍玄寺裏在の産婆おこうのもとで男児を出産したが死産であった。難産であり、喜代も出産と同時に亡くなった。幸薄い母子のため、仏師榎戸孝絢に地蔵菩薩像一対を作らせ、一体を龍玄寺に、もう一体を喜代の故郷である矢懸光厳寺に納めて永く供養する。　牛込龍玄寺住職覚然　矢懸藩士赤崎新兵衛　享《きょう》和《わ》元年十月」

岡山十七時十六分発、のぞみ44号の座席に座った優佳は、胎内文書のコピーが入ったファイルを抱えて深く考え込んでいた。今回の旅費は細りつつある財布には厳しかったが、充分な収穫があった。この内容を見せれば、伝三郎たちも今度こそ御落胤の死亡を納得するだろう。鍵は龍玄寺にあるもう一体の地蔵菩薩だ。

（それにしても龍玄寺にもう一体、地蔵菩薩がちゃんとあったとはなあ。俊光和尚、管理不行き届きだぞ）

俊光が問題の地蔵菩薩はうちにある、と言ってくれていれば、岡山くんだりまで出かけなくて済んだのだ。ならば伝三郎から戸山に上申し、寺社奉行を動かして龍玄寺の地蔵菩薩像を公式に調査すればいい。そこで胎内文書が見つかれば、万事ＯＫだ。

（いや待てよ、同じ胎内文書が龍玄寺の像にも入っているとは限らないか）

同じ文書を両方の像に入れた可能性はどれほどだろうか。これは判断がつかない。万一、公式に調べて何も見つからなかった、では後が厄介だ。龍玄寺で文書が見つからなければ、文書の内容を伝三郎たちに伝えることもできない。

（公式の調べなら一回限りしか無理だよね。やっぱ、保険かけとくべきか。その前に、龍玄寺にも地蔵菩薩像がある、という根拠が要るな）

寺社方を動かすには、老中を経由する必要がある。となれば、相当しっかりした根拠を用意しておかなくてはならない。考えることはいくらでもあり、往路の車中とは違って一睡もできそうになかった。

（やっぱ、力業《ちからわざ》しかねえなこりゃ）

そういう結論に達したときには、列車はもう多摩川の鉄橋を渡っていた。

「二十年前の紙、でございますか」

神田須田町《すだちょう》の紙問屋、上田屋《うえだや》の主人はおゆうの問い合わせに四角い顔を傾げた。

「つまり、二十年で紙がどれほど傷むかお知りになりたいわけで？」

「そうなんです。変な問いかとお思いでしょうが、御用の筋に関わることで……」

おゆうは十手の柄をちらちら覗かせながら言った。やはり十手は便利だ。少々おかしなことを聞いても、御用の筋だと言えば何でも通る。

「私どもで扱っております紙は上物ですから、実際、それほどは傷まないと思います。多少色が黄ばむでしょうが、新品と比べない限りそうは気にならないでしょう。ずっと日の当たるところにあったと言うなら別ですが」

「それは大丈夫です。ずっと全然日の当たらないところに置いてあったはずです」

「ならばよろしいでしょう。論より証拠、蔵の方に見本や売れ残りがまだあると思います。探してまいりますので、お待ち下さい」

上田屋はその場を立って奥へ向かい、しばらくしてから紙を一束持って戻って来た。

「ございました。二十年前仕入れた美濃紙《みのがみ》です。都合よく残っておりました。どうぞお確かめ下さい」

おゆうは上田屋の差し出す紙を手に取り、傍らの売り物の紙と比べてみた。確かに、思ったほど劣化していない。これなら新しい紙を一日天日干しする程度でも同じに見えるかも知れない。だが、せっかく本物の二十年前の紙があるのなら、その方が手っ取り早い。

「上田屋さん、その二十年前の紙、売って頂けますか」

上田屋は苦笑ともとれる笑みを浮かべた。

「いえいえ、これはもう売り物にはなりません。御入り用なら、どうぞこのままお持ち下さい」

「それはどうも、ありがとうございます。頂戴して帰ります」

おゆうは礼を言って上田屋を出た。上田屋はおゆうが何をする気かさっぱりわからなかっただろうが、すぐ忘れるに違いない。

再度現れたおゆうを見て、孝謙は明らかに戸惑った顔をした。

「はて、今度は何の御用でしょうか」

「先日お伺いしたお話の続きです。あの地蔵菩薩につきまして」

孝謙はそう聞くと仕方なさそうにおゆうを招じ入れた。

「ちょっと立て込んでおりまして、手短にお願いできれば有難いですが」

座敷に座るなり孝謙がぴしゃりと言った。先日は、また何かありましたらいつでも、と言っておきながら、本当に再訪するとは思っていなかったのだろう。今日は早く帰ってもらいたいという気を隠しもしない。だが、奥に目をやれば先日と同じような様子で、忙しくててんてこ舞いしているような気配は全然なかった。

「お手間は取らせません。先日お訪ねした地蔵菩薩のことですが、あれは二体作られたようですね」

「は？　二体ですか？　同じものを？」

孝謙は鳩《はと》が豆鉄砲、という顔になった。本当に知らなかったようだ。

「ええ。一体はあの預かり証に書かれた通り、備中の光厳寺に納められました。対のもう一体は、龍玄寺に納められたのです。ご存知ありませんでしたか」

「ご存知もなにも、私は先日申しました通り、あの地蔵菩薩については初めて聞いた話でした。私が弟子入りする三年も前のことなのです」

「でも、二体同じものを作って二か所に納める、とはそうそうあることではないでしょう。まして一方は備中という遠国です。孝絢先生から、何かのときに話に出たことはないのでしょうか」

「ありません。出たら覚えているはずで、先日申し上げています」

（やっぱり駄目か）

やはり孝謙は知らない。こうなったら、力ずくしかない。

「孝謙さん……」

おゆうはガラリと口調を変え、声のトーンをぐっと下げた。

「あんた、盗品を流してますね？」

孝謙の顔色が、一瞬にして蒼白になった。

「なっ……何を言うんです。無礼にもほどがある。この私が盗品など」

声が震え、視線が定まらなくなった。思った通りだ。こいつはびびっている。

「とぼけるんですか。いいですよ。それじゃ、あの古い仏像、全部調べさせてもらいましょうか」

孝謙は目を見開き、言葉を失った。背中には冷や汗が出ていることだろう。

（まったくわかりやすいおっさんだ。肝っ玉が小さいねえ）

おゆうはほくそ笑んだ。証拠なんかあったわけではない。前回来たとき、古い仏像に関心を示しかけたおゆうを見て、急に不安そうにしたので何かある、とピンと来ていたのだ。後から境田が仏像窃盗犯の話をしていたのを思い出し、それと結び付いたのである。窃盗犯が持ち込んだ仏像に化粧直しを施し、場合によっては改造して別物として売る。孝謙は手数料を受け取る。景気の悪そうな孝謙にとってはまたとない稼ぎだ。そんな構図が浮かんだので、ちょっとカマをかけてみたらたちまち表情で白状してしまった。

「ま、いいですよ。今日はその件で来たわけじゃないですから」

おゆうは意味ありげな視線を孝謙に送った。

「もういっぺん聞きます。あなた、孝絢先生が地蔵菩薩を二体作って、一体は龍玄寺に納めたのを聞いていましたか」

「え？　あ、その、私はさっきも申しましたように……」

しどろもどろになる孝謙におゆうは畳みかけた。

「聞いてたんでしょう？」

「あ……その……はあ……」

「聞いてましたよね」

「あ……はい、聞いてましたかも……」

ようやくおゆうの意図を理解したらしい孝謙が、ぼそぼそと言った。

「声が小さぁい！」

おゆうはいきなり怒鳴ると、十手を畳にどかんと叩きつけた。

「ひいっ」孝謙は言葉にならない悲鳴を上げて後ろに飛び下がった。

「手間かけんじゃない！　どうなの」

「きっ……聞きましたぁ！　孝絢先生から、地蔵菩薩を龍玄寺に納めたと確かに聞きましたあっ！」

孝謙は半泣きになって叫んだ。よしよし、いい子だねえ。

奥を振り向くと、弟子たちが慌てて目を逸《そ》らした。私たちは何も聞いてません、との意思表示だ。おゆうは満足して孝謙に向き直り、にっこりと微笑んだ。

「さて、大切な証言ありがとうございました。ところで、もう一つお願いがあるんですが」

「も、もう一つ？」

孝謙はまた青ざめた。おゆうは安心させるように続けた。

「そんな難しい話じゃありません。あなたは仏師ですから、龍玄寺に行って仏像を見たい、と言うことはできますよね」

「はあ、それはできますが」

「例えば、新たな仏像を作る手本にするとかで、仏像を調べたりすることもできますよね」

「ええ、そうですが、何のお話ですか」

「実は、その地蔵菩薩を見つけ出して、やってもらいたいことがあるんです」

「え？　しかし、私はその像を見たこともないんですよ。地蔵菩薩も形は一つではありません。どうやって見分けろと」

「ご心配なく。これです」

おゆうは懐から折り畳んだ紙を出して広げた。孝謙は目を見張った。それは光厳寺の地蔵菩薩の絵だった。

「何と、これほどの絵心がおありとは……ええ、これほど細かくきちんと描いてあれば見つけられます」

孝謙は本気で感心していた。おゆうは曖昧に微笑んだ。種を明かせば、光厳寺で撮った写真を大きくプリントして、その上に薄い和紙を置いてトレースしただけだ。

「さて、それではやってもらいたいことですが……」

おゆうは仕事の内容を説明した。孝謙は明らかに嫌そうだったが、おゆうに首根っこを押さえられては否も応もなかった。

十

二日後、龍玄寺の門前である。

戸山、伝三郎、おゆうの三人は、半刻近くもこの場に佇《たたず》んで寺社方の到着を待っていた。一昨日のうちに孝謙の証言を伝え、龍玄寺を捜索するよう伝三郎から上申してもらったのだ。その結果、ただちに手配が行われてここに居るのだが、巳の刻（四ツ）、という話だったのにもうじき四ツ半になる。

「遅いですなあ」

伝三郎が呟くように言った。さすがに焦《じ》れたようだ。戸山も憮然としている。

「自分たちが格上だと勿体をつけておるんだろう。寺社方としては降って湧いたような話がいきなり上から来て、面白くないいんだろうな」

戸山の言葉に、おゆうはやれやれと溜息をついた。自分の方が偉いと示すためにわざと遅れて来る、というような輩はOL勤めしていた会社にもいた。そういう奴ほど、たいていは小物である。出世する奴は、そんな姑息《こそく》なことはしない。

四ツ半を過ぎて、ようやく寺社方が現れた。仰々しく五人もいる。

「お待たせした。寺社方小検視《しょうけんし》、柳原克重《やなぎはらかつしげ》でござる」

お待たせしたとは言いながら口調は横柄で、申し訳ないとは思っていないようだ。やはり威張りたいだけの小物らしい。ついでに言うと、身長も低い。

「御役目ご苦労にござる。南町奉行所内与力、戸山兼良です」

戸山は不満を顔に出さず、丁寧に一礼した。寺社奉行は大名なので相手は大名家の家臣。戸山は旗本の家臣だから、向こうが格上なのは間違いない。

「御奉行より詳しくは伺っておらぬが、本日は町方の調べに立ち会うのみ、と指図されておる。異例ではあるが、御老中よりのお話ゆえ、我ら立ち会いのみにて手は出さぬ。よろしいな」

柳原が念押しするように言った。こっちは立ち会うだけ、何があってもそっちの責任だというわけだ。

「は。恐れ入ります。何とぞ、よろしゅうに」

まあ、柳原が不快なのはわからなくはない。自分の管轄内なのに、町方が捜査するからただ見ていろ、では誰だって腹が立つだろう。とは言っても、老中水野出羽守の要請とあれば逆らえない。寺社奉行は老中の配下ではなく将軍直轄だが、水野の影響力はそれほど大きい。この手配をするのに上申してからたった一日で済んでいるのだ。まさに鶴の一声である。

「その者は？」

柳原がおゆうに目を留めて眉を上げた。何で町人の女が、と言いたいのだろう。

「これは町方の手の者。今度《こたび》の一件に深く関わっております。件の地蔵菩薩も、この者が見つけ出してきたことですので、本日は同道させております」

実は戸山もあまりいい顔をしなかったのだが、伝三郎が押し切った。おゆうとしては、地蔵菩薩が発見されるところを確認し、胎内文書を探し当てられるよう確実を期したかった。

「左様か。まあ、それもそちらの話だ」

柳原は揶揄《やゆ》するような口調で言った。女に頼るとは、町方も大変だなと嗤いたかったのだろうが、さすがに口には出さない。

「では、参ろうか」

柳原が宣言し、一同は山門を入った。俊光和尚と恒念が本堂の前に出て出迎えた。

「これは柳原様に皆様、御役目ご苦労様でございます」

そう挨拶する俊光に、柳原が前に出て言った。

「面倒をおかけいたす。早速だが、先に使いの者が知らせた通り、こちらに二十年前に納められた地蔵菩薩を拝見いたしたい。案内《あない》いただけますかな」

「はい。地蔵菩薩も幾つかございまして、どれがお探しのものか私どもではわかりかねますが、皆様方でお調べなさるとおっしゃるのであればご案内いたします」

「かたじけない。では、お願いいたす」

ではこちらへ、と案内しかけた俊光が、おゆうを見て不思議そうな顔をした。

「どこかでお目にかかりましたでしょうか」

「いえ、初めてお訪ねしております」

おゆうはとぼけて微笑んだ。雰囲気がすっかり変わっているので、あの変装は容易にバレまい。俊光もすぐ興味をなくしたらしく、そうですか、ご無礼しました、と言って一同の先に立ち、本堂へと歩き出した。

本堂に上がると、俊光は裏の方へ向かった。裏に階段があり、そこを下りると半地下の収蔵庫になっている。恒念が前に進み出て、燭台《しょくだい》に火を灯した。

「こちらでございます。どうぞお調べ下さい」

三十体ほど並んだ仏像を俊光が示した。柳原が目で促し、戸山と伝三郎が進み出た。おゆうもそのあとに従った。

戸山と伝三郎は、端から一つずつ仏像を見ていった。一方、おゆうは全体をさっと眺め渡し、すぐさま光厳寺にあったのと同じ地蔵菩薩像を見つけた。さりげなく近付き、伝三郎に声をかける。

「あの……これでは？」

「うん？　何でわかる」

「孝謙さんのところで作っていた地蔵菩薩に何となく似ている気がして」

口から出まかせであるが、伝三郎は真剣な顔でその像を手に取った。

「確かに地蔵菩薩のようだが、錫杖は持ってないな」

路傍のお地蔵さんは、伝三郎の言うように錫杖を持った姿が定番である。その後ろから俊光が声をかけた。

「それも地蔵菩薩です。錫杖を持ったものが多いですが、決まり事ではありません。そのように右手を垂らしたお姿も多いのです」

そうですか、と頷き、伝三郎は像を調べ始めた。気付いて戸山も傍らに寄った。

「明るい所へ持ち出されては如何ですか」

俊光に言われ、伝三郎は像を持って階段を上った。どうやら目当てが見つかったと気付いて、寺社方の者たちもついてきた。

「ふうん、なかなかいい仏像だが……」

呟きながら地蔵菩薩の前面を調べる伝三郎に向き合う形で座ったおゆうは、像の背中を指差した。

「あの、ここ……」

「うん？　何だ」

「四角く筋目が浮いてます。ここ、外せるんじゃないでしょうか」

「何だって？」

伝三郎は像をひっくり返し、おゆうの指した部分を調べた。そして筋目に爪を立てた。さして力をかけずに木片が外れた。

「おっ、開いたぞ」

その声に全員が顔を寄せて来た。

「何か見つかったか」

戸山の問いかけに伝三郎が頷く。

「文書のようなものが入っています」

何人かが、おう、と声を上げた。伝三郎は指を突っ込んで文書を挟み、慎重に引っ張り出した。

「何と書いてある」

戸山に急かされながら伝三郎は文書を開いた。書かれた文字を読んでいき、最後の署名のところを見て戸山と伝三郎は、うーむと唸った。そして振り向くと、俊光に言った。

「この地蔵菩薩、しばしの間、南町奉行所にてお預かりしてもよろしいか」

「はい、構いませんが」

「寺社方の御一同も、よろしいですな」

「御随意に」

柳原は、いったいどうなっているのか、その文書は何なのかと聞きたくて堪《たま》らないだろうが、立ち会うのみと釘を刺されている以上、我慢するしかあるまい。歯《は》軋《ぎし》りが聞こえてくるようだ。

（よーし、完璧だ）

おゆうは自分で自分に拍手した。伝三郎が取り出した文書は、実は本物ではなかった。かと言って、偽物でもない。それは、光厳寺で貰ったコピーを上田屋で手に入れた二十年前の紙にさらにコピーした複製品だった。和紙にコピーするのは難しかったが、台紙を付けて手差しでプリンターに送り、三枚失敗した後でやっと満足できるものが仕上がった。よく調べれば実際に墨で書いたものとの違いがわかるが、江戸の人間は墨で書く以外の方法を知らないから、気付かれることはないはずだ。

孝謙には、この複製文書を龍玄寺の地蔵菩薩像に入れる役をやってもらった。最初は今日のこの立ち入り調査のときに隙を見て自分でやるつもりだったが、危険が大きいので孝謙を使うことを思い付いたのだ。孝謙はおゆうの指示通り、龍玄寺に行って制作の参考にするとの触れ込みで収蔵庫に入り、地蔵菩薩像を調べて中に入っているのがただの経文なのを確認すると、複製文書をそれと入れ替えた。そして昨日、おゆうは孝謙からその報告を聞いた。龍玄寺の地蔵菩薩に胎内文書がなかったのは残念だが、それに備えて保険として作った複製品が役に立ったわけだ。盗人に加担している孝謙を、これと引き換えに当面見逃したのは忸怩《じくじ》たるものがある。だが、あんな性格の弱い男なら早晩墓穴を掘るに違いない、とおゆうは睨んでいた。

「どうした？　何か嬉しそうだな」

どうやら自然に笑みがこぼれていたらしい。

「いいえ、そりゃもう、これで御落胤の件は解決かと思うと……」

「おい、まだ早い。寺社方に聞かれると面倒だ。話は帰ってからにしろ」

伝三郎が声を潜めてたしなめた。おゆうは慌てて口を押さえた。

「さて、もうよろしいか」

柳原がいくらか苛立った声を出した。彼らにしてみれば、突っ立っているだけで格好がつかないので、さっさと終わらせたくなったのだろう。

「結構です。本日はご厄介をおかけし申した。南町奉行筒井に代わり、厚く御礼申し上げます。御奉行水野《みずの》左近将監《さこんしょうげん》様には、何とぞよろしくお伝えのほどを」

戸山は深々と腰を折った。柳原は承知いたしたと礼を返し、一同は俊光に送られて龍玄寺を出た。

「水野左近将監様って、同じ水野なら御老中様のご一族か何かですか」

寺社方を見送ってから、おゆうは伝三郎に囁いた。

「ああ、確かにご同族だ。大きな声じゃ言えねえが、左近将監様は、御老中のお引き立てで出世なされてるらしい」

なるほど、それなら水野出羽守から急な要請があれば断れないはずだ。

「ま、今日のところは何もかも都合よくいったぜ。ほんとに都合よくな」

伝三郎がニヤリとした。おゆうは、あれ、と思った。伝三郎の言い方が、何となく意味ありげに聞こえたのだ。気のせいかも知れなかったが。

戸山と伝三郎とおゆうは、風呂敷にくるんだ地蔵菩薩像と共に、そのまま筒井和泉守の屋敷に向かった。他の者に聞かれない場所で今日の成果を話し合うためである。

「さて、これをどう見る」

屋敷に着いて座敷に座るなり、戸山が胎内文書を出して言った。

「御落胤など余計なことは何一つ書いておらん。喜代とその赤子が死んだとあるだけだ」

「だからこそ信用できるとも申せましょう」

伝三郎は署名を指差した。

「文書は覚然和尚が書いたものでしょうが、赤崎新兵衛も名を記しております。ということは、覚然と赤崎が相談の上、この文書を作ったのでしょう」

「御落胤とはっきり書かなかったのは、赤崎の配慮か」

「でしょうな。喜代のことを知る者以外は、これを読んでも御落胤の話とは思いますまい」

「ならばいっそ、文書など作らねばよかったのに」

「それでは喜代の供養にならない、と思ったのでは」

「ふむ……そうかも知れんな」

「しかし、赤崎が名を記しているということは大事です。赤崎が喜代の出産の場にずっと立ち会っていたのなら、覚然の一存で大津屋の子との入れ替えはできないでしょう。矢懸藩士の赤崎が、主君の血を引くかも知れぬ子を見知らぬ町人に渡すのを許すとは思えません」

伝三郎の言葉に、戸山も同意して頷いた。

「確かにそうだな。赤崎は喜代の死産を間違いなく見届けた、ということか」

「赤崎は、喜代に男児が生まれたら、後顧の憂いを断つために殺せと命じられていたやも知れません。であれば、ますます入れ替えは見過ごさないだろうと」

「やはり、御落胤は死んでいたか……」

おゆうは二人の話を聞きながら、御落胤が無事に生まれたらすぐに殺害されていたかも知れないと悟って、背筋が寒くなった。それを思えば、死産だったのが不幸なのかどうかもわからなくなる。大名家に生まれるというのは、なんと過酷な運命であることか。

(でもこれで、御落胤はいないと納得してもらえたね)

やっとＤＮＡ鑑定の結果通りの方向に結論が向いて、おゆうはほっと胸を撫で下ろした。

「あの、よろしいでしょうか」

おゆうはおずおずと口を挟んだ。

「何だ」

「その文書、後で大津屋さんにも見せてあげたいと思うのですが」

戸山と伝三郎は、顔を見合わせた。

「そうか……大津屋も清太郎が間違いなく自分の子だと、これを見りゃあ納得するな」

伝三郎は頷くと、戸山に「如何でしょう」と言った。

「ふうむ。構わぬが、何事も御奉行から御老中にこの顛末を申し上げてからの話だ」

「はっ、有難う存じます」

伝三郎とおゆうは戸山に頭を下げた。当然ながら、老中にこの文書を見せて説明するのが先である。明日には将軍家斉へ婿養子の件を申し上げなくてはならないのだ。その後許しが出るまで二、三日かかるかも知れないが、それまで大津屋には待ってもらうしかない。


翌日は、もしや急な御下問《かもん》でもあるかと待機してみたが、音沙汰はなかった。話がどうなったかもわからない。婿養子が成立しなかったのはネットで確認済みだが、それは今日決まったのか、また別の日なのか。

勝手に気を揉んでいると、伝三郎がやって来た。

「今日、公方様に申し上げたんですよね。どうなったんでしょう」

顔を見た途端に聞いてきたおゆうを見て、伝三郎は笑った。

「おいおい、御老中が公方様にどう申し上げたかなんて、俺たちみたいな下々《しもじも》に教えてくれるわけがねえだろう」

それもそうだ。

「でもまあ、ほんとにご苦労だったなあ。あの仏師に思い出させてくれたおかげで間に合ったんだ。これで戸山様も俺も面目が立ったぜ。助かったよ」

伝三郎がぺこりと頭を下げた。おゆうは、いえ、そんな、と言って俯いた。思い出させたどころか、脅迫して無理やり言わせたのだ。

「今日は誰も来ませんね。お酒、用意しましょうか」

またいい雰囲気になってきたな、と思いながらおゆうは鼻唄まじりに台所へ向かった。

ところが、その雰囲気は長く続かなかった。間を置かず、井原が不穏な話を持ち込んで来たからだ。

「どうも西舘組の若い者たちが、怪しげな動きを始めました」

ふらりとおゆうの家に現れた井原は、伝三郎と二人で甘い時間を過ごそうとしたところに、またしても水を差されて不機嫌なおゆうを尻目に、伝三郎に告げた。

「怪しげな動き？　何か仕出かそうってんじゃないでしょうね」

気になる言葉に、伝三郎が緊張した声で言った。

「大津屋の清太郎の代わりに遊び人が斬られたという話が伝わってから、御落胤の命が狙われている、何もしないまま放ってはおけない、などと何人かが言い出しまして。恐れていた通りですわ。私が話を聞いた何人かは止めましたが、湿った藁《わら》束の中の火みたいにくすぶり続けてましして。これまでばらばらに動いていた連中も、連絡を取り合っているようです」

「ええ？　でも御落胤は……」

言いかけるおゆうに、伝三郎が急いで首を振った。おゆうは口をつぐんだ。御落胤が死産だったということは、まだ公にはしていない。事が事だけに、上の許可なしには相手が井原といえども迂闊《うかつ》に漏らせないのだ。

「連絡を取り合っているということは、西舘組が結集しようとしている、ってことですね」

「そうです。結集するだけで済めばいいが、御落胤を守ると称して何らかの動きに出るやも知れん。それが心配で」

「暴発して二の丸組と往来で斬り合い、なんてことは願い下げですぜ」

そんなことになれば町方としても一大事だ。もしそうなれば矢懸藩そのものが危うくなることぐらい皆承知だろうから、そこまでにはならないと思うが、とかく常識通りに動くとは限らないのが人間だ。

「さすがにそれはないと思うが、もっと些細《ささい》な小競り合いなら何とも言えん。で、町方の鵜飼さんにはお知らせしとかんといかん、と思いましてな」

井原は言いながら額の汗を拭いた。暑いからではないようだ。井原も事態を収めようとそうとう難儀しているのだろう。

「助かります。こっちも、充分に気を付けていましょう」

井原は、お願いします、と言って一息つき、出された酒を飲み干した。

「ところで、赤崎新兵衛についてはその後何かわかりましたか」

おゆうが聞くと、井原は額を手で叩いた。

「おお、それそれ。忘れるところだった。実は屋敷の記録を調べたんですが、居ましたよ、二十年前、確かに。三年ばかり、江戸勤番だったようです。だが二十年前、その御落胤が生まれた幾月か後に国元へ帰りまして、以降は江戸屋敷には記録がない。今の江戸屋敷には赤崎を知った者がいないので、結局国元でなければわからんようです」

「そうですか。国元でないとわかりませんか」

おゆうは落胆した。が、赤崎が実在する矢懸藩士だったことは証明できたわけだ。

「何しろ二十年前ですからな。記録の禄高から見ると軽輩だったようですが、年齢はわからん。今はもう隠居しているかも知れんし、侍をやめているかも知れん。大して大きくもない藩だが、案外わからんことが多いと今さらながら思っておる始末で」

井原は苦笑して頭を掻いた。

「でも、おこうさんはこの前言った通り、先日江戸で見かけたと話してたんですよ。もし隠居されてたり侍をやめておられたりしたら、見間違いなどではなく、江戸屋敷の方々のご存知ないまま江戸に来ておられたのかも」

「うん？　赤崎新兵衛が我らの知らんうちに江戸に？」

言われて井原は考え込んだ。

「ふむ……ないとは言えん。今の江戸屋敷の者は赤崎の顔を知らんからな」

そう呟いてから井原ははっとしたように顔を上げ、伝三郎とおゆうを交互に見た。

「もしや、その赤崎がおこうと欽次を斬ったと思われるんですか」

「そう考えられなくもないでしょう」

「ふうむ……確かに。だが、いったい何のために？　赤崎は何を企《たくら》んでいると？」

「さて、それは……」

三人は三様に首を捻った。

「いや、まあ、それはまたじっくり考えましょう」

井原が首を振って話を転じた。

「さてそれから、欽次が襲われたときの屋敷の者たちですが、これも困りました。あの場に行けた者は、二十人を下りません。まさか一人ずつお前がやったのかと聞くわけにもいかんし、どうしたもんかと」

溜息をつく井原を、いやそこまでやって頂ければ充分ですと伝三郎が労《ねぎら》った。まさか井原に全員のアリバイ調査を頼むわけにもいかない。やれやれ、こっちも暗礁か。

井原はそれから小半刻ほど腰を落ち着け、若い者に対するぼやきを続けてから帰って行った。おゆうはやれやれ、と肩を竦めた。

「井原様も何かとご苦労が多いようですね。それにしても、御落胤が死産だったこと、もう教えて差し上げたらいいじゃないですか。そしたらあちらの騒動も、暴発なんかする前にいっぺんに収まりますよ」

「そうは言っても、上からお許しが出るまで勝手なことはできねえや。御老中のことだから、このことは手札にとっておいて矢懸藩の連中がどう動くか様子見、ってこともあるかも知れねえし」

「そんなのって……争いごとで怪我人でも出たら」

「そんな顔するなよ。さすがにあんな話を聞いた以上、江戸の町衆がとばっちりを食わねえようにはしなきゃならねえ。矢懸藩には関わるな、なんてもう言ってられねえから、誰かに矢懸藩の上屋敷を見張らせるぐらいはしておくさ」

おゆうがなおもぶつぶつ言おうとすると、伝三郎はふいに口調を変えた。

「なあ、おゆう。妙だと思わねえか」

「何がです」

「赤崎は矢懸藩士だったんだぜ。その赤崎が御落胤の死産に立ち会ってるのに、何で今の矢懸藩の連中は御落胤が生きちゃいないことを知らねえんだ」

「あ……」

そう言えばそうだ。矢懸藩士として死産を見届けた以上、赤崎は上司にそのことを報告しているはずだ。

「でも……井原さんは喜代さんの一件は伏せられて、ご自分も知らなかったとおっしゃってましたよね」

「いくら伏せられたと言っても、御留守居役の申し送りとか内密の記録とかはあるだろう。上から下まで誰一人、何も知らねえってのはさすがにおかしいぜ」

「うーん……おっしゃる通りですね。どういうことでしょう」

「わからん。お前、何か考えつくか」

おゆうも考えに詰まってしまった。伝三郎は苛立ったように首を振った。

「えーいくそッ、どうにも嚙み合わねえ話ばっかりだ。俺がこう言うのも何度目かな」

伝三郎だけではない。おゆうも同じような台詞を頭の中で何度も吐いていた。手掛かりを掴んだと思えば、その手掛かりが次の謎を呼ぶ。何だか、追っても追っても触れることのできない狐の尻尾をつかまえようとしているみたいだった。

（何か手掛かり、見落としてないかな。何か忘れてるような気もするけど。手掛かり、手掛かり……）

そこまで考えて、おゆうはあっと叫びそうになった。しまった。ラボに預けた指紋。照合結果が出たとメールが来ていたのに、胎内文書の騒動ですっかり忘れていた。


「いやー、ごめん。メールくれてたのに一週間もレスしないで。かなりバタバタしちゃってたもんだから」

優佳は両手で拝む仕草をしながら、宇田川の研究室兼作業場に入って行った。昨晩遅く東京に戻り、「遅くなってごめん、朝イチで行く」と真っ先にメールしたのだが、いつものごとく返信はなかった。それでも、来てみれば宇田川はちゃんと待っていた。別に怒っている様子もない。

「おう、来たか。結果は用意してある」

そうあっさり言うと、宇田川はＡ４のプリントアウトを出して寄越した。

「いやあ、悪いね、ほんと。で、やっぱり駄目だった？」

もともと期待はしていなかった優佳は、軽く言ってプリントアウトの束をめくった。

「Ｅが一致した」

優佳の手がピタリと止まった。

「Ｅ？　Ｅって言った？」

「言った」

「そんな……マジ？」

宇田川が怪訝な顔になった。

「何か問題でもあるのか」

「いや、問題って言うかその……ちょっと考え難くて」

優佳の頭は混乱しかけていた。

「考え難かろうが何だろうが、結果は結果だ。結果に基づいて解釈しろよ。もしかして、全然疑ってない相手だったのか」

「うん、まあ……そういうことね」

Ｅの指紋は、お須磨のものだった。

しばらくの間、室内に沈黙が流れた。優佳は頭の中で懸命に可能性を考えていた。

（お須磨さんがおこうさんの文箱を探った、ってことよね。いくら親しくても、普通はそんなものに触れないはず。それは現代でも江戸でも、一番プライベートな領域だもんね。じゃ、いったいなぜ？　赤崎と結託してた？　いやいや、とてもそうは見えない。第一、赤崎の名前を最初に出したのはお須磨さんなのよ。ええいもう、どうなってんの）

「間違って触れた可能性はないのか」

宇田川の声で、はっとして現実に戻った。宇田川も一応は考えてくれたようだ。

「いや、そんな感じじゃなかった。あの指紋の付き方は、しっかり文箱の蓋を持って持ち上げる形になってた」

「じゃあ、間違いなくEの指紋の主《ぬし》が文箱を開けたんだな」

「でもねえ、そんなことしそうな人じゃないんだよ」

優佳はお須磨について知っていることを、全て宇田川に語った。宇田川は興味をそそられたような顔こそしなかったが、黙って話を聞いていた。

「ふん、とりあえず言いたいことはわかった」

話を聞き終わると、宇田川は顔を上に向けて頭の後ろで手を組んだ。

「けどなあ、それって本人の話とあんたの印象ばっかりだよな」

「え？　ええ、まあそう言えばそうだけど。何が言いたいわけ」

「傍証がない。客観的な評価がないじゃないか」

鋭い指摘に、言葉が出て来なかった。宇田川の言う通りだ。おこうの人となりについては複数の証言があるが、お須磨については何も調べていない。おこうとお須磨の間に何があったのか、お須磨自身による話しか聞いていない。いったい自分は、お須磨について本当のところ何を知っているというのだろう。

「思い込みには、気を付けろよ」

黙り込んだ優佳に、宇田川が念を押すように言った。

「そうだね、その通りだよね」

思い込み、か。そうだ、一歩引いて客観的に見つめ直さなくては。お須磨のことをもっと調べよう。他に証拠になるような何かがないだろうか。客観的な証拠。

そこで優佳は思い出した。

「あのさ、話変わるんだけど、紙から指紋採取って、できるよね」

唐突だったが、宇田川は動じることなく、あなた足し算はできますか、とでも聞かれたような調子で答えた。

「できるよ」

「かなり難しい？」

「指紋のアミノ酸をヨウ素反応なんかで浮き上がらせりゃいい。そのための溶液もうちにはあるが、ヨード入りのうがい薬を使えば中学生にもできる」

「和紙で、ひと月半ほど前のなんだけど」

「和紙？　あァそうか、江戸物の紙から採取するんだよな。和紙は表面が滑らかじゃないから、ちょっと難しくなるな。それと、ひと月半経ってるのか。じゃあだいぶ薄れてるな」

「でも、できる……よね」

少しばかり心配になった優佳に、宇田川は唇の端を歪めて言い放った。

「このラボを何だと思っている」

十一

大津屋正五郎は、おゆうに渡された胎内文書にじっと目を落としていた。もう読み終えたはずなのに、そのまま動こうとしない。やがて肩が震え始めた。

「そうでしたか……そうでしたか」

正五郎は呟くようにそう繰り返すと、胎内文書を畳に置き、おゆうの方へ返して寄越した。そしてそのまま両手をつき、その場に伏した。

「ありがとうございました。本当にありがとうございました」

涙声になっていた。正五郎は伏したまま動かず、どうぞお顔をお上げ下さいとおゆうに促されて、ようやく身を起こした。両頰を、大粒の涙が伝っていた。

「清太郎さんが実のお子であること、得心して頂けましたでしょうか」

おゆうの言葉に、正五郎は大きく二度頷いた。

「お恥ずかしい限りです。私の目は節穴でした。ただ一通の文に惑わされて実の子ではないと疑うなど……本当の親なら、あんな文など破り捨てるべきでした」

「でも何しろ、産婆さんからの文でしたからねえ」

「はい。すっかり騙《だま》されました。情けない話ですが、一度疑ってしまうと今まで気にも留めなかったことがどんどん気になり始めるのです。顔のあの部分が似ていない、あんな仕草が似ていない、などと……。普通に考えれば、親子といえども似ていない部分があって当然なのに、思い込みとは恐ろしいものです。まったく不徳の致すところでした」

（ここでも、思い込みか……）

宇田川の忠告の通りだ。人間は、意外にあっさり思い込みに引きずられてしまう。あの文を読んで以来、今日まで正五郎はどれほど辛かったことか。

「清太郎さんは、まだ何もご存知ないのですね」

「はい、あいつには何も告げておりません。知らないままで良かった。私が疑っていたことを知られたら、それこそ合わせる顔がありません」

清太郎は欽次が殺されて間もなく、寮に居たら気が滅入るばかりだと店の方へ戻っていた。このまま何も知らずに済めば、それに越したことはない。

ここで正五郎はふうっと大きな溜息をついた。

「産婆のおこうさんは殺されていたのですよね。あの文は、本当におこうさんが書いたものなんでしょうか。誰かがおこうさんを騙《かた》って強請りを働こうとしたんでしょうか」

「さあ、それです。それをはっきりさせなくてはなりません。大津屋さん、あの文、持ち帰らせて頂いてよろしいですか」

「ええ、もちろんです。少々お待ちを」

大津屋は奥へ行き、すぐに文を持って戻って来た。

「さあ、どうぞお持ち下さい。書いてあるのが嘘八百とわかった以上、見るのも不快です」

「念のためお聞きしますが、この文に触れたのは大津屋さんお一人ですね」

「はい、私しか読んでおりませんし、触れておりません。どうぞ存分にお調べを」

文をおゆうに渡した正五郎は、これが自らの手を離れることにほっとしている様子だ。

「それから、些少ではございますが、どうかこちらをお納め下さい」

正五郎は懐から袱紗に包んだものを出すと、おゆうに恭しく差し出した。

「あら、まあ、これは……」

　礼金だ。嵩から見て、たぶん三十両。まだ犯人を捕らえていないのに、と思ったが、矢懸藩の御落胤という正五郎にも言えない事情が絡んでいる。犯人を捕らえても正五郎に説明できるとは限らない。一旦幕引きにしておいた方がいいかも知れない。

「恐れ入ります。この一件、私の方できっちり始末をつけさせて頂きます。大津屋さんも、どうかお心安らかに」

「はい、改めて御礼申し上げます。大変お世話をおかけいたしました」

　正五郎はいま一度、深く頭《こうべ》を垂れた。


　例の文と三十両を懐に大津屋を出ると、二十間も歩かないうちに清太郎に呼び止められた。おゆうの後を追って店から出て来たらしい。

「あらまあ清太郎さん、もう大丈夫なんですか」

「ええ、大丈夫です。ご心配をおかけしました」

　清太郎の笑顔に、おゆうは安心した。が、次の言葉にぎくりとした。

「親父の心配事は、当面片付いたようですね」

「え？　あ、はあ、まあ、そうですね」

「私が実の子だと、ちゃんと納得しましたか」

「なっ……」おゆうは目を剝いた。

「知ってらしたんですか」

清太郎はおゆうの仰天した顔を見て、ふふふと笑った。

「そりゃあね。生まれてこの方、ずっと一つ屋根の下で暮らした親子です。様子を見てりゃわかりますよ。変な文を貰ってからずっと、私とまともに目を合わさないんです。どうにも落ち着かない様子で、死んだお袋の遺品を調べてみたり、こっそり私の顔を覗き込んでみたり。親父は商いには長けてますが、商い以外では隠し事が下手ですねえ」

「驚いた。すっかり見抜いてたんですね」

「ええ。親父も馬鹿ですねえ。正直に言ってくれりゃいいのに。そしたら、あんたは間違いなく俺の親父だ、この二十年それを疑ったことはないし、これからも同じだと言ってやったんですがねえ」

「まあ、清太郎さん……」

おゆうは涙が出そうになった。清太郎は初めから、正五郎以上に親子の揺るぎない絆《きずな》を信じていたのだ。これを正五郎に聞かせてやりたかった。

「ついさっきあなたを送り出した親父を見たら、目は真っ赤なのに晴れ晴れした顔をしてましたよ。ああ、こりゃあいい方に話がついたんだと思って、それであなたを追いかけて来たんです」

「はい、先ほど証拠の文書をお見せしました。充分にご納得頂きました」

「そうですか。さすがはおゆうさんですね。ありがとうございました」

清太郎は嬉しそうな顔で頭を下げた。

（いやあ、たまげたな、こいつ）

おゆうは清太郎に舌を巻いた。チャラい奴だと思っていたのが、ちゃんと一本筋の通った男だったらしい。

（これもやっぱり、思い込みだったのかな）

清太郎が何故やたら女にモテるのか、やっとわかった気がした。

「ところでおゆうさん、一つ私からもお願いがあります」

微笑は消していなかったが、清太郎の顔が引き締まった。

「はい」おゆうも背筋を伸ばした。

「欽次を殺した奴を、きっとお縄にして下さい。あいつは、一番の友達だったんです」

そう言う清太郎の口調に、日頃の軽さは微塵もなかった。その言葉はおゆうの琴線に触れた。

「ええ。必ず、お縄にします」

おゆうは清太郎の目を見つめ、きっぱりと言った。清太郎が力強く頷いた。

「ほう、こいつか」

優佳から大津屋の文を受け取った宇田川は、白手袋を嵌《は》めた手で早速デスクの上に広げた。

「ちょっと大丈夫？　スタッフの人に見られたらどう説明するの。どう見たって現代の代物じゃないんだから」

「心配するな。誰も見てない」

そう言われて事務室の方を見ると、皆自分の仕事をしていてこちらを見ている者はいない。優佳が宇田川の研究室に居るのは、もう日常的風景になっているようだ。

「こいつから採った指紋を、例のEの指紋と照合するんだな」

「そういうこと。その手紙、触った人間は三人しかいないはず。私と、受取人の大津屋さんと、それを書いた人間よ」

「で、それを書いた人間が即ち犯人、ってことか」

「そう見ていいと思う」

「差出人になってるおこうって産婆が書いたわけじゃないのか」

「その可能性は消えてない。だから、この前文箱から採取したおこうさんの指紋とも照合しておいて」

おこうも共謀していたという可能性は低いが、まだゼロではない。人物評からは考え難いが、物証を得るまで断定は危険だと、お須磨のおかげで学習していた。

「わかった。明日までに片付ける」

宇田川の目はじっと文に注がれたままだ。彼が本気になっているのを悟ると、優佳は笑みを浮かべて研究室を出た。


結果が出たと報せてきたのは、翌日の午前十時頃だった。宇田川にしては珍しく、電話をかけて寄越した。それは回答を急いだということであり、現物を前に自慢たらたらの様子で説明しようとしないのは、良くない兆候であった。

「一致しない。どれも」

それが宇田川の回答だった。

「一致しない？　Eもおこうさんのも？」

意外な答えに、思わず鸚鵡《おうむ》返しになった。

「ああ。念のため今回預かった全てのサンプルと照合したが、全部ネガティブだ。あの手紙からはあんたの言うように、あんたのを含めて三人分の指紋が検出できたが、一致するものはない」

「じゃあいったい……あの手紙は誰が……」

「俺に聞くな。他の容疑者はいないのか」

そう言われて思い浮かぶのは、やはり赤崎新兵衛である。だが、名前しかわからない相手では指紋の採りようがない。

「いなくもないけど、しょうがない。指紋は今のところ無理」

「じゃ、指紋が揃うまで待つか、次の手を考えるかだな」

「次の手って？」

「それはあんたが考える話だろ」

くそっ、またそれか。


その日のうちに江戸に移ったおゆうは、家の奥側の六畳で長火鉢に頬杖を突き、思案にふけっていた。

（指紋がダメなら、やっぱり筆跡鑑定かな。でも鑑定用のサンプルは？　おこうさんやお須磨さんのものはもう意味がないし、胎内文書は明らかに違う筆跡だし……あーあ、こっちもダメだな。攻め口を変えて、お須磨さんの身辺を洗うか。そうすれば……）

そこまで考えたとき、表から千太の声がした。

「姐さん、すいやせん、邪魔しやす」

「どうしたんです。また何かあった？」

戸を開けて一歩入った千太に、衝立の上から顔を出しておゆうは聞いた。

「へい、実は親分と一緒に矢懸藩の上屋敷を張ってたんですが、屋敷の侍が三、四人ずつ、小半刻くらいの間を置いて何組か出て来たんです。それだけなら何てことはねえんですが、どうも顔つきが硬くて、何だか物々しい感じでして。で、気になってそのうちの一組の後を尾けてみたんでさあ。するってえと、そいつら両国橋を渡って回向院のそばの小料理屋へ入りましてね。外でしばらく様子を窺ってたら、他の連中も三々五々集まって来るじゃありやせんか。どうも店を借り切ってたようです。で、こりゃあ何か内緒の集まりだろう、ってんで、旦那にお知らせしに来たんですが」

内緒の集まり？　どうもきな臭いなとおゆうは思った。西舘組が暴発するかも、という井原の話が脳裏をよぎる。

「わかりました。鵜飼様はじきに来られると思います。その話、伝えておくから」

おゆうは店の名を聞いてから千太を送り出した。千太は、お願いしやすと言い置いて持ち場へと駆け戻った。

伝三郎が現れて、二人で回向院近くの小料理屋に出向いたときには暮れ六ツになっていた。店の前に立って見ると、二階全部に灯りがともっている。矢懸藩の侍たちはそこに集まっているのだ。

「旦那、旦那」

源七が呼ぶ声が聞こえた。振り向くと、斜向かいの古着屋の脇の暗がりに影が見える。おゆうと伝三郎はそこに寄った。

「おう、どうだ。あそこに何人集まってる」

「二十六人です。一刻近くかけてばらばらに来たようですね」

思ったより多い。

「これって、やっぱり西舘組の集まりでしょうか」

おゆうは心配になって聞いた。一度は浅草寺裏で騒ぎを起こしかけた連中だ。

「こそこそ集まってるとこを見ると、間違いなかろう。井原さんは西舘組の連中はばらばらで横の連絡が取れていないとか言ってたが、どうやらこれで一堂に会したようだな」

なるほど、西舘組の総決起集会か。ならば西舘組は本格的に動き出そうとしているわけだ。

「てことはですよ、いよいよ本当に御家騒動が始まるんですか」

「決起の段取りを決めてるのかも知れん。そんなことは国元でやってもらいてえが、あいつら御落胤が清太郎だとまだ思い込んでるからなあ」

「あの胎内文書、もう大津屋さんにも見せたんですから、さっさと井原様に見せて騒動を終わらせましょうよ」

「うむ。どうもわからねえことが多すぎるんで、もうちっと考えようと思ってたんだが……そうも言ってられねえか」

眉間に皺を寄せた伝三郎の背後から、源七が口を出した。

「旦那、たいないもんじょ、ってなァ何なんです」

しまった。源七に聞こえたか。

「ああ、いや、何でもねえ。こっちの話だ」

「へえ。どうもまだ内緒ごとが多いですねえ」

源七は不満そうにおゆうと伝三郎の顔を交互に見た。おゆうは困って目を逸らした。するとその逸らした目に、小料理屋の表戸が開いて侍が三人、出て来るのが見えた。

「あ、出て来ましたよ……おや、見た顔もいますね」

三人のうち一人は、浅草寺裏で清太郎を取り囲んだ連中の中にいた男だ。やはりこれは西舘組の集会に間違いない。

「三人だけですね。どうやら帰りもばらばららしいや」

源七の興味が侍たちに移り、おゆうはほっとした。

「だろうな。二十六人もまとまって歩くわけにいかねえだろう」

「たとえばらばらに出入りしても、そんな人数が屋敷を出ていたら目立つんじゃないですか」

おゆうのその疑問には源七が答えた。

「なあに、屋敷からは毎日毎晩、十人から二十人が外へ出て飲み食いや遊びをやってやがる。田舎侍にとっちゃ江戸は遊び場に事欠かねえからな。二十六人が出かけてたって、思うほどにゃ目立たねえだろうさ」

うーん、そう言えば勤めてた会社で、単身赴任で東京に来て歌舞伎町に入り浸ってたのがいたなあ。それと同じようなもんだろうか。あ、そうか。あいつら、江戸に来て日が浅いのに浅草寺裏を襲撃場所に選んだのは、吉原通いで土地勘を得ていたからか。

それから二組の侍を見送り、三組目で井原兵衛介が出て来た。

「あ、井原様ですよ」

おゆうが小声で言い、源七もその姿を認めた。

「ああ、浅草寺裏に駆け付けて止めに入った、あのお侍だな」

「そうか。みんなおとなしく帰り始めたところを見ると、井原さんが暴発を抑えて上手く収めたのかも知れんな」

「旦那、どうしやす。尾けますかい」

「いや、もう良かろう。井原さんが入ってたなら、これ以上何か起こることはあるめえ」

「わかりやした」

そう返事してからも源七は、あのお侍はそんなに頼りになるんですかねえ、などとぶつぶつ呟いていた。

「残った人たち、宴会やってるようですよ」

二階に人影が動くのが見え、笑い声なども漏れて来た。伝三郎は肩を竦めた。

「ほらな、もう大丈夫だろう。俺たちも一杯やるか」

源七の顔から不満の色が消え、待ってましたとばかりに手を叩いた。


「ええ、ええ。お須磨さんにはいろいろお世話になってますよ」

関口水道町《せきぐちすいどうちょう》の髪結いの女将、おえんは愛想笑いを顔一杯に浮かべておゆうに言った。

「お客として髪を結わせて頂いてるし、うちの子二人も手習いに行ってるし、あたしは読み書きが駄目なもんだから、時には代筆までお願いしちゃって」

まあそうですか、とこちらも愛想笑いを返しながら、おゆうは見込み通りだと内心で喜んだ。おえんはお須磨のところに手習いに来る子の親の中では、商売柄一番の噂好きで事情通だろうと踏んで、話を聞きに来たのだ。案の定、十手をチラ見せしながら水を向けると、たちどころにその舌が回転を始めた。

「お須磨さんは離縁されてからご実家にも帰らず、ずっとお一人だそうですねえ」

「そうなんですよ。何でも前のご亭主はずいぶんと癖の悪いお方だったようですよ。結局子供ができないってんで三下り半。酷いもんですよねえ。でも、別れて幸い、てなご亭主でしたから、それで良かったのかも知れませんねえ」

「ご実家に帰られなかったというのは……」

「ええ、やっぱり世間体が悪いって、実家が出戻りを嫌がったみたいで。何しろお武家でしょう。いろいろとご親戚とか、うるさいんですよ。お母様がおられたらまた違ったかも知れませんけど。ああ、お母様っていうのは、お須磨さんが小さいときに亡くなったそうです。お父様の方は、何て言うか、随分と堅苦しいお人だったらしいですよ。いえ、もちろん会ったことなんかないですが。でも、あれでしょう。お武家で、奥様がいなくて、堅物とくればそりゃあ居心地だってねえ。あたしのお客さんで御賄《おまかない》組《ぐみ》の奥様がいるんですが、そこのご主人なんかがまた……」

「いえ、あの、お須磨さんの話に戻りますけど、ずっとお一人でお寂しくなかったんですかねえ」

「それ、それなんですがね。ほら、あんな綺麗なお人でしょう。あらやだ、お姐さんもとってもお綺麗ですよ。あたしなんかもうこの年になっちゃ……ああ、お須磨さんの話でした。いえね、お年はお年ですが、あの方ならいいお話だってありそうなもんですが、身持ちの固いお方ですから。男っ気はないみたいなんですよ。この先の改代《かいたい》町《ちょう》に同じ年頃の後家さんが居るんですが、そっちの方はほんとに……」

終始この調子だった。おゆうは脱線しまくる話を懸命に元に戻しながら、一刻余りもおえんのマシンガントークに付き合う羽目になった。何とか話をストップしておえんの家から出て来たときは、ハーフマラソンを走ったかと思えるほどくたびれ果てていた。

(何ちゅうおばはんだ。よくまああれだけの情報を貯め込んでるねえ)

平成の世に生きていれば、CIAか中国国家安全部からリクルートが来そうだ。帰り際に自分がお須磨のことを聞きに来たのは内密にしてくれと釘を刺したが、当てにはできまい。女の十手持ちは珍しいから、格好のネタだ。それが自分の所へ来たという話を脚色してそこらじゅうに触れ回るかも知れなかった。

(しかしあれだけ喋ってくれたけど、必要な話は五パーセント以下かなあ)

事情通ということについては事前の期待通りであったが、余分な情報が多すぎた。まあそれでも、知りたいことは一応得られた。

(やっぱ、おこうさんと同様、犯罪に手を染めるような人じゃなさそうだね。あと二、三人から裏付け取って、結果を整理しよう。そこから何が導き出せるか……)

おゆうはしきりに首を捻りながら、傾きかけた日差しの中を神田川の方へと向かった。


家に帰ると、表の六畳で伝三郎が胡坐をかいていた。

「おう、帰ったか。また邪魔してるぜ」

「あら、帰りを待ってて下すったんですか。それじゃお酒でも」

「ああ、頼むわ」

この頃はこんな風景が毎日のように繰り返されている。なんだか家に伝三郎が居るのが当たり前のようになってきた。

(この部分だけ切り取ったら、夫婦生活みたいなんだけどなあ)

残念ながら、伝三郎はいつも夜が更ける前に帰り、泊まっていくことはなかった。

(そこだけ妙に堅いんだから。いずれ崩してやるから待ってなさいよ)

おゆうは胸の内で呟きながら徳利を出した。伝三郎はそんな呟きを知ってか知らずか、のほほんとした様子で座っている。

突然、バタバタと足音が近付いて来て、「旦那！　居られますかい」という源七の声が響いた。おゆうは天井を仰いだ。やれやれ、こういう形で邪魔が入るところまで、すっかりパターン化されてしまったようだ。

「何だ、また何か動きがあったか」

「へい、屋敷の裏を見張ってたら、いきなり裏木戸が開いて例の、ええと井原様でしたか、あのお方が顔を出したんですよ」

源七は家に上がるのももどかしいようで、上がり框から言った。

「井原さんが？」

伝三郎は衝立を横にどけて膝を進めた。

「何か言ってきたのか」

「ええ、あっしを手招きするんで行ってみたら、こいつを旦那に渡してくれと。それだけで、あっという間に引っ込んじまいましたよ」

そう言いながら源七は懐から畳んだ紙を出した。伝三郎は受け取って紙を開き、さっと目を通すとうーんと唸った。

「どうしたんです。井原様から文ですか」

おゆうも徳利をそのままにして側に寄った。

「ああ、そうだ。二の丸組が巻き返しに出たらしい。昨夜あの小料理屋に集まった連中が、順番に取り調べを受けてるそうだ。禁足令が出て、井原さんも当分動けんってことだ」

「えっ、西舘組の集まりがばれちゃったんですか」

おゆうは驚いて言った。今の段階では二の丸組が藩政を握っているわけだから、西舘組の行動は叛乱《はんらん》になってしまう。

（うわあ……）おゆうは身震いした。どうやら西舘組の大粛清が始まりそうだ。

「どうしてばれたんでしょう。昨夜、私たちの他にあの料理屋を見張ってる人なんて、いなかったですよね」

「いなかったと思うが、そんなつもりで気を付けてたわけじゃねえから何とも言えねえな。あの場で見張ってなくとも、屋敷の方でヘマをやった奴がいたかも知れんし、料理屋に集まった中に二の丸組と通じてた奴がいたのかも知れねえ」

「井原様も危ないのでは」

「二の丸組を装ってたとしても、昨日の集まりに出てたからなあ。しかし、こっちからは何もできねえ」

「あのことを、早くに知らせていれば……」

源七を意識して御落胤という言葉は出さずに、おゆうは唇を噛んだ。

「残念ながら手遅れだ。今からあの話を出せば、かえって西舘組には不利になる」

伝三郎の言う通りだ。幻の御落胤の話に踊らされて叛乱を企てたとなれば、西舘組の印象は悪化するだけだろう。御落胤などいないことを知りながら謀ったのではと疑われたら、もう最悪だ。

「井原さんが屋敷を出て来れなけりゃ、中がどうなってるかわからねえ。しばらくは今まで通り屋敷を見張って、外から様子を窺うしかねえな」

伝三郎は井原の手紙をおゆうに渡して、源七に言った。源七は「へい」と頷いたが、後から首を傾げた。

「でも旦那、中で何か騒ぎが起こってもこっちは指をくわえて見てるだけ、ってことになりやすね」

「業腹だが、仕方ねえ。俺たちとしちゃ、町方に出て騒ぎを起こされなきゃあ良しとせにゃなるめえよ」

「そんな、鵜飼様。おこうさんと欽次さんを殺した下手人は、矢懸藩の侍にほぼ間違いないんですよ。このまま御家騒動が片付けられたら、下手人は……」

おゆうは色をなして嚙みついた。赤崎新兵衛か他の誰かかはわからないが、そいつは矢懸藩の騒動に絡んで町人二人を殺しているのだ。御家騒動が収束しても、それをうやむやにすることは許せない。

「わかってる。わかってるが……」

伝三郎は腕組みして俯いた。口惜しい思いは同じに違いない。打つ手はあるだろうか。

「とにかく、私は調べを先に進めます」

「当てがあるのか」

伝三郎がさっと顔を上げた。

「お須磨さんの周りを当たります。何か出るかはわかりませんが」

文箱の指紋のことはむろん言えない。だが、おゆうの表情はかなり自信ありげに見えたようだ。伝三郎はおゆうの目をじっと見て、頷いた。

「わかった。そっちは任せる」

「はい」

そのときおゆうの目には、欽次を殺した奴をきっとお縄にしてくれと言った、あの清太郎の姿が再び浮かんでいた。


その夜遅く、優佳は東京の家に戻っていた。頭が煮詰まりそうで、少し気分を変えたくなったのだ。缶ビールを飲んでパソコンの前に座ったら何かいい考えが浮かぶかと思ったが、そう調子良くはいかなかった。

（はあ、どうしたもんかなあ）

まずはお須磨の話だ。集めた話はと言えば、子供ができずに離縁されたこと、実家へは帰り難い状況だったこと、覚然のところで書を習っておこうと親しくなったこと、男っ気はほぼなかったこと、そのぐらいか。金に困っている様子もなかった。頭の中で情報を反芻《はんすう》してみるものの、おこうの文箱を探る動機は見当たらない。一時は大津屋におこうを騙って文を出したのではと疑ったが、指紋照合の結果その線も消えた。

（何度考えても犯罪者タイプじゃないんだよなあ。強いて言うなら、まだ小さいときに母親を亡くして厳格な父親と暮らしてた、ってことがあるけど、厳格な父親なんて、江戸の武家じゃあ当たり前すぎるもんなあ）

性格が歪むような状況ではあるまい。溜息をついてまたビールを一口啜った。

（そういえばお須磨さんの母親って、生きてたらおこうさんと同じくらいの年齢だよね。もしかすると、お互いに母娘みたいに思ってたのかも知れないなあ）

おこうにも子はなかった。あれだけの年の差で仲のいい友人同士というのは、そういう感情があったからだろうとも思えた。

（待てよ……母娘みたいな関係だったなら、文箱の中を見るのもおかしくはないんじゃ？　もし、お須磨さんは常日頃からおこうさんの文を見れるような関係だったとしたら？　いや、別におこうさんの文を見るような必要はないよね、普通は。いや、何か必要があったのかな……あーもう、わかんなくなってきた）

優佳はぐいっとビールの残りを呷った。もっと飲みたいが、岡山への旅費で懐具合がさらに厳しくなったので、節約しなければならない。

（お須磨さんは書家だから、文の字の批評でもしてたのかな。いやそれも変だよねえ）

そう考えながら、ふと思った。

(おこうさんの家には、お須磨さんの書は飾ってなかったな。お須磨さんの家にはいっぱい飾ってあったのに、仲がいいなら一つぐらいあげてるんじゃないのかなあ。確か掛け軸はあったよね。あれはお兄さんの覚然さんの書だろうな。お須磨さんの書の屏風なんてインテリアに良さそうだけど)

どうも考えがまとまらない。とりとめのない話ばかり頭の中を漂っている。

(今週は調子悪いなあ。星占いでは悪くなかったのになあ……江戸では占いなんてどうすんだろ。おみくじとかかな。あ、暦とかも見るよね。各家庭に一つぐらいあるし)

そこで、あれ、と思った。

(おこうさんのところに、暦は置いてなかったな。いや、それだけじゃないや。掛け軸以外、字の書いたものって何もなかったんだ。持ち去られたとしても、そこまで洗いざらいなくなるなんて、いま思えばやっぱり変だよねえ)

何だか、妙に気になってきた。おこうの家を調べたときはそこまで深く考えなかったが、どうも何か意味がありそうだ。しばらくそのままじっと考えていると、突然閃《ひらめ》くものがあった。

(え？　ちょっ……もしかして)

ぼんやりしかけていた頭が、急速に回り出した。

（もしそうなら……話が全然変わってくるぞ）
その晩、優佳はほとんど眠ることができなかった。

第四章　押上の茶会

十二

小日向は三度目の訪問になる。お須磨の家の前に来てちょっと覗くと、三和土にたくさんの小さな履物があった。子供たちの話し声や歓声は聞こえてこないので、静かに授業をしているのだろう。今日の話は、子供の居るところではできない。おゆうはしばらく待つことにした。

ぶらぶら西の方へ歩いて行くと、あの賑やかな髪結い、おえんの住む関口水道町に出る。その先には、田んぼがあった。谷筋の平地に作られたもので、それほど広くはない。南側は小高くなっていて、五町くらい、つまり数百メートル先におこうの遺体が見つかった雑木林が見えた。雑木林の下に納屋がある。そこから鍬《くわ》などを持ち出せば、一人でもおこうを埋める穴ぐらいは掘れただろう。

おゆうはしばらく道に立って、じっと雑木林を見つめた。それから踵を返すと、再びお須磨の家へと向かった。

お須磨の家の少し手前で、十五人くらいの子供たちの一団とすれ違った。年上の子が先導して、何やらはしゃぎ声を上げている。皆でこれから何かして遊ぼうというのだろう。何人かが、おゆうがこの前お須磨先生のところに来た客だと気付いて、挨拶しながら通り過ぎた。おゆうも微笑み返した。どうやらタイミング良く授業が終わったようだ。

お須磨の家の戸口に立ち、ちらりと振り向いて子供たちの後ろ姿が消えるのを見送ってから、おゆうは御免下さいと声をかけた。

「あら、これはおゆうさん。また御用の筋でございますか」

お須磨が出て来て膝をついた。歓迎するでもないが、迷惑そうでもない、という曖昧な雰囲気である。また少しお伺いしたいことがありまして、と言うおゆうを、素直に承知したお須磨は座敷へと招じ入れた。

「さて、本日はどのようなことでございましょう」

座敷で向き合うと、お須磨はそう問うた。おゆうはどう切り出そうかと思ったが、やはり小細工はしないことにした。

「はい、他でもありません。おこうさんのことです」

「おこうさんのことについては大方お話ししていますが、何かお知りになりたいことが」

「ええ。それについて隠しておられることを、全てお聞かせ下さい」

「隠している？」お須磨の目が険しくなった。

「何をおっしゃるんです、隠しているなどと。どういうおつもりですか」

「先日お伺いしたときのことですが」

おゆうは構わず話を進めた。

「私が大津屋さんに来た文と捨吉さんのところにあるおこうさんの文とを比べて、同じ手による字か見てほしい、とお願いしたとき、あなたはそれは難しい、とおっしゃいました。でもそれは嘘ですね。他の書家の方に聞きました。書に慣れた方なら、ある程度の見極めはできると」

「嘘だなんて……自信がなかったからです。私はそれほどの書家ではありません」

「そうでしょうか。見比べたくない事情があったのではありませんか」

「いったい何がおっしゃりたいのです」

お須磨は睨みつけるような目つきになり、物言いは苛立たしげになった。そんなお須磨に、おゆうは諭すような口調で言った。

「お須磨さん、正直に言って下さい。おこうさんは殺されたんです。これはおこうさんのためなんですよ。私は、何としても下手人を挙げたいんです」

お須磨はおゆうから目を逸らせた。じっと右手の襖を見ているようだ。葛藤《かっとう》と折り合いを付けようとしているのだ、とおゆうは思った。ここは黙って待つしかない。

まるまる一分ほど、沈黙が続いた。それからお須磨は、おゆうに視線を戻して静かに言った。

「どこまでご存知なのです」

おゆうはお須磨に、自分の考えたことをゆっくりと話した。話し終えたとき、お須磨の顔色は変わっていた。


一刻半の後、おゆうは小石川御門を抜け、講武所の横を雉子橋の方角へ向けて小走りに急いでいた。向かう先は、矢懸藩上屋敷だ。屋敷に入ろうというのではない。そこで今も見張りをしているはずの源七をつかまえたかったのだ。足が痛かったが、気の方が逸っていた。

源七は、上屋敷の表門がよく見える、隣の大名屋敷の塀の陰に居た。この辺りは大名家や大身旗本の屋敷ばかりで、あまりいい隠れ場所がない。町人の姿も多くないので、源七たちが見張っていることは、矢懸藩でもとうに気付いているだろう。互いに承知の上で見張っているわけだが、無言の牽制《けんせい》にはなっているはずだ。

「あァ？　何だ、俺に用かい」

おゆうの姿を見た源七が、自分から声をかけてきた。そうとう退屈していたと見える。

「ええ、そうなんです。ちょっと急ぎで」

息を弾《はず》ませているおゆうに、源七は何事かと思ったようだ。

「何をそんなに急いでるんだ。余程の事が起きたのかい」

「いえ、そういうわけでは。ただ、この屋敷に中間を世話している口入屋《くちいれや》を知りたいんです」

「口入屋ァ？」

予想外だったらしく、源七は頓狂な声を出した。

「そいつは三河町の中嶋屋《なかじまや》だが、そんなとこに何の用だい」

「わけはまた後でお話しします。片付いてから。三河町の中嶋屋ですね、ありがとう」

「え？　おいおい、ちょっと」

源七が呼び止めるのも構わず、おゆうはそのまま三河町へ急いだ。そこまでは十町ほど、もうひと頑張りだった。


中嶋屋の店は、口入屋としては中堅どころのようだった。人の出入りも多く、活気がある。商売もまずまずうまくいっているのだろう。おゆうは店先まで来ると、少しの間様子を窺った。出入りしている連中はいかついのも多いが、中に居る番頭は強面《こわもて》風ではない普通の男だ。その奥で帳面を見ている五十がらみのえらの張った男が主人だろう。口入屋には詐欺や誘拐まがいのやり方で人集めをする悪質業者も少なくないが、ここはまともな店らしい。

　おゆうはそこまで見極めると、暖簾《のれん》をくぐった。番頭が気付いて顔を向けてきたが、若い女とわかると渋い顔をした。

「何です。ここはあなたのような人が来るところでは……」

　そう言いかけた番頭はおゆうが懐から出した十手を見て口をつぐみ、主人の方を見た。中嶋屋も十手を目に留め、立って店先に出て来た。

「中嶋屋吾一《ごいち》です。どんなご用で」

　さすがに性質の良くない連中を取り扱うことも多い口入屋稼業だけあって、十手を見たくらいでは全然動じない。鋭い視線をおゆうに向けてきた。

「こちらでは矢懸藩に中間をお世話なすってますね」

「そうですが、それが何か」

「二月くらい前に矢懸藩の上屋敷で中間をやっていて、今はもう辞めている人がいたら会いたいんですが」

　中嶋屋の目が光った。

「それを聞いてどうなさるんで」

　いくらか低くなった声で迫られ、おゆうはちょっと気圧《けお》された。いや、ひるんでる場合じゃない。こっちは十手持ちなんだと自分に言い聞かせる。

「それは詳しく言えませんよ。けど、ある殺しに関わる調べだ、とだけ申し上げておきます。その中の誰かが下手人、ってんじゃありませんけどね」

私も素人じゃないよという風に、じろりと睨み返した。中嶋屋は少しも表情を変えなかった。

「殺しですか。下手人じゃないということは、その中に何か知ってる奴がいるんですね」

「まあ、そんなところです」

「ふむ、なるほど」

中嶋屋は傍らの番頭に向かって、「おい」と顎をしゃくった。番頭は頷き、帳場から帳面を一冊持って来た。中嶋屋は帳面を受け取り、無言で手早くめくっていった。そして、五枚ほどめくったところで手を止めた。

「これだな」そう呟いて顔を上げた。

「二月前に矢懸藩上屋敷に居て今は辞めている男は、四人です。二人は約定通り、期限で辞めてますが、矢五郎《やごろう》という男が中途で暇を出されてます。丁度二月ぐらい前のことですな。こいつは割合に真っ当な男で、半年前から矢懸藩の屋敷に奉公してたんだが、これというほどの落ち度もないのに急にそうなったようですな。こいつはちょっと妙だな」

大名屋敷の中間小者というのは、国元から連れてくる場合もあるが、たいていは江戸の口入屋が斡旋《あっせん》する。言ってみれば、派遣社員かバイトだ。その中には悪質な連中もいて、派遣先の屋敷で盗みや賭博をやったり、前渡しの給金をもらってすぐに雲隠れするなどは珍しくない。真っ当で落ち度のない中間は有難いはずなのに、大した理由もなくクビにするとは解せない話だ。

「その矢五郎って男はどこに居ます？」

「しょっ引くんですか」中嶋屋が難しい顔をした。

「奴は来月の一日から、藤堂《とうどう》様の上屋敷に入ることになってるんだが」

「いえ、尋ねたいことがあるだけですよ。すぐ済む話です」

「そうですか。ま、殺しに関わる話、ってんなら知らん顔もできんでしょう」

中嶋屋は別の帳面を持って来させると、しばらく頁を目で追った。

「ああ、あった。矢五郎の住まいは湯島横町《ゆしまよこちょう》の利右衛門《りえもん》長屋《ながや》だ。行けばつかまるでしょう」

よし、待機中とは好都合だ。今日中につかまえよう。そう思ったとき、中嶋屋が付け加えて言った。

「で、残りの一人ですがね。そいつは欠落《かけお》ちです。新吉《しんきち》って男で、三月ほど奉公してたんだが、矢五郎が暇を出された半月ほど後に消えちまったんですよ。その翌月分の前渡し給金は持ち逃げです」

　この場合の「かけおち」は、男女の色恋沙汰ではなく奉公人が脱走することだ。

「欠落ちねえ……」

　おゆうは首を捻った。タイミングは少しずれているが、関わりはあるだろうか。いずれにせよ、行方をくらましているなら事情を聞くことはできない。

「新吉、ですね。一応、覚えておきます。今日はどうも、ご面倒おかけしました」

　おゆうはそう礼を言って店を出た。中嶋屋は「ご苦労様です」とだけ言うと、見送るでもなく仕事に戻った。店を出入りする「派遣」の連中が好色そうな視線を遠慮なく浴びせてくるのを背中に感じながら、おゆうはそそくさと三河町を後にした。


「何で暇を出されたかって？　ふん、こっちが聞きてえや」

　矢懸藩の名前を出すなり、矢五郎はふてくされた声で答えた。外では長屋のおかみさんたちが集まり、聞き耳を立てているようだ。ちょうど長屋に矢五郎が居てくれたのはいいが、これなら外でつかまえた方が良かったなと思った。まあ、仕方がない。

「理由もないのに暇を出されたっての。それは酷いねえ」

　いかにも同情するように言うと、矢五郎は乗ってきた。

「いやそれがさ、奥女中の部屋を覗いたとか何とか、言いがかりをつけられたんだよ」

「とんでもねえ。あいつら、無理やり理由をでっち上げやがったのさ。そうまでして追い出されるような心当たりは、さっぱりねえんだが」

「ふうん……ところでさ、あんた、読み書きはできるの」

「はァ？」

あまりにも唐突に問われて、矢五郎は間の抜けた声を出した。

「何でぇそりゃ。自慢じゃねえが、俺ぁちゃんと寺子屋に通ったんだぜ」

「そりゃ良かった。それじゃ聞くけど」

おゆうは顔を近付け、声を低めた。

「暇を出される前に、おこうって人から赤崎新兵衛に宛てた文を取り次がなかった」

「何だって」

矢五郎の目が、驚きで見開かれた。

「何でそんなこと知ってんだい」

「じゃ、取り次いだんだね」

「ああ。暇を出される二日前だったかな。門番をやってたら婆さんが文を持って来て、赤崎様って人に渡してくれって言ったんだ。確かに赤崎新兵衛様、って宛名書きがしてあったよ。俺はそんな人を知らなかったから、とりあえず受け取って組頭のとこへ持ってった。そしたら組頭も知らなくて、組頭がもっと偉い人に聞きに行ったのさ」

おゆうは気持ちが昂《たかぶ》るのを感じていた。見込んだ通りだった。矢五郎は、赤崎新兵衛という宛名を目にしたので屋敷から追い払われたのだ。ついに赤崎が姿を現そうとしている。

「それで、その偉い人は文を誰に渡せと言ったの」

勢い込んで聞いた。だが、矢五郎の答えはおゆうの予想とは違った。

「あァ、いいや。そんなことは言われなかったぜ」

「え？　それじゃその文はどうなったの」

「組頭がその偉い人に渡してそれっきりさ。その人が赤崎って人に渡したんじゃねえのか」

おゆうは首を傾げた。そんな「偉い人」が取り次ぎ係のような真似をするだろうか。

「その偉い人の名前、覚えてる？」

矢五郎は何がそんなに気になるんだと言いたげな顔をしたが、素直に言った。

「ああ、覚えてるよ。何せ、俺をお払い箱にした奴だからな」

およそ十分ほどの間、宇田川は優佳の話す事件のこれまでの要約を黙って聞いていた。ぼんやりデスクに置かれたディスプレイを眺めているように見えるが、間の抜けたような相槌も挟んでこないのは、かなり真剣に聞いていることを示していた。

「なるほど。だいたい目途は立ったようだな」

「まあね」

優佳は肩を竦めた。宇田川に労いや賞賛を期待しているわけではない。とは言うものの、自分でも「どや顔」になっているのがわかった。

「結局、宇田川君に言われた通りだったのかも。いろんなところで、思い込みに引きずられてたんだよねえ。私以外の人たちも」

大津屋は清太郎を実の子でないと思い込み、伝三郎たちは清太郎を御落胤と思い込み、自分はお須磨を事件とは直接関係のない人間と思い込んでいた。頭を真っさらにして考えていれば、もっと早く正しい方向に進んでいただろうに。

「それはしょうがない。人間ってのは、思い込みをする動物だ」

「え、何？　ずいぶん格好つけるじゃない」

宇田川が変に悟ったような言い方をしたので、茶化してやった。だが宇田川はそれには応じず、何かを思うようにほんの少し間を置いた。それからまた、話を続けた。

「ものを考えるには何か前提が必要だ。これは机だ、とか、あいつはいい奴だ、とかな。そこからスタートして、状況に合わせた推論を重ねて行く。だがな、これは机だ、ってのは紛れもない事実だが、あいつはいい奴だ、ってのは事実かどうかわからない。

自分がそう思ってるだけで、実は腹黒い奴かも知れない。もし事実でないことを事実だと思って推論を重ねたら、間違いが際限なく広がって行く。だが、当人はなかなか気付かない。途中でいったん止まって、一歩引いて事実かどうか頭から見直せばいいんだが、それができる人間はなかなかいない。刑事事件の捜査官ならある程度訓練を積んでいるからできるが、たまにそれを怠るから冤罪《えんざい》が生まれるんだ」

優佳は驚きをもって宇田川を見つめた。彼が分析結果の自慢以外でこんなに長く、かつ熱心に喋るのを、初めて聞いたような気がする。

「だから俺は無闇に推理はしない。それはあんたや八丁堀の連中に任せる。状況分析はするが、それは証拠が明白なときだけだ。俺が分析しかやらないのは、分析結果には思い込みの余地がほとんどないからだ。分析結果が予想と違ったら、分析方法に問題がない限り、それは単純に予想が間違っていたということだ。なのに、思い込みの激しい奴は分析結果を捻《ね》じ曲げようとさえする。人間ってのは、本当に厄介だな」

そのとき優佳は気付いた。思い込みによる誤解と言えば、宇田川こそ最も誤解されやすい人間ではあるまいか。彼の頭脳と技量は一定分野においては極めて優秀だが、見た目は鈍重だし身だしなみは適当、無愛想でコミュニケーション能力が低い。絶対会社員には向かないタイプだ。現に大学の研究室ではほとんど評価されず、同窓の先輩に見出されてラボを立ち上げなかったら、隅っこに埋もれたままだったのだ。おそらく今までに、他人の自分に対する思い込みのおかげで辛酸をなめた経験が何度もあるのだろう。

（コイツもいろいろあったんだなあ……）

何だかちょっと切ない気分になった。

「ま、そういうことだ。あんたは素人かも知れんが、今じゃいっぱしの捜査官みたいな仕事をしてるんだろ。だから何度でも言う。思い込みは避けろよ」

「うん、胆《きも》に銘じるよ」

優佳は真顔になり、心からそう言った。宇田川は満足したように頷いた。

「さて、それじゃこれ、お願いね」

優佳はセカンドバッグから、一枚の紙が入ったビニール袋を取り出した。

「これは？　これも手紙か」

「まあ、そんなもの。それには四人の指紋があるはず。私と、伝三郎と、岡っ引きの源七親分と……」

「残る一人が、犯人か。例の最初の、大津屋だっけか、あの手紙の指紋と照合しろと」

優佳は大きく頷いた。

「これがパズルの最後のピースよ」

「わかった。奉行所の方への説明は、用意できてるのか」

「だいたいはね」

「よし。今日中に片付ける」

宇田川は引き出しから白手袋を出して嵌めると、慎重にビニール袋を開いた。

「確信があるんだな」

「うん。思い込みを見直した結果だね、まさしく」

そうなのだ。優佳は、本人の話と自分の印象だけで人物像を作り上げていた相手が
お須磨の他にもう一人いたことに、ようやく気付いたのだった。


「もしもし、お父さん？　どう、元気？」

たまったメールをようやく処理し終わって、優佳はスマホを耳に当てていた。スマホの向こうの父親は、戸惑ったような声を出した。

「何だお前、何週間も電話して来ないうえ、こっちがかけても滅多に出ないのに。今日はどうしたんだ」

「どうしたってこともないけど、ちょっとね。ご無沙汰しすぎたかなと」

本当は、大津屋正五郎と清太郎の絆を目にして、何だか声が聞きたくなったのだ。

だが、それが何だか気恥ずかしくて、今日まで数日そのままにしていたのである。かつて優佳も一緒に住んでいた父の家は大泉にあり、電車で一時間もかからないのだが、

母と離婚した父が再婚してからは、あまり寄りついていなかった。ここ何週間かは父の言う通り電話で話してもいない。心配するといけないので、時折ショートメールをやり取りしただけだ。それも、江戸へ行っている時間が増えたので滞りがちになっていた。

「変わりないのか。こっちは相変わらずだが。ちゃんと食ってるか。まだ次の就職先とか、考えてないのか。あー、それからこの前の大雨、そっちの屋根は無事だったか」

「あのねえ、いっぺんに畳みかけないで。タレントにインタビューしてんじゃないんだから」

「あー、そりゃそうだ。電話じゃ面倒だから、たまには来いよ。美和子《みわこ》も久しぶりにゆっくり会いたいって言うし」

父は再婚相手の名前を出した。優佳も別に彼女を嫌っているわけではないのだが、やはりまだ何となく構えてしまう。

「うん、まあ、気が向いたら近いうちに。で、ちょっとはメタボ、改善した？」

「いや、全然。おい、俺のことより自分はどうなんだ。ちゃんとバランス良く食ってるのか」

「バランス良く？　お父さんのお言葉とは思えませんなあ。あれだけ不摂生して」

「何を言う。最近は年を考えて、ちゃんとだな……」

とりとめのない会話が続いた。父は何も変わっていない。ぶつぶつ言いながらも、久しぶりに優佳と会話ができて嬉しそうなのが充分に感じられた。

暮らしの半分が江戸に移って連絡が取りにくくなる分、多くの心配をかけているんだな、と実感した。勝手ばかりして、すまないとは思う。しかし自分は、江戸に行ったおかげで人生の充実感を取り戻した。淀《よど》んだ毎日が過ぎていくだけだったOL時代より、今の自分の方がずっと健康で、幸福なのだ。だから心配しないで、と言ってやりたかった。真実は話せない。代わりに、つまらない話でも明るく、自信に満ちた口調で喋った。それで今の気持ちが伝わってくれれば、と思った。

三十分話して、電話を切った。思いが伝わったかどうかはわからない。だが、父は安心したようだ。今はこれでいい、と優佳は思った。全部話さなくとも、いつかは全て伝わる。それが親子だと思う。きっと、清太郎と正五郎も。

明日には母の方にも電話してみるか。そう思ったとき、メールの着信音がした。宇田川からだった。開いてみると、ただ一言だけ書いてあった。

「指紋一致」

優佳は右手の拳をぎゅっと握りしめた。

十三

庭先から木の葉を揺らして吹いてきた風が、障子を開け放った座敷に入ってさあっと抜けていった。それはもう、ほんのり冷たい秋の風だ。事件に振り回されるうち、知らぬ間に季節は移っていた。

「いつの間にか、すっかり秋になってたんですねえ」

おゆうが何気なく口にすると、横に座っていた伝三郎が応じた。

「秋来ぬと　目にはさやかに見えねども　風の音にぞおどろかれぬる、か」

いつになく古典など持ち出したので、おゆうは、へえ、と思って伝三郎を見た。

「そろそろサンマが旨《うめ》えよなあ」

「あら、何です。せっかく和歌なんか出したのにまた食べ物ですか」

格好つけてからすぐ地に戻った伝三郎に、おゆうは笑った。

「うん、やっぱり古今和歌集なんてぇ柄じゃねえな」

伝三郎は頭を掻いて、照れ隠しのように続けた。

「さて、そろそろ来るんじゃねえか」

「そうですねえ。そう言えば、戸山様は」

「表の控えで待ってる。一応、出迎えるって格好だ」

「そうですか。何せ茶会ですもんねえ」

「ああ、まったく。茶会だもんな」

伝三郎は鸚鵡返しに言いながら欠伸《あくび》をした。

ここは押上にある大津屋の寮である。清太郎が浅草寺裏で襲われかけた後、しばらく身を置いていたところだ。今日はここで茶席を設ける、という触れ込みになっていた。武士だけでなく裕福な町人にも茶の湯をたしなむ者は多く、この寮にも茶室がある。ただし今日の会では大津屋は場所を提供しただけで、亭主役は戸山、客は井原兵衛介だった。おゆうと伝三郎は井原の到着を待っている。だが無論、二人には茶の心得はなかった。

先日、おゆうは今回の一連の事件について、自分が導き出した結論を伝三郎と戸山に伝えていた。指紋の話は抜きなので物証は限られていたが、説得力は充分だ、と思っていた。全てを聞いた伝三郎と戸山はしばらく信じかねるといった顔をしていたが、最後にはおゆうの結論を受け入れた。そしてその結果、いま皆が押上に居るのだ。

「茶会……ですか」

今日の段取りを伝三郎から聞いたとき、おゆうはきょとん、とした。なぜ茶会なのか、ピンと来なかったのだ。

「ああ。戸山様の発案だ。どうしても井原さんに屋敷を出て来てもらわなきゃならんから、口実が要るんでな。場所は大津屋の寮を借りることにした」

「でも、何で茶会なんです」

「うん、まあ確かにどうも唐突だが、井原さんは動けない、ってこの前言ってきてたろ。屋敷を出るにはそれなりの理由が要る。それで御奉行の名前で、浅草寺裏の件以来何かと世話になってるが、相談したいこともあるので、日頃の礼を兼ねて茶席を設けるから是非来てくれ、迎えは出す、とお招きしたのさ。浅草寺裏のことを出されちゃ矢懸藩としても捨て置けねえし、特命で矢懸藩を調べてた御奉行から相談事と言われりゃ、井原さんも気になるだろう」

「だからそうすれば出て来られると」

「まあ、そうだな」

「何かすごく無理やりな感じがしますけど、大丈夫なんですか」

「大丈夫だろう。おそらく井原さんも矢懸藩も断れねえはずだ」

「お世話になってるので一献差し上げたい、の方がまだいいような」

「いや、御奉行が大名家の家臣を呼び出して一献、ってのもなあ。昼間だし、茶席の方が建前上どんな客も平等だから呼びやすい。どうせ名目だしな」

この辺の感覚は、おゆうにもよくわからない。まあとにかく、御奉行様と戸山と伝三郎がそうすると言うのだから、黙って従うことにした。

「で、お前さんにも大事な役回りがあるぜ」

「え、私も行くんですか」

「そうともさ。戸山様とも話したんだが、お前が解き明かした話だ。やはりお前が行かなきゃ始まるめえよ」

「私、茶の湯なんて全然知りませんよ」

「そんなこたァわかってるさ。俺だってさっぱりだ。いいんだよ、茶室に入れって言ってるわけじゃねえ。さっきも言ったが、茶会は名目なんだよ」

「でも、私なんかが前に出たりして……」

「何だい、お前らしくもねえ。俺たちが頼むって言ってんだ。堂々と行けよ」

そう言われて、おゆうも踏ん切りがついた。

「わかりました。お役に立てるなら」

「そう来なくっちゃな。よろしく頼むぜ」

そうしたわけで、おゆうはこの寮の座敷に座っている。奉行の名前での招待だが、筒井和泉守はここに来てはいない。あくまで井原を呼び出すための方便なのだ。だが、どうだろう。矢懸藩の連中も、方便だと気付くのではないか。そうなると、井原は出て来られるだろうか。そんなことを考えていると、表がざわついた。

「おっと、ご到着のようだぜ」

伝三郎はさっと立ち上がると廊下側の障子を閉め、それから奥の座敷に移って間の襖を閉めた。閉め際におゆうに向かって、大丈夫だと言うように頷いてみせた。おゆうも黙って頷きを返し、襖と障子を閉めきった座敷の真ん中で正座した。緊張が高まってきた。

廊下を話し声が近付いて来る。

「本日はお迎えまで頂き、誠にかたじけのうございます」

井原の声だ。屋敷の方には、奉行所の者ではなく筒井の家人《けにん》が駕籠を仕立てて迎えに行っていた。どうやら何も問題はなかったようだ。

「いやいや、こちらこそ、いろいろと大変でいらっしゃるところをご足労頂きまして」

こちらは案内する戸山の声だ。普段より愛想良く聞こえる。

「ささ、これへどうぞ」

奥の座敷の障子が開けられ、人が入って座る気配がした。

「あいにく本日、御奉行はこちらへ参れませんが、それがしが代わりまして亭主を務めさせて頂きます。どうかご容赦のほどを」

そう挨拶する戸山に、井原が恐縮した態《てい》で言った。

「いや、とんでもない。本日はよろしくお願い申し上げます」

「恐れ入りまする。ところで茶室へご案内する前に、お招きの文で申しましたように、ちとお話がございまして」

「はい、承知しております。どのようなことでしょうか」

「貴藩の、御落胤の一件についてでござる」

戸山のストレートな一言に、井原の返事が一拍遅れた。

「なるほど……やはりそのことでござったか」

ちょっと間を置いて、井原が続けた。

「それにつきましては、鵜飼殿と何度も話しましたので、既にご承知かと。大津屋の清太郎殿が我が殿のお胤《たね》であること、江戸屋敷におきましてはあらかたの者が聞き及んでおり、国元にももう知れております。それで、恥ずかしながら我が藩内は少々騒ぎになりまして」

「存じております。西舘組の方々は、厄介なことになられたようですな」

「誠に汗顔の至りです。しかし町方の方へはご迷惑をかけずに終息すると存じますので」

「左様でござるか」

そう受け流してから、戸山は最初の一撃を送った。

「ですが、清太郎は間違いなく大津屋の実子です。御落胤は死産であったそうですな」

井原は一瞬言葉を失ったらしい。また間が空き、その後で驚きの声を上げた。

「何と……誠ですか、それは。全く知りませんでした。だとしたら大変だ……」

「ご存知なかった、と。嘘ですな、それは」

戸山は投げつけるように一言、言い切った。さっきより長い間が空いた。

「嘘……ですと。いったい、どういう……」

「貴殿は、最初から御落胤が死産であったとご存知だったのではありませんかな」

「なっ……何を言われる。我々は、あの産婆からの文で初めて御落胤の話を知ったのですぞ。その話が出鱈目《でたらめ》で、御落胤が初めからいなかったなど、どうしてわかりましょうか」

「それにつきましては、他の者がお話しいたす」

そう言ってから、戸山が動く気配がしておゆうの目の前の襖がさっと開かれた。戸山と向かい合って座っていた井原が、こちらを向いて驚きを露わにした。

「おゆうさん？　あんたが？」

おゆうは畳に手をついた。

「井原様、先日は失礼いたしました」

戸山は席に座り直し、おゆうに向かってただ一言、「申せ」と言った。町人の女が内与力や同心を差し置いて事件の内容をじかに話すなど、常識外だ。だが戸山は敢えてそれを許した。おゆうは戸山に一礼し、前置きは一切なしで話を始めた。

「二月ほど前のお話になります。井原様は、おこうさんから赤崎新兵衛様に宛てた文を、お屋敷でお受け取りになりましたね」

井原がぎょっとした顔になった。が、動揺したのは一瞬だった。

「なぜそのようなことを」

「文を取り次いだ中間の矢五郎さんから聞きました。矢五郎さんは組頭に文を渡した後、組頭があなた様にそれを渡すのを見ていました。あなた様はひどく驚いた様子で、これは預かると言って懐へお入れになったとか。あなた様は鵜飼様と私に、赤崎新兵衛という人物は知らぬとずっとおっしゃっていました。なぜでしょう」

「それは……」井原は憮然とした。

「藩の事情だ。いろいろ、言えぬこともある」

苦しい言い訳だった。と言うより、説明になっていない。おゆうはそこへ切り込んだ。

「藩のご事情ではございませんね。あなた様ご自身に、言えぬご事情がおありでしょう」

「私に？　どんな事情があると言うのだ」

「赤崎新兵衛は、あなた様です」

井原の目が大きく見開かれた。そのまま、返す言葉を探すように唇を動かしたが、声は出て来ない。おゆうは続けて言った。

「赤崎新兵衛とは、あなた様が井原の家に婿入りなさる前のお名前です。そうですね」

それについては、まだ確実な証拠は得ていない。矢懸藩江戸屋敷に乗り込んで事情聴取する権限が町方にあれば一発だが、それはできない相談だ。だが、おゆうには確信があった。

矢五郎が文を受け取った「偉い人」の名を告げたときの衝撃は、半端ではなかった。しかしその衝撃で、おゆうの頭は急速に回転した。ちぐはぐだった事件の様々な断片が頭の中を渦巻き、やがて綺麗にあるべきところへと収まって行ったのだ。いったん気付くと、後はあっという間だった。井原が赤崎新兵衛であれば、事件全体が一本の筋書きにまとまるのである。

井原はまだ返事に迷っていた。そこへ戸山が駄目を押した。

「確かめるのは、そう難しくはございませんぞ」

それを聞いて井原も観念したようだ。ふうっと息を吐いて開き直るように言った。

「よろしい。いかにも私が赤崎新兵衛だ。だが、私が赤崎であればどうなると言うのだ。聞かせてもらおうか」

戸山がちらりとおゆうを見て、続けろ、と目で合図した。望むところだ。

「では、申し上げます。二十年前、江戸詰めだったあなた様は、殿様御手付きとなった後に追い出された喜代さんを監視する役を仰せつかっていました。喜代さんの子がどうなったか確かめておくためです。喜代さんがおこうさんのところにお世話になったとき、あなた様もそこへ行かれました。そして喜代さんの死産と、喜代さん自身の死も見届けられました。本来ならばそこであなた様の御役目は終わりです。けれど、あなた様はそれで終わらせなかった。龍玄寺の覚然様と喜代さんの供養についてお話しされたのです。地蔵菩薩を作ることは覚然様のお考えだったのでしょう。でも、そこに喜代さんの顚末を記した胎内文書を入れることを言い出されたのは、あなた様ではありませんか」

ここでおゆうは言葉を切り、井原の反応を待った。この話を井原が認め、残りを自分から告白してくれれば一番いい。井原もそのときは、喜代への深い同情があったのだろう。だからこそ久々に井原の顔を見たおこうは、「懐かしいお方」と思ったのだ。井原を昔のままの善人と信じたおこうがどうなったか、それを思うとやり切れない。

だが、おゆうの望むようにはならなかった。

「地蔵菩薩？　ああ、覚えている。確か二体作られ、私が一体を国元の寺に納めた。

だが、胎内文書とは何の話だ。死産の件は、当時の江戸御留守居役の命で全て封印した。私も、おこうから文が来るまでは思い出すこともなかったのだ」

「ならば何ゆえ、西舘組が御落胤を連れ出そうと動き出したとき、御落胤が実はいないのだと告げて事を収めようとなさらなかったのか」

戸山が突っ込むと、井原は口をへの字に曲げた。

「それは……藩の事情だ」

「また藩の事情でござるか」

戸山は嘲笑《ちょうしょう》するように言い、おゆうに向かって先を促した。

「仕方ありません。この先も順に私から申し上げましょう」

おゆうは膝に置いた手に力を込めた。井原がなおもとぼけるなら、最後まで行くしかない。

「あなた様は、公方様の御子様の婿入りご準備のため、半年前にこの江戸に再び出て来られたのですね」

井原は憮然としたまま、「そうだ」と返答した。

「そして偶然、どこかでおこうさんはあなた様を見ました。おこうさんはとても物覚えの良い方です。すぐにあなた様だとわかったことでしょう。そして懐かしさのあまり、あなた様に文を出しました。そこにはただ、お懐かしいのでお会いして昔語りなどできれば、というようなことが書かれてあったはずです。おこうさんとは、そういう人です。そしてあなた様は、お会いになったのですね」

　おゆうはそこでまた井原の顔を見つめた。井原は一言も発しなかった。

「わかりました、続けましょう。あなた様は、おこうさんと昔話をするうち、喜代さんと同じときに出産したご夫婦がいて、それが大津屋さんだという話も聞かれたのでしょう。それを聞いたあなた様は、ある企みを思いつかれました。いえ、思いつかれたと言うよりは、ずっと考え続けていた企みに、決め手が加わった、というところでしょうか」

「企み？　私が何を企んだと言うのだ」

「おわかりでしょう。あなた様は、藩の中が二の丸組と西館組に分かれて対立し、西館組は二の丸組の進めている公方様の御子の婿入りに反対していると教えて下さいました。あなた様は大津屋の清太郎さんを御落胤に仕立て、西館組が御落胤を迎え入れて二の丸組の追い落としを図るよう、仕向けたのです。あなた様の企みとは、御落胤が生きていると見せかけて西館組の決起を促し、一気にこれを潰そうというものです。あなた様は私たちにも二の丸組のふりをした西館組であるように思わせていましたが、実は本当に二の丸組だったのですね」

　井原はおゆうを睨みつけたが、否定の言葉は吐かなかった。

「あなた様は企みにすぐ取りかかりました。御上が婿入りの件を正式に決めるときが近付いて来たからです。そのときまでに、西舘組は始末をつけておかねばなりません。あなた様はまず、江戸屋敷と大津屋さんにおこうさんの名前で文を出されました。御落胤が生きていると知らせ、お金を無心する内容です。江戸屋敷の西舘組の方々には、あなた様が味方を装って文の内容を知らせました。その結果が、あの浅草寺裏の騒動です」

ここで井原は初めて反論らしい反論をしてきた。

「待て。あの文を私が書いたと申すのか。あれはおこうの名で来ておるのだぞ。何ゆえあれがおこうの書いたものでないと言えるのだ。筆跡が違っていたとでも言うのか」

「いいえ、筆跡は比べておりません。でも、おこうさんがあの文を書いたということは、絶対にありません」

「絶対に、だと？　何だそれは。何ゆえそのように言い切れる」

「おこうさんは、読み書きができなかったのです」

井原は一瞬、何を言われたのかわからなかったようだ。数秒の沈黙があった。

「ははっ、何を言うかと思えば」

気を取り直した井原が、引きつった笑い声を上げた。

「おこうは今までにいくつもの文を書いておろう。それにおこうの兄者は名のある書家だ。読み書きできぬ道理があるまい」

「そう思われるのももっともです。だからこそ、誰もおこうさんが読み書きができないなどと、疑ってもみなかったのです」

典型的な思い込みだった。誰もおこうが直接字を書くのを見た者はいない。おこうの家にはあれほど親しかったお須磨の書が飾られていなかった。家の中に、書付はおろか暦や絵草子すらなく、字の書いてあるものと言えば、覚然の掛け軸と文箱の文だけ。家捜しして不都合なものを持ち去ったのなら、そんな奇妙なことにはならない。実際には家捜しなどされておらず、何も持ち去られてはいなかった。初めからなかったのである。

「では……おこうの文は誰が書いていたと言うのだ」

「おこうさんの一番親しかった方で、覚然様の教えを受けた方です。お須磨さんといいます。私はお須磨さんから、じかにお話を伺いました」

数日前、おゆうに迫られたお須磨は、全てを話してくれていた。

「おこうさんは覚然様からつききっきりで教わっても、どうしても読み書きができるようになりませんでした。覚然様もしまいには諦められたのですが、おこうさんはそれを大変恥じていらっしゃいました。いえ、ご自分の恥よりも、書家として有名な覚然様の妹が読み書きできないと世間に知れたら兄上の名に傷がつくと、それをとても心配しておられました。幸い、気付いたのは私だけです。おこうさんにどうか人に知られないようにしてくれと頼まれ、それ以来、私がおこうさんの代筆をするようになったのです。それ以前は、どうしても必要なときには覚然様が代筆なさったようです」

お須磨はおゆうの思い付いたことを肯定し、そう告白すると、俯いて目頭を押さえた。

おゆうにもおこうの気持ちは理解できた。江戸の町人の女性は、読み書きなどできない人の方がずっと多い。学ぶ機会が少ないからだ。おこうは覚然という師がいたのに、どうしても読み書きが駄目だった。不幸な子供時代の記憶からだろうか、おこうは兄をとても慕っていた。いや、ブラザーコンプレックスというレベルだったのだろう。どんなに努力しても敬慕する兄の期待に応えられないばかりか、足を引っ張りかねないということに、ずいぶん胸を痛めたに違いない。

先天性読字障害。現代ならおこうの症例はすぐに判明しただろう。この江戸では、誰一人としてそんなことを思いつくはずがない。おこうは一人で悩むしかなかった。そして、母を早く亡くし、おこうに母親の面影を重ねて慕っていたお須磨は、おこうの願い通りその事実を秘めて代筆を続けたのだ。おこうの下駄の裏に名前を彫ってやったのもお須磨だった。筆跡鑑定を渋ったのは、捨吉たちに出した文を持ち込まれたら、部屋中に飾ってある自分の書と筆跡が同じなのに気付かれてしまうと怖れたからだった。

「あの文箱にあった文は、お須磨さんが読んであげていたのですね」

おゆうがさらにそう問いかけると、お須磨は「はい」と返事した。

「おこうさんは、自分が赤子を取り上げた方々からの文を、それは喜んでおられました。おっしゃる通り、私がお訪ねするたびに読んで聞かせて差し上げたのです」

文箱にお須磨の指紋が残っていたのは、そのためだったのである。

「私は、このことを墓まで持って行くつもりでした。でも、あなたのおっしゃる通りですね。おこうさんを殺めた下手人を捕らえるのが、まず何よりおこうさんの供養になることです」

お須磨は自分に言い聞かせるように何度も頷いた。そして手をつき、おゆうに深々と頭を下げた。

「どうかよろしくお願いいたします。おこうさんの無念を晴らしてあげて下さい」

おゆうはお須磨の手に自分の手を重ね、必ず、と誓った。

「お須磨さんははっきり言われました。最後に書いた代筆は、赤崎様宛ての文だったと。書いた中身は、先ほど私が申しました通りです。その後におこうさんの名で出された文は、全て偽筆なのです」

おゆうは井原を睨んだ。井原は何も言えずに黙っている。

「先ほどあなた様は、筆跡のことを言われました。おそらく偽筆は筆跡を似せて書かれているのでしょう。でも、それがわかればかえってまずいことになりますよ。なぜなら、二十年前のことを知っていて尚且《なおか》つおこうさんの、いえお須磨さんの代筆の筆跡がわかるお人は、赤崎様宛ての文を受け取ったあなた様しかいないのですから」

おゆうはそこでいったん話を切った。井原はまだ何も言おうとせず、石のように座している。その井原に、戸山が声をかけた。

「さて、如何かな。この者のこれまでの話、お認めになりますかな」

「それは……」井原は呻くような声を出した。が、すぐに背筋を伸ばすと、開き直るように言った。

「よろしい。偽筆をもって西舘組の誘い出しを謀《はか》った、としましょう。だが、仮に百歩譲ってその通りだったとしても、これは我が藩の内輪のこと。町奉行所が口を挟む話ではあるまい。いったいどうなさろうというのか」

今度は戸山が黙った。言い負けたのではない。おゆうに先を譲ったのだ。おゆうは承知して、次の攻勢に出た。

「確かに西舘組をどうこうなさるというお話だけなら、町方の出る幕はありません。ですが、あなた様はそのために町人を二人、殺《あや》めました。これは町方として捨ててはおけません」

おゆうは挑むような目をまともに井原に向けた。気色ばんだ井原が何か言いかけたが、それを制するようにおゆうは先を続けた。

「先ほど申しましたように、あなた様はおこうさんと会い、おこうさんが今も龍玄寺裏に住んでいること、御落胤と同じときに生まれたのが大津屋の清太郎さんであることなどを聞きました。話をするうち、あなた様の頭に今度の企みが形を成しました。でも、それを行うには全てを知っているおこうさんが邪魔です。そこであなた様は、近所まで送るふりをして、人気のないところでおこうさんを斬り、亡骸を済松寺近くの雑木林に埋めたのです」

「ほう。何か証拠でもあるのか」

やはり開き直ったような口調で井原が言った。だが、ほんの少し不安の色が見えた。おゆうは一気に攻めるときだ、と思った。

「いいえ。おこうさんのことについては、まだ証拠はありません。ですが、欽次さんを殺めたことについては、如何でしょうか」

「欽次……？　誰だそれは。ああ、もしや清太郎の代わりに殺された男か」

おゆうはその言い方に怒りを覚えた。殺した相手の名前も知らなかったのか。彼にとっては、欽次は名前を知る値打ちさえなかったのか。あいつは一番の友達だった、という清太郎の言葉が再び胸に響いた。

「いいえ、代わりではありません。欽次さんは、それと承知の上で殺されたのです」

井原の顔が歪んだ。

「どういうことだ、それは」

「確かに欽次さんは清太郎さんの羽織を着ていました。でも、欽次さんが斬られたとき、あの場所は真っ暗でした。羽織の柄など見えません。茶屋から尾けたのなら、茶屋を出るとき顔が見えたはずです。なのに清太郎さんと間違われた、というのは変です。欽次さんとわかっていて殺したのだとしか思えません。ならば、どうして欽次さんは殺されなくてはならなかったのか。欽次さんはしがない遊び人、殺す機会などいくらでもありますが、理由は見当たりません。となると、やはり羽織のことが気になります。そこで気が付きました。ややこしいですが、欽次さんは清太郎さんと間違われたように見せかけて殺されたのです。つまり、清太郎さんが襲われるという事件は必要ですが、本当に清太郎さんが殺されるのはまずい、そういう事情があったのです」

「持って回った言い方をするな。何が言いたいのだ」

「清太郎さんが危うく殺されるところだったと聞いて、西舘組の皆さんは色めき立ちました。御落胤が危ない、守らねば、という話になったのでしょう。そこで、それまでばらばらだった西舘組の方々が一堂に会し、策を練ることになりました。回向院近くの料理屋にお集まりでしたね。でも、それこそがあなた様の狙いだったのです」

　御落胤発見で勢いづいた西舘組だったが、井原が言っていたように、まだばらばらに動いていて横の連絡がない。全員をあぶり出すには、もうひと押しが必要だった。それで、清太郎暗殺未遂事件を仕組んだのだ。西舘組のふりをしている井原は、事件を知らせて西舘組が全員集合するように持っていった。そして自分もそれに参加し、その場に集まったメンバーを後から全員拘束したのだ。

「その集まりにはあなた様も加わっておいでしたから、江戸に居る西舘組は皆、あなた様の知るところとなりました。西舘組は一網打尽です。後は国元でも同様のことを仕掛ければ、公方様の御子様の婿入りを阻む者はいなくなります。誠にお見事でした」

　ひどく皮肉っぽい言い方をしたおゆうを、井原が睨みつけた。

「ふむ。なかなか面白いが、それで？　私が欽次とやらを斬ったという証拠でもあるのか」

「はい。あなた様は、鵜飼様に欽次さんが殺されたことを聞いたとき、大きなしくじりをなさっています」

「しくじりだと？」

　井原は馬鹿にしたように言った。だがおゆうは、その井原の顔にまた不安の影がよぎったのを見逃さなかった。

「あのとき鵜飼様と私は、欽次さんが殺されたときお屋敷から出かけていた方はいないか、お尋ねしました。するとあなた様は、行って帰って一刻半、そのくらい出ていた者は多く居るとおっしゃいました。確かにお屋敷から欽次さんの殺された四ツ目通りまでは往復で一刻半くらいです。ですがあなた様は、欽次さんが殺された場所はどこかと一度もお聞きになりませんでした。往復一刻半、というのはどこから出て来たのでしょう。あなた様は殺しのあったことは初耳のはずなのに、聞く前から場所をご存知だったのです」

「それは……」井原が初めてたじろいだ。

「この寮から茶屋遊びに出たのなら、その辺だろうと見当をつけたのだ」

「おや、あの日清太郎さんがこの寮に居たことを、どうしてご存知だったのです」

　墓穴を広げたと気付いた井原は、苦い顔で目を逸らした。おゆうは畳みかけた。

「あなた様は、清太郎さんを襲う機会を狙ってずっと見張っておいでだったのですね。そして殺しの夜、欽次さんが清太郎さんの羽織を着て茶屋を出るのを見て、その場で人違いによる殺し、という手口を思い付き、欽次さんを尾けて行って、おこうさんと同様に人気のない暗がりで後ろから襲ったのです。殺しの手口が同じなので、欽次さん殺しとおこうさん殺しは同じ下手人、というお話は前にいたしましたね。欽次さんを殺したのがあなた様なら、おこうさんを殺したのもあなた様。それ以前に、おこうさんはとても評判のいい方で、殺す理由を持ち合わせていた方はあなた様以外に見当たらないのです」

ここでおゆうは言葉を切り、目を合わせようとしない井原を睨んだ。井原は何も言わない。おゆうはさらに迫った。

「井原様。二人を殺したこと、お認めになりますね」

「戯言《たわごと》だ……」井原は呻くような声を出した。それからさっと向き直ると、おゆうに向かって声を荒らげた。

「無礼も甚だしい。全て、お前が思い付いた話ばかりではないか。どれを取っても、証しとなるような物は何もなかろう。憶測だけで武士を愚弄いたすとは何たること。戸山殿、これは如何したことか」

井原は戸山にも嚙みついた。物証がない、と言いたいのか。なるほど。

おゆうはちらりと戸山を見た。爆弾投下の合図だ。戸山は察して小さく頷き、懐に手をやると畳んだ紙を取り出して井原の前に広げた。訝しげにそれを見た井原が、顔色を変えた。

「なっ……馬鹿な！　これが……」

そこで失言に気付き、慌てて口をつぐんだ。戸山が口元に冷笑を浮かべた。

「これがここにあるはずがない、とおっしゃりたいようですな」

戸山が出したのは、あの胎内文書だった。井原はこれが国元の光厳寺にしかないと思っている。仰天するのも当然だった。

「貴殿は覚然殿にこの文書を作らせ、地蔵菩薩像に入れた。仏師の孝絢にわざわざ文書を取り出せるような仕掛けを作らせたのは、いつかこの文書が役に立つと思われたからでござろう。御落胤に関わる話となれば、藩にとっては重大事ですからな。しかし貴殿はこの文書が国元に納めた地蔵菩薩像の方に入っていると思われたようだが、実は龍玄寺のもう一体の方に入っておったのです。それを我々が見つけ出した」

「そんなはずは……入れたのを確かめ……」

また失言を繰り返しかけて、井原はさらに青ざめた。すっかり動転してしまっている。

一方、おゆうも少しばかり居心地の悪い思いをしていた。この文書は言うまでもなく複製品であるが、おゆう以外は皆、本物と思っている。中身は本物と全く同じなのだから証拠には間違いないが、ちょっと微妙な話ではあった。

（まあいいよね。これで二人の無念が晴らせるんだから）

光厳寺の像に入った本物は、百七十年以上も後の耐震診断のときに発見されるまでそのままだったのだから、今回の一件ではおゆうの作った複製品が本物とされ、光厳寺の方は結局誰も調べてみようとしなかったのだろう。

真っ青になったまま膝に置いた拳を震わせていた井原は、やがて絞り出すように言った。

「全ては……藩のため、殿の御ためでござる」

（やった！）おゆうは両手に力を込めた。井原は、ついに自白したのだ。

「無事上様の御子をお迎えし、藩の安泰を図るには、何としても為《な》さねばならなかったことなのだ。それは貴殿も……」

「黙らっしゃいッ！」

井原の言葉を遮って戸山が怒鳴り、右手で畳を激しく叩いた。井原だけでなく、おゆうも思わず身を竦めた。

「ここは上様御膝元の御府内でござるぞ。この御府内では、百姓町人全て上様股肱《ここう》の民。何ら罪なきその者たちを二人も、たかが一小藩の勝手な都合で殺めるなど、言語道断！」

戸山は一気にまくし立てると姿勢を正し、その剣幕に呆然としている井原に向かって宣告を下した。

「備中矢懸藩士井原兵衛介。牛込龍玄寺裏の住人おこう、並びに福井町住人欽次殺害の疑いにより召し捕る。神妙に縛に就かれよ」

井原の後ろの障子がさっと開き、廊下に控えていた伝三郎と案内役の家人二人が姿を見せた。伝三郎は座敷に入ると井原の傍らに膝をつき、畳に置かれた井原の刀を押さえた。

「腰の物は、お預かりします」

井原は力なく俯き、伝三郎の顔を見ようともしなかった。伝三郎は井原の刀を家人に渡し、捕り縄を出すと手順通り井原にその縄をかけた。井原は抵抗せず、されるがままにしていたが、やがてぼそりと言った。

「茶会とは恐れ入る。方便ではと薄々思ってはいたが、このようなことになるとはな」

伝三郎はそれには答えず、縄を引いて井原を立たせた。戸山も立ち上がり、おゆうに「ご苦労だった」と一言声をかけると廊下に出て、井原と伝三郎を従えて表に向かった。おゆうは出て行く戸山に頭を下げた。

顔を上げたところで井原と目が合った。一瞬、そのまま二人は動きを止めた。おゆうは井原が恨み言の一つも言うのかと思った。だが、井原はおゆうに向かってふっと笑うと、そのまま何も言わずに戸山の後を追った。縄を持つ伝三郎は、おゆうの方を向いて一度、軽く頷いた。表には井原を送ってきた駕籠が、そのまま護送用として待機していたはずであった。

誰も居なくなった座敷に一人残ったおゆうは、肩の荷が下りてほっと一息つき、両手をぐっと上げて伸びをした。

(やれやれ、どうにかうまくいってくれた)

最後の決め手は、大津屋に来た文に残された指紋であった。おゆうは宇田川に頼んで、それを井原が源七を通じて伝三郎に寄越した文の指紋と照合してもらったのだ。

もちろん、指紋は江戸では証拠として出せない。手元にあるのは、あの胎内文書だけである。正直、井原を落とすのに物証が胎内文書だけでは弱いかも知れない、という危惧《きぐ》はあった。井原が御落胤の死を隠していたのは証明できるが、殺しについては状況証拠であり、あくまで否認されると面倒だったのだ。幸い、井原は自分から崩れて全てを自白する結果となった。もしかすると、これはおこうと欽次の導きなのかも知れないな、とおゆうは思った。

(さて、どうにかうまくいったけど、最後に見せた井原さんの笑みがちょっと気になるなあ)

あれは何かまだ仕掛けがあるぞ、というような自信のある笑みではない。さりとて、諦念からの寂しい笑みでもない。誰かを嘲笑するようなものであった気がする。あの笑いは、何だったのだろう。

十四

次に伝三郎がおゆうの家にやって来たのは、四日後だった。井原を捕縛する前までははとんど毎日来ていたのに、こうして中三日も空くとなんだか落ち着かなくなる。一件が片付いた途端お見限りですか、とおゆうは文句を言った。

「すまんすまん、どうも後始末が立て込んじまってな」

伝三郎は胡坐をかくなり拝む仕草をした。まあ、それはその通りだろう。大名家が関わる大事件だし、奉行特命の秘密捜査だったので吟味方には一から事情を説明せねばならない。当然奉行の筒井にも詳細な報告が必要である。目が回るほど忙しかったのだろう。

「はいはい、お忙しかったのは想像がつきます。その代わり、今日はゆっくりしていって下さいましね」

そう言って意味ありげな視線を送ると、伝三郎が照れたように身じろぎした。

「そうだ、井原についちゃいろいろとわかってきたぜ」

「あ、井原様のことですか」

これにはおゆうも大いに興味があった。最後に見せたあの笑みが頭に浮かぶ。

「井原の生まれた赤崎家ってのはな、矢懸藩ではかなり下の方の家だ。もともと先祖は関ヶ原よりずっと前、戦国の時代に出雲《いずも》あたりを治めてた尼子《あまご》って大名の家臣だったらしい。その大名が滅ぼされて浪人になったんだが、どうも芽が出なくてあちこち放浪したみてえだな。で、豊臣《とよとみ》が滅んだ後、東照権現様の命で奥山の殿様が矢懸に配されたとき、やっと召し抱えられたんだと」

「尼子……ですか。ずいぶん昔の話ですねえ」

そう言えば、戦国大名でそんなのが居たような。毛利元就《もうりもとなり》に滅ぼされたんだっけ？

「うん。だけどいつまで経っても外様の新参扱いで、上に行けなかったらしい。ずいぶん貧乏で、畑仕事で食いつないでたようだ」

畑仕事か。それなら、鍬の扱いは慣れていたわけだ。おこうを殺した後、一人で死体を埋めるのも難しくはなかったろう。

「でも、召し抱えられたのは二百年以上も前じゃないですか。それでも外様扱いですか」

「矢懸藩は元からの地侍か、奥山家の譜代の連中がほとんどらしい。それ以外で新しく召し抱えられた者は、いつまで経っても外様だったんだ。井原、というか赤崎新兵衛も、何かと口惜しい思いをしたらしい。奴も相当に才はあったんだよ。だからとにかく這い上がってやろうと、必死で頑張ったんだ。で、その甲斐あって江戸詰めを仰せつかった。さぞ嬉しかったんだろうとは思うよ。それで真面目に懸命に勤めるうち、あの二十年前の喜代の一件に関わったんだ」

「そうなんですか……それじゃ、二十年前のことは井原様にとっては大きな機会になったわけですね」

「そうよ。奴は、この大きな秘め事がいつか役に立つんじゃねえかと直感して、あんな胎内文書を地蔵菩薩に隠し、後で取り出せるような細工までさせておいたんだ。当時は二十歳そこそこだってのに、大した奴だよ」

「気の長い話と言うか、先を見る目がすごいと言うか……」

「まったくだ。で、奴は喜代の件をうまく扱ったんで上の覚えめでたく、矢懸じゃ名門の井原一族の端っこに加わることになった。赤崎新兵衛から井原兵衛介になったんだ」

　そういえば矢懸に行ったとき、近くに井原って町があったっけ。井原家はあの辺の地侍で藩の重臣の一族なのだろう。

「そして、公方様の御子の婿入り話だ。奴は若い頃仕込んだ仕掛けを存分に使えると踏んだわけだな。そうして一連の騒動があって江戸屋敷の西舘組を抑えた後、奴はそれを国元に知らせて国元の西舘組が挽回《ばんかい》のため決起するよう仕向け、連中が決起したところで胎内文書を出すつもりだったのさ。拗り所の御落胤が幻だったとなりゃ、西舘組は二階へ上がって梯子を外されたようなもんだ。たちまち腰砕けで一網打尽、二の丸組の天下になって、これを仕掛けた井原兵衛介は功臣第一等で出世間違いなし、そんな思惑だったんだよ」

「何てことでしょうねえ……」

井原は胎内文書をこちらが入手したのを目にして、国元の西舘組が決起する前に自分の企みが暴露されれば身の破滅だと気付いて自白に至ったのか。おゆうは溜息をついた。

「井原様が私たちに藩のご事情を話して下さったときには、とってもいいお方だと思いましたのに」

「そうだなあ……藩の中のことを俺たちに話したのは、それがいずれ御老中のお耳にまで入るだろう、って期待してのことだったのかもな」

「ということは、そういう狙いで私たちに近付いた、と?」

「うん。考えてみりゃ、西舘組と二の丸組のことは井原から聞いた話しか俺たちは知らねえんだ。井原の話じゃ、西舘組はすぐにも暴発しそうな感じだったから、こりゃあ早く抑えなきゃいけねえな、と俺たちも思ったろ？　けど、本当にそうだったのかね。井原は西舘組を危ない奴らだと思わせて、二の丸組を善玉に持って行こうとしてたんじゃねえかな。つまり、御老中にゃ謀反を未然に防ぎ、藩内を収めたと見せたたかったのさ。本当はただの権力争いだったのによ」

「そこまで考えてたとすると、大変な策士ですねえ」

「策士か。確かにな。御老中が御落胤のことを内々で調べ始めた、ってことに気付いて手を打ってきたんだろうぜ。俺たちにくっついてりゃ、調べの進み具合もわかるしな」

「でも、井原様はどうやって御老中様がお調べを始めたことを知ったんでしょう」

「そいつは井原に聞かなきゃわからねえが、ま、言わねえだろう。けどなあ、俺は思うんだが、御老中の側からわざと匂わせたのかも知れねえぞ」

「え？　何でそんなことを」

「公方様の御子が婿養子に入るんだ。騒動の芽はそれまでに摘んでおけ、こっちは知ってるぞ、とまあ、こんな脅しだな。表立ってそんな話はできねえだろうし、御老中としちゃ斡旋した婿養子先で御家騒動が起きたら、それこそ公方様に顔向けできねえわな」

「はあ。わからなくもありませんけど、政《まつりごと》って、そこまでややこしいことをしなきゃいけないんでしょうか」

「ま、本当のところはわからねえ。けど、ありそうな話だぜ」

「はあ……」

おゆうは眉をひそめた。やれやれ、政治の世界は今も昔も、狐と狸の化かし合いか。

「それにしても、井原様はそんなに悪い方だったんでしょうか。初めてここに来られて鵜飼様とお飲みになってたご様子からは、そうは見えませんでしたよ」

「うん、そのことだが……」

伝三郎は顎を掻いた。やはり伝三郎も思うところがあるようだ。

「俺にもやっぱり、悪い奴には見えなかった。あいつはただ、才があるのに一番下の貧乏侍で終わるのが堪えられなくて、何としても這い上がりたかっただけなんだよ。それに懸命になるうち、結局終いには手段を選ばなくなっちまったんだろう。案外、俺と飲んでたときの方が素のままのあいつだったんじゃねえかな。今頃奴は、こんなはずじゃなかったのに、ってさんざん後悔してるだろうぜ」

ああ、そうか。おゆうは押上の寮で井原が最後に見せた笑みが何だったのか、やっとわかった。あれはおゆうに向けられたものではない。井原は、いつしか志から外れてこのような結果を迎えてしまった自分自身を嗤ったのだ。

「奴もずいぶんと細かく謀《はかりごと》を組み立てたもんだが、そういう謀ほど綻びも出やすいのさ。御老中が動き出したのが最初の綻び、それから大津屋に文を出したのも綻びだ。奴としちゃ清太郎が御落胤だと思わせるため念を入れたつもりだったんだろうが、かえって町方が動く手掛かりを増やしちまったんだからな」

それに何より、その文のせいで大津屋さんがこの私を引き込んだのが最大の綻びよね、とおゆうは思った。

「それにしてもお前、口入屋を当たって中間を捜そうなんて、よく思い付いたな」

伝三郎が話を変え、いかにも感心した、という風に言った。おゆうはちょっと面映ゆくなった。

「お須磨さんに、赤崎に宛てた文はおこうさんが自分で届けたはず、と聞きましてね。もし矢懸藩上屋敷に届けたのだったら、門番をしていた中間が取り次いでるはずです。その中間がうまい具合に見つかれば赤崎の正体がわかるんじゃないかと思いまして。屋敷にまだ勤めてちゃ話が聞けませんから、辞めてる人をまず探したんですが、そしたら大当たりというわけで」

「なるほど。筋道が立ってるな。大したもんだ」

「あ、それでちょっと気になることがあるんですが」

おゆうはそこで、矢五郎がクビになった後に欠落ちした新吉という中間のことを話した。彼は今も行方不明のようだが、どうも引っかかる。

「ふうん、なるほど」

腕組みして聞いていた伝三郎が頷いた。

「そいつがどうしたのか、知りてえわけか」

「ええ、まあ。何も関わりないのかも知れませんが」

「そうか……俺はもう、見当がついたぜ」

「えっ?」おゆうは驚いて伝三郎の顔を見た。伝三郎は、したり顔になって言った。

「御老中が、どうやって矢懸藩の御落胤のことを嗅ぎ付けたと思う」

「あっ……」

おゆうは理解し、掌を打ち合わせた。そういうことか。新吉は、婿養子先に問題がないか調査するため、水野出羽守が潜入させたスパイだったのだ。

「恐れ入りました。さすがは鵜飼様ですねえ」

「なあに、頭を使ってるのはお前だけじゃねえって」

伝三郎は自分の頭をぽんぽん、と叩いた。おゆうは笑って立ち上がり、「そろそろお酒、用意しますね」と言って台所に向かった。

江戸時代としてはまずまずのスペックの台所だったが、薪や炭で煮炊きするのは大変なので、実態は配膳場所としてしか使っていない。おゆうは徳利に冷酒を注ぎ、伝三郎から見えないように気を付けながら、パック詰めされたデパ地下の惣菜《そうざい》を皿に出した。度々この手を使っているが、まだ怪しまれたことはない。江戸でも、煮売り屋などから惣菜を買って主菜にするのは、ごく普通のことなのだ。

「ああ、そうだ。例のおこうの文箱だが、井原の御沙汰が出るまで奉行所で預かる。

用が済んだら、お須磨に渡してやってくれ。あの文は大事な形見だろうからな」

伝三郎が台所に声をかけてきたので、「はい、承知しました」と返事した。お須磨は喜ぶだろう。おゆうは微笑を浮かべた。伝三郎のこうした気遣いをするところが好きなのだ。

用意できた膳を座敷に運び、伝三郎の前に置いてからおゆうはそのまま奥へ行った。そして簞笥から十手を取り出すと、伝三郎の前に持って行って差し出した。

「はいこれ、ありがとうございました。やっぱり、とても役に立ちました」

伝三郎は怪訝な顔で十手とおゆうを交互に見た。

「これ、って……どうしたんだ」

「だって、この十手は御落胤の一件の調べのために使え、とおっしゃってましたでしょ。一件落着になりましたら、お返ししなきゃいけませんよね」

「何だ、そういうことか」

伝三郎は苦笑した。

「律儀な奴だなあ。ずっと持ってたって構わねえんだぜ。その方が便利だろ」

「ええ、まあ、正直そう思わなくもなかったんですがね。あたしなんかが簡単に岡っ引きになっちまうのも、他の皆さんの手前、どうかなあ、と」

十手の威光は確かに効き目がある。だが、本来この江戸の人間ではないおゆうが、それを振り回していいのか、という疑問は常にあった。目明しは警察官とは違って公的身分ではない。それでも人々は彼らに接するとき「御上」を意識する。言わば幽霊みたいな存在の自分がそんな立場になるのは、どこか間違っているような気がした。だが一方で、科学捜査の知識のある自分が十手を持つことで人々の役に立てるなら、という気持ちもあった。自分の中でこれに決着をつけられるまで、本物の目明しになるべきではないだろう。

「そうかい。そんなに気い遣わなくってもいいのに。しかしまあ、お前がそう言うんならこいつはひとまず預かっとくとするか」

そんなおゆうの胸の内は知らぬまま、伝三郎はちょっと残念そうに十手を引き取った。

「けど、一度はもう持ったんだ。この先、捕り物で手を借りるときは俺の裁量でこの十手、場合によっちゃ使ってもらうぜ。いいだろ?」

「ええ、鵜飼様のお指図なら」

どうやら伝三郎は、今後も捜査の際に自分をバディとして扱ってくれそうだ。おゆうは嬉しくなって徳利を持ち上げた。

「これからもご一緒に、捕り物させて頂けるんですね」

「まあそう大きな捕り物ばかり起こっちゃ困るが、当てにしてるぜ」

「はい、存分に当てにして下さいな」

おゆうは伝三郎の向かいではなく隣に寄り添った。事件が片付いたので、もう岡っ引きたちが出入りすることはない。今日は久々に伝三郎と二人っきりだ。おゆうは足を崩して、伝三郎の盃に酒を注いだ。伝三郎はその盃を干すと、こちらを向いた。二人の肩が触れる。おゆうはうっとりして伝三郎を見上げた。ああ、素敵。さあ運命の女神様、このまま私を最後まで連れてって……。

「おうい伝さん、居るよな？　もうあの御奉行からの一件、片付いたんだろ。こっちは例の寺荒らしのことで、寺社方からさんざんせっつかれてるんだ。さっさと出張って手ぇ貸してくれよ」

えーい、今度は境田さんかーーーい！

「何だ、事件は無事に解決したんだろ。何で苦虫を噛み潰したような顔してるんだ」

確かに憮然としているが、宇田川には言われたくない、と優佳は思った。

「ま、いろいろあるのよ。気にしないように」

今回、また伝三郎と一緒に大事件の捜査ができたのはいいが、二人の仲はさっぱり進展しなかった。何度もいい雰囲気になりかけては邪魔が入るパターンの繰り返し。まるで寸止めの乱れ打ちだ。私何か、運命の女神様から苛めを受けるようなことでもしたんだろうか。こんな話、宇田川には絶対できない。

「もう分析するものないのか」

「もうないよ。それより、ちょっと聞きたいんだけどさ」

「うん？」

「あのね、胎内文書なんだけど、あれって私が現代で岡山まで行って取ってきたやつをコピーして、江戸で証拠に使ったんだよね。だから光厳寺の地蔵菩薩には胎内文書は入ってない、とみんな思って、それでそのままになって、そのおかげで私が取りに行くまで残ってたわけよね。つまり光厳寺に現代まで文書が残ってたのは、私が取りに行ったおかげ、ってことになるじゃない。うまく言えないけど、鶏と卵みたいにグルグル回ってる感じで、何だかすごく変なのよね」

喋りながら自分でも混乱しそうになった。果たして宇田川に言いたいことが伝わるだろうか、と心配したが、宇田川は至極あっさり「ああ」と頷いた。

「それがいわゆるタイムパラドックス、ってやつだ。今回の場合は、過去に戻って自分がやったことが現代に影響を及ぼし、その影響の結果がまた過去にフィードバックされる、っていう話だろ。輪廻《りんね》……じゃないな、存在の環、だったかな。それで？」

「いや、それで、って……こういうの、大丈夫なの」

「ふむ」宇田川は腕組みして優佳に向き直った。そして、まるで医者が理解力の乏しい患者に病状を説明するような態度で話を続けた。

「前の事件のとき、あんたに言ったよな。あんたが江戸に行ったことでこの現代は何も変化してない、言い換えると、あんたが江戸に行ったことによってこの現代は成立していて、あんたが江戸でやることは全て我々の歴史に組み込まれてるって。その考え方から行けば、あんたが光厳寺で胎内文書のコピーをもらったことも、それを使って江戸の事件を解決したことも、全て歴史の必然だ。光厳寺へ行ってなきゃ、胎内文書はその井原なんとかって奴が取り出して陰謀は成功してたわけだろ。だが、歴史上そうはならなかった。だからあんたは、何も間違ったことはしてない。気にする必要はない」

「ふうん……そうなんだ」

どうもわかったようなわからないような話だ。だが、宇田川にはっきりと「気にする必要はない」と断言されれば、何となく安心はできた。

「まだよくわかんない気もするけど、悩むのはやめるよ。ありがとう」

宇田川は、「そりゃ結構」と言って、ひょいと肩を竦めた。

「ところで、例の鵜飼とかいう同心とはうまくいってるのか」

「えっ？　あー、まあ、何とかね。へへへ」

まさか宇田川からそんな話を振ってくるとは思わなかったので、優佳は慌てた。

「そうか。こっちのことに気付かれてはいないんだな」

「そりゃあ大丈夫。何も問い詰められたり不思議がられたりしてないから」

「そうか……ならいい」

宇田川はそれ以上、伝三郎とのことを聞いてこなかった。優佳はほっとした。

「充実してるようだな」

唐突に宇田川はそんなことを言った。

「ああ、うん。そうだね」

それは間違いない。自分の何かを変えたいと思ってタイムトンネルをくぐってから、まだ一度も後悔はしていない。

「そうか。そりゃ良かったな」

宇田川は表情も変えずにただそれだけ言った。優佳は、おや、と思った。宇田川には滅多にない、人を気遣うような言い方だった。だが、次の台詞はそれとは全然趣が違った。

「で、依頼人からいくらもらった」

「は？　えーと、礼金は三十両だったけど」

そんなこと聞いてどうすんだ、と優佳は首を傾げた。

「一両って、現代の金でいくらだ」

「うーん、六、七万円かな」

「六、七万か……」宇田川はちょっと考えてから言った。

「よし、一両小判六枚、四十万で売ってくれ」

「えーーっ！」

思いもしなかった申し出に、優佳はびっくりして声を上げげた。

「小判なんか買っていったいどうするの」

「無論、分析する」宇田川は当たり前のように言った。

「江戸の現役の小判だぞ。金の含有量が史料通りか、金以外の金属の比率はどうなってるか、不純物としてどんなものがどれだけ入ってるか、そんなことを調べられる機会はなかなかない。今回の事件は最初のＤＮＡ鑑定以外、指紋照合ばっかりでもう一つ面白くなかったからな。小判を扱えるなら丁度いい。問題あるか」

「いや、全然ないよ」

優佳の口座残高は、岡山へ行ってから十八万円まで落ちていた。月の半分は江戸に居るとしても、もう二カ月足らずしかもたない状況だ。ここで四十万も補充できるのは、ものすごく有難い。

「よし、じゃあ現金で用意しとくから、明日にでも持って来てくれ」

「うん、わかった。サンキュ。それじゃ、明日」

ら、出口に向かう。

宇田川に軽く手を上げ、優佳は研究室を出た。社員たちに愛想笑いを振りまきなが

（それにしても小判買ってくれるとは、おかげで助かったわ）

そう思って、はたと足を止めた。小判の分析、というだけではない。宇田川は、充実してるかと聞いた。それから小判の話を出した。彼は彼なりに、優佳の江戸暮らしをバックアップしようとしてくれたのだ。現代での生活費が乏しくなっていることも感づいていたのだろう。不器用な男だから、決して正直には言わないだろうが。

優佳は研究室を振り返った。ガラスの向こうで、宇田川が背を丸めていつものように机に齧《かじ》り付いている。その背中は何も語らない。優佳は胸の中で手を合わせ、声に出さずにありがとう、と呟いた。

奉行所から呼び出しがあったのは、その三日後だった。何と、御奉行様から褒美が出るというのだ。おゆうはそれを聞いて驚き、伝三郎にどうしようと尋ねた。

「どうしようって、有難く頂いときゃあいいじゃねえか。御奉行も今度のことでまた御老中水野様に顔が立ったからな。お前も随分と気に入られたんだろうよ」

中身はせいぜい一両だという。警視総監賞みたいなものだと思えばいいか。

「わかりました。それじゃ、有難く」

「おう。俺は左門の方の手伝いで付き合えねえが、戸山様が渡して下さるはずだ。後で祝いに料理屋でも行くとしようぜ」

伝三郎にそんな風に言われて、おゆうはいそいそと南町奉行所に出向いた。門番に来意を告げると、小者が出て来て案内に立った。奉行所の中に入るのは初めてだったので、できれば伝三郎の勤務する同心部屋や御白州《おしらす》なども見たいと思ったのだが、見学ツアーではないのだからそんな勝手が許されるはずもなく、どこだかわからない座敷に通された。

十分くらい待ったかなと思った頃、戸山が三方《さんぼう》を持って現れた。おゆうは三つ指をついて丁重に頭を下げた。

「待たせたな。さてこのたびは、誠にご苦労であった。そのほうの働き、殊勝にして見事である。よって御奉行よりお褒めの言葉とともに褒美として金一封を遣わす。謹んで受け取るがよい」

戸山はおゆうの前に座るとそう口上を述べ、三方を前に出した。上には紙包みが一つ、載っている。大きさと厚みから見て、伝三郎の言った通り一両だろう。

「恐れ入ります。有難き幸せでございます。これも皆様のお引き立てのおかげにございます」

おゆうはそう返して、両手で金一封を押し戴いた。まさか江戸で警視総監賞、いや町奉行賞か、そんなものを受け取る日が来るとは思わなかった。

「さて、何度も言うが本当にご苦労だったな。龍玄寺のことといい、井原が全てを仕組んだと看破したことといい、お前は実に頭が切れる。女にしておくのは勿体ないわ」

おゆうが金一封を懐にしまうのを待って、戸山がそんなことを言った。おいおいおっさん、それセクハラだぞ、と突っ込みたいところだが、江戸では立派な褒め言葉である。

「これはありがとうございます。でも、こんないい女が男になっては、嘆く殿方も大勢おられましょう」

軽口で返すと、戸山が大笑いした。

「ははっ、さもありなん。さしずめ鵜飼など、その筆頭だな」

この戸山も、初対面のときからすると随分印象が変わった。最初は女を馬鹿にする偉そうなオヤジだと思ったが、おゆうの手腕を目にしてからだんだん様子が変化していった。押上の寮で井原を一喝したときは、おゆうも目を見張った。この戸山、とっつきにくそうに見えて実は公平実直な人間だったのだ。今ではすっかり態度もほぐれている。

「鵜飼様は、今日は境田様と捕り物に出ておられるとか」

「左様。寺荒らしの一味が割り出せたらしい。あの件では寺社方からずいぶんと尻を叩かれておってな。こちらは龍玄寺の件で借りがあるから、仕方がない」

　寺が舞台の犯罪は寺社奉行の所管だが、町人の犯罪者が寺へ押し入ったとなれば町方との協力が欠かせない。寺社方役人はプロの捜査員ではないので、町場に出て容疑者を捜すなどなかなかできないのだ。しかし龍玄寺で貸しを作っておいて早速取り立てに来るとは、寺社方も抜け目がない。

「御老中様の命とはいえ、一日で龍玄寺の立ち会いをご手配なさったこともそうですが、寺社奉行様も、失礼ながらたいそうやり手のお方でございますね」

「遠慮なく言う奴だな。まあ、確かに左近将監様はやり手と評判だ。何しろ、幕閣に加わるため唐津《からつ》から浜松《はままつ》へ、国替えまでなさったという話があるくらいだからな」

（あれ？　どっかで聞いた話だな）

　江戸時代後期の有名人については、資料をあたってだいぶ勉強していた。その中に、幕閣での出世のために条件が悪い国替えまでやった人がいたような……あっ！

「うん？　どうかしたか」

「え？　ああ、いえいえ、何でもございません」

　あっと思ったのが顔に出てしまったらしい。国替えをやった寺社奉行が誰だったか思い出したのだ。水野《みずの》忠邦《ただくに》。二十年後、老中首座となって天保の改革を実行するあの人物だ。やり手なのももっともな話だった。

「ええと、それでその、矢懸藩のお婿様のお話はどうなるのでございましょう」

おゆうは急いで話を変えた。が、これには戸山も難しい顔をした。

「これ、そのようなこと、町人のお前が聞くべき話ではない」

「あ、これはご無礼いたしました。余計なことを申しました」

慌てて頭を下げた。ちょっと調子に乗りすぎたか。しかし戸山は、そうぴしゃりと言った後、口元に笑みを浮かべた。

「とは言うものの、聞かずばこの一件が尻切れトンボで気が悪かろう。これは独り言じゃから勝手に聞け。あー、御老中は矢懸への婿入りの件、取り下げられたらしい。上様の御耳には入らぬまま、沙汰止みになりそうだ。井原らが下手を打ったおかげで御老中まで巻き込まれるところだったからな。矢懸藩もこのままでは済むまい」

なるほど。ネットで調べたように、矢懸藩がこの後減封になるのはそのためか。水野出羽守としては、自分に冷や汗をかかせた矢懸藩をそのままにはしておけない。そこで、ほとぼりが冷めてから些細な理由をつけて減封という手を打ったのだ。

（てことは、水野は胎内文書を見て御落胤はいない、と承知したはずなのに、例の十日の言上では将軍に婿入りの話をしなかったんだね）

もしかすると、胎内文書を見て逆に矢懸藩の妙な騒動に嫌気がさしたのかも知れない。あるいは将来に禍根を残すと思ったか。いずれにせよ、将軍の耳に入らなかったのは幸いだ。

「左様でございましたか……ありがとうございます。でも、十日の公方様への申し上げに間に合って本当にようございましたねえ」

口に出してから、しまった、また余計なことを言ったかな、と思って、おゆうは戸山の顔色を窺った。だが、そこに浮かんだ表情は、おゆうが思ったのとは違っていた。

「十日に上様に？」

戸山は怪訝な顔で言った。

「何の話だ」

＊＊＊

「ネタに間違いはねえんだろうな」

伝三郎は傍らにしゃがむ境田に念を押した。

「ああ、大丈夫だ。さっき一人様子を見に行かせた。勘助《かんすけ》一味はこの中に揃ってる」

ここは浅草阿部川町《あべかわちょう》の宿屋の向かいである。木野屋《きのや》というその宿は、公事宿《くじやど》の体裁をとっているが、実は盗人宿として以前から目を付けられているところだった。寺に入り込んで仏像を盗みまくっているのは、盗人として度々名前の挙がる勘助という男である。裏の世界に顔が利く連中から噂話として拾い上げ、周りを固めた結果、間違いないとなり、こうして一味の巣を張っているのだ。

「段取りは？」

「奴ら、盗んだ仏像をある仏師のところへ持って行って、そこで手直しして違う仏像に仕立て、売り捌《さば》いてるらしいんだ。今日は三体、この宿へ盗んだ仏像を隠してる。連中が揃った、ってことは、もうじき何人かがその仏像を仏師のところへ持って行くはずだ」

「なるほど。そいつらの後を尾けて、仏師もろともとっ捕まえようってんだな」

「ああ。伝さんには仏師の方を頼みてえ。俺は、仏師の所へ行く奴らが出かけてから、踏み込んで勘助と残った連中を片付ける」

「何だ、派手で格好のいい方をそっちかよ」

「当たり前だ。あんたが留守の間、俺が調べてた一件なんだからな。そういや、まだ八百善に行ってねえぞ」

「覚えてやがったか。勘弁してくれよ」

伝三郎が天を仰ぐと、境田はニヤッと笑った。

「まあ、今日の手伝いでちっとは割り引いてやるよ。お前の言ってた鰻屋で手を打とう」

「ああ、わかったわかった」

伝三郎は苦笑すると、木野屋に目を戻した。目に立つことはないが、十人余りの目明しが四方を張っているはずだ。蟻《あり》一匹、逃しはしない。

（さて、今頃おゆうは戸山様から褒美を受け取っているな）

伝三郎は木野屋の表口に目を据えたままで思った。

（戸山様と二人だけ、となると、雑談であの十日の申し上げの話が出ちまうかも知れねえなあ）

十日に御老中が公方様に婿養子の件を申し上げる、というのは伝三郎のでっち上げだった。戸山はそんなことを知らないから、おゆうが口にすれば妙なことになる。

（まあ、ばれたらばれたで、おゆうには俺の勘違いだったと平謝りするしかねえな）

それはちょっとしたワナだった。伝三郎はおゆうに、六日で備中まで往復できるか、という難題を仕掛けたのだ。ところが蓋を開けて出て来たのは、龍玄寺にもう一体の地蔵菩薩があって、その中に胎内文書が入っていたという結末だった。だが、井原は胎内文書を光厳寺に納めた地蔵菩薩に入れたと信じ込んでいた。それがなぜだか龍玄寺の方に入っていた。龍玄寺の方にも地蔵菩薩があるという話は、たまたま榎戸孝謙が覚えていた。そして龍玄寺を調べてみると、あっさり胎内文書が見つかった。

（そんな都合のいい話なんて、あるわけがない）

伝三郎は、この一連の流れはおゆうが仕掛けたものだとほぼ確信していた。

(胎内文書は光厳寺にあった。おゆうはどうにかしてそれを手に入れたんだ)

文書が手に入れば、それを龍玄寺の地蔵菩薩にあらかじめ入れておいて我々に発見させることは、それほど難しくはない。孝謙の方は、うまく言いくるめて思い通りに証言させたのだろう。ただし、光厳寺へどうやって行ったかはわからない。

(飛行機でも使いやがったか……)

そう思って、伝三郎はふっと笑った。飛行機のことなど考えたのは、十二年ぶりだろうか。

(零戦《ゼロせん》か隼《はやぶさ》なら、備中まで二時間ちょっとで行けるかな……)

手にかすかな操縦桿《かん》の感触がよみがえってきた。昭和二十年八月。最後に飛ばしたのは一式戦闘機隼だった。実戦機を使った貴重な訓練。終戦の、何日前だったろうか。陸軍特別操縦見習士官だったあの日々。終戦直後に時空のひずみに落ち、江戸に飛ばされて来てからおゆうに出遭うまで忘れていた日々。もうそこには、還《かえ》れない。

伝三郎は頭を振り、浮かんでくる思いを払いのけると、再びおゆうのことに意識を戻した。

(言うまでもなく江戸で飛行機なんぞ使えない。とすると、やっぱり思っていた通りだな)

今回に限らずおゆうの行動には、何かしら説明のつかないものがつきまとっていた。誰にも気付かれずに一日二日、姿を消すこと。誰も出自を知らないこと。台所で飯を炊《た》いている様子がほとんどないこと。町人なのにも拘わらず、幕閣の仕組みを知っているらしいこと。些細なことかも知れないが、積み重なれば尋常ではないものが見えてくる。

（あいつは俺と同様、未来人だっていうのはもう間違いない）

そうであれば、何もかも説明がつく。以前の事件では、自分の目の前で明らかに指紋採取と思えることさえやっていた。今回も、未来に戻って備中、つまり岡山県まで何か高速の乗り物で行き、光厳寺に残されていた文書を見つけ出したのに違いない。

（それに、まだ気になることもある）

未来で回収した文書なら、相当年月が経って劣化しているはずだ。だが龍玄寺で見つけた文書は、そこまで古くは見えなかった。それに、手触りが妙な感じだった。墨で書いた字の手触りと違い、滑らかなのだ。

（もしかしたら、精巧な複製だったのかも知れねえ）

あれほどの完璧な複製を作る技術は、江戸どころか昭和二十年にもない。これもまた、おゆうがはるか未来から来ていることの証左と言えるのではないか。

（まったく退屈させてくれねえな、あいつは。しかもすこぶるいい女、ときてやがる）

伝三郎はニヤニヤしながら思った。そのいい女が、どうやら俺に惚れている。こっちだって、満更じゃない。しかし、おゆうがこの江戸に来た目的は依然としてわからない。それに納得のいく答えが出せるまで、行きつくところまで深入りするのは避けるつもりだった。

（とは言っても、それほど簡単じゃねえよな）

今度の一件では、ほとんど毎日おゆうの家に居続けになった。その間、いい雰囲気になって歯止めが飛ぶ寸前までいったことは何度もある。だが、そのたびに誰かの邪魔が入った。どうやら天の神様は、今のところおゆうより俺に味方しているらしい。

（ええ畜生、ずいぶんと面白くなって来やがったぜ）

おゆうの正体を探り出すのが先か、おゆうの魅力に負けるのが先か。伝三郎は、明らかにこの駆け引きを楽しみ出していた。次はどんな難題を仕掛けてやろうか。

「おい、何をニヤついてやがる。薄気味悪いな。奴らが動くぞ」

境田に肘をつつかれて、伝三郎は我に返った。見ると、木野屋から大きな風呂敷包みを背負った男が二人、出て来るところだった。

「あれか？」

伝三郎は指差して境田に問うた。境田が頷く。二人組は伝三郎たちには気付かず、傍を通り過ぎると浅草御蔵《おくら》へ通ずる水路沿いの道に出て、南に折れた。同時に木野屋の脇から源七と千太が顔を出した。伝三郎が目で合図すると、源七たちは隠れ場所を出て、二人組の後を尾け始めた。

「よし、じゃあ行って来らぁ」

伝三郎は境田の肩をぽん、と叩くと通りに出、懐手をしながら源七たちの後を追って悠然と歩き出した。

この物語はフィクションです。もし同一の名称があった場合も、実在する人物・団体等とは一切関係ありません。

宝島社
文庫

大江戸科学捜査　八丁堀のおゆう
両国橋の御落胤
（おおえどかがくそうさ　はっちょうぼりのおゆう　りょうごくばしのごらくいん）

2016年 5 月24日　第1刷発行
2021年11月19日　第5刷発行

著　者　山本巧次
発行人　蓮見清一
発行所　株式会社 宝島社
〒102-8388　東京都千代田区一番町25番地
電話：営業 03(3234)4621／編集 03(3239)0599
https://tkj.jp
印刷・製本　中央精版印刷株式会社

ISBN 978-4-8002-5515-0